诺特博姆作品

Cees Nooteboom

Cees Nooteboom reading
Oct 92 Schwalenberg

John Berger

Allerzielen

众灵日

[荷兰]塞斯·诺特博姆 著

何静芝 译

译林出版社

于是我们继续逆水行舟，却无往而不随波成为过去。

——F.S. 菲茨杰拉德，《了不起的盖茨比》

然而现在，塞壬有了一件比歌声更可怕的武器：她们的沉默。

——弗朗茨·卡夫卡，《塞壬的沉默》

阿图尔·达内在离书乐书店几步远时，发觉有个词卡在意识的夹层，而且已经被译成了母语。他的大脑识别出德语 Geschichte（历史），旋即将它转换成荷兰语的 geschiedenis。出于某种原因，荷语发音好像要祥和一些。他怀疑这与最后三个字母有关，尾缀 nis，本意“窝”。这是个特别的词，它虽然短促，但与许多短词不同，听起来没有不恭不敬，反而教人安心。因为它毕竟是一个藏储的地方，有人藏身，有人藏物。其他语言里没有这样的词。他加快脚步，希望能甩掉卡在意识中的 Geschichte，但在这里，在这遍地历史的柏林，这样做没有用。“历史”在此地是难以忘记的。最近一段时间，他的脑中卡住过许多词。“卡住”这个表达无疑很准确：词一旦出现，便打死也不再动了。它们甚至还发出声音——因为每个词都自有发音，即便它自己不出声。有时，它们甚至似有回响。对语词敏感的人会发现，一旦将词从所属句链中拆下，它们就会变得认不出，甚至有点吓人，在它们身上流连、斟酌是危险的，现实世界可能会就此不知不觉地从脚下溜走。我之所以如此，说到底还是闲的，他想。但“有闲”恰恰是他的志向。他记得在一本旧教科书上读过一篇《爪哇人》：有个爪哇人，每赚到合二十五美分的薪资，就会找一棵棕榈树坐下，不花光最后一文钱，他绝不再干活。看来在久远的殖民时代，这点钱还可以称“笔”，还可以支撑好一阵子。但用最少的劳动换取勉强度日的钱，按教科书的说法却是一种陋习。阿图尔·达内读了却很受益。他自导自拍电视纪录片，遇到别人的片子有趣时，便自荐为摄影，每隔一段时间，如果缺了周转或有了兴致，他也会帮一个朋友开的公司拍广告。这种项目只要不经常做，还是蛮有意思的。项目终了，他便远离工作，无所用心一段日子。他曾有过妻子，也有过孩子，二人均死于空难。而今所剩只有每看一次就远一层的照片。茫茫十年。十年前的一个早晨他们坐飞机去马拉加（Málaga）后一去不归。他拍下那个画面，却再无机会看到。一个金发女子，她背上的幼儿。西佛尔机场，等待出关的队伍。其实儿子已不必再背。他喊她的名字，她转过身。记忆就此定格。他们遥遥相望，彼此呈九十度的角，长达一秒钟的时间。她抬起手，孩子也潦草地挥挥手。到达目的地时自会有另一个人替她拍摄抵达的影像，而所有影像又都会连同平房、泳池、大海的影像一起，消逝在吞噬两人的那坨巨大的焦黑之中。他走向队伍，将小型摄影机递到她手里。最后匆匆一眼，从此阴阳两隔。他将自己与记忆的碎片隔绝，拼图过于宏大，他没有复原的信心。他卖掉房子，将衣服、玩具送人，好像每件曾经属于他们的东西都被污染过。他从此变成一个轻装旅者——只留一台笔记本电脑、一台摄影机、一部手提电话、一只可接收世界各频段的收音机，外加几本书。阿姆斯特丹的公寓可以收电话留言，朋友的办公室可以收传真——他就这样与机器一起过日子。自在，却也不尽然是自由，因为有看不见的电缆将他与世界绑缚在一起。因为还有人声，有信息。他交际的人大多也都过着这样的生活。他把自己的房子借给他们，同时也借住他们的房子。或者在便宜酒店和寄宿公寓一类的地方落脚。纽约，马德里，柏林。每一处在他看来都是一个“窝”。他的意识依然没有摆脱这个词。不仅没有摆脱这个词，也还没有摆脱那两个、有或没有这个尾缀的长长的名词。

“德国怎么把你迷成这样了？”他的荷兰朋友常这样问。好像他这是一种毛病。

他想出一个大家常用的答案来搪塞：“我喜欢在德国

生活。德国人很严肃。”

“好吧。”荷兰朋友通常会给出诸如此类的回应。但一个荷兰人给出这样貌似肯定的答案，其实要表达的却是怀疑。这种社交暗号很难对外国人解释清楚，即使这个外国人懂荷兰语。

上述种种思虑流经大脑的时间里，他来到克内泽贝克大街与蒙森大街交会处的酒品店。一般他都在这里驻足，决定继续往前还是原路返回。他停下来，看看马路对面汽车店里的新车，又看看选帝侯大街上川流不息的交通，最后在烟酒店的香槟广告牌上看了看自己。镜子有一种讨厌的热忱——就算你不想，它也要把你的影像反馈给你。今天他已经见过自己一次了。所不同的是，现在的他穿着衣服，有了掩护。他自己是很了解自己的，但不知别人能看到多少真实的他？“全都看得见，但全都看不穿。”埃尔娜曾说。她突然在蒙森大街拐角浮现，这令他不知如何面对。

“你真这么想？”

“瞎说是狗。”只有埃尔娜会说这种话。于是除了埃尔娜，他还要安放她的狗。已经开始下雪。他通过镜像看见雪粉落在大衣上，这很好，这样自己就不那么像广告人物了。

“不要发傻。”这话也只有埃尔娜会对他说。关于他像广告的事，他们已经讨论过许多次。

“不想像广告就去买点别的衣服啊。别总穿阿玛尼。”

“这不是阿玛尼。”

“嗯，但这很像阿玛尼。”

“问题就在这里。其实我根本不知道这是什么牌子，大减价的时候买的，跟土一样便宜。”

“衣服穿在你身上都好看的。”

“嗯，我说的就是这个意思嘛。我像广告一样，假假的。”

“你只是自我厌恶罢了。很多男人到了中年都这样。”

“不，这不是我的问题。我的问题是觉得自己看起来表里不一。”

“你是说其实你也有很多想法，但是因为你不响，所以我们不知道？”

“差不多。”

“那你要不要换个发型？说不定是你头发太多，遮盖了你的想法？”

埃尔娜是他老朋友里的老朋友。也是他与妻子相识的原因。还是他唯一与之聊起洛劳弗耶的人。其他男人交际男人。他虽也交际男人，但他最要好的朋友还是埃尔娜。

“都不知道你是在夸我还是在骂我。”

他有时会在午夜从地球某个不起眼的地方给她打电话。她总是在家。男人进入她的生活，又离开她的生活，与她一起生活，对他感到妒忌。“那个达内，装什么大师？拍几个破纪录片就以为自己是克劳德·朗兹曼（Claude Lanzmann）了？”这样的牢骚通常会导致关系的结束。但她从每一个男人那里都得到一点东西，加在一起，一共三个孩子，每一个长得都随她。

“谁让你总跟一些庸碌之辈交往呢。全球这么大的基因池让你挑，你却总是挑些废物。真还不如跟我在一起。”

“谁叫你是我的禁果啦。”

“这是我们享受友谊之爱所付出的代价。”

“完全正确。”

他转身否决了选帝侯大街，向萨维尼广场走去。而这同时意味着他将再次经过书乐书店。nis在荷兰语里真是一个百搭的尾缀。什么词它都能不知不觉地插一脚：bekommernis、gebeurtenis、belijdenis、besnijdenis——关切、事件、信条、割礼。雪越下越疾。可能因为总与镜头打交道，他时常关注自己走路的样子，这与其说是虚荣，不如说出于好奇。好奇里还掺杂一些……呃，这个话题他也跟埃尔娜聊过。

“你干吗不干脆说出来？”

“因为找不到合适的词。”

“胡说。你明明有。连我都有，你就更有了。你只是不想说。”

“好吧，是什么词？”

“是惶恐。是惊叹。”

他喜欢“惊叹”。

他在臆想中用一个镜头悉数收入克内泽贝克大街的白雪皑皑、楼宇的巍然与弓腰驼背、顶风冒雪的寥寥行人。而他是其中一人。这个画面表现了人生某特定时间呈现的偶发的画面。那个行走在街中、经过书乐书店又经过画廊的孤独人影，就是你。为何这样轻如鸿毛的日常在某一时间、某个神奇的片刻，会突然变得重如巨山？它难道不该被视为理所当然？或许在你心里，一直都住着一个永远好奇的少年。

“这跟少不少年没有关系。有些人一辈子都庸庸碌碌，从来不动脑子。其实不解与惊叹才是一切的开端。”

“比如什么的开端？”

“比如艺术、宗教、哲学。没想到吧，我偶尔也读书。”

在转修文学前，埃尔娜学过几年哲学。

即将拐进萨维尼广场时，一阵突如其来的小雪使他雀跃。它令大陆性气候的特征愈发明显。这是他喜欢柏林的另一个理由：自己正处在直达俄罗斯心脏的广袤平原上。柏林、华沙、莫斯科，不过是居间的驿站。

他没戴手套，因此手指冰凉。在与埃尔娜的同一次对话里，他就手指也发表过一些看法。

“你看，这是什么？”

“这是手指，阿图尔。”

“没错，同时也是夹取物品的工具。你看。”

他拿起一支笔，转了两圈。

“很精巧吧？人总为机械而惊叹不已，对自己却司空见惯。人看见机械拿笔就觉得非同小可，自己每天都做这个动作却视为理所当然。人是血肉铸就的机械——这才真非同小可。这比喻真精彩！总之，人这种机械无所不能，甚至能自我复制。那眼睛！又是镜头，又是屏幕。兼具拍摄与显示两大功能。我不知道怎么说才好，但反正如果我们不是内含计算机，就是计算机本机，有着与计算机一样的电子指令、化学反应，凡你想到的都有。”

“计算机没有化学反应。”

“只是现在没有。而且你知道最有意思的是什么吗？”

“是什么？”

“是中世纪人，是那些根本不知道电子技术、神经科学的人——不，甚至是更远以前的那些尼安德特人和上古原始人——就身体构造而言，他们与我们是同样精密的机械。虽然他们自己意想不到，但他们的发声设备与我们的同样先进，也有音箱，也有扩音器……”

“哎呀，阿图尔，差不多得了。”

“我说过，我心里还有个少年。还为着许多事惊叹。”

“你说的惊叹可不是指这个吧。”

“不是。”

我说的惊叹，他原想说，是目睹闪电第一次照亮原野的惶恐，是面对人们视之泰然、在我的年纪也早应习以为常的事物时依旧感到奇异的战栗。

他经过朋友菲利普开的小饭馆。菲利普不知道他在柏林。他随性来去，从不向任何人透露行踪。

康德大街的转角亮着红灯。他左顾右盼，未见行车，很想过马路，但还是站住了，感觉自己的身体正同时处理着两条相反的指令：在某种令人费解的神经波动下，一条腿留在原地，另一条却想要迈出。他透过雪幕与马路对面安静等待的人群相望。荷兰人与德国人的区别在这一刻昭然若揭。在阿姆斯特丹亮着红灯的路口，如果你看不到车却不过马路，你就是白痴；在这里，情况正相反。德国人会毫不留情地啧你，指摘你是“不知死活的疯子”。

他问过维克托，一个现居柏林的荷兰雕塑家，如果视野里没有车，他会不会过马路。

“会啊，除非有儿童在场。那我会树立良好榜样。”

他决定用这“进退维谷”的荒诞时刻来进行一项他称为“即时冥想”的活动。在阿姆斯特丹，任何一个有自我要求的路骑者都不会戴盔，更不会在红灯前停车，绝对不会沿正确方向使用单行道。荷兰人喜欢依据自己的喜好来决定是否遵守规则——新教的反叛精神与无政府主义在这里调和出了一种积习难改的混乱倾向。上次回国时，他发现就连机动车和公交车都开始无视红绿灯了。

“你德化得这么严重了呀？规矩就是规矩了？从此**‘秩序**[1]’第一了？下次坐地铁时，别忘了仔细听听他们喊的**‘上车请注意！关门请当心！！’**[2]。不过绝对服从使他们落到了什么地步，我们可都是知道的。”

“荷兰人讨厌规训。”“德国人喜欢纪律。”这类偏见似乎永无消除之日。

“但阿姆斯特丹的马路确实危险呀。”

“话是这么说，但你想想德国人在高速上的车速吧。那真叫凶神恶煞、怒火中烧。”

---

1 此处为德语 Ordnung。——译者注（全文若无特殊说明，均为译者注）

2 此处为德语“Einsteigen bitte! ZURÜCKBLEIBEN!!”。

绿灯亮了。马路对面的六个雪影同时迈步。诚然，人们不该过度泛化，但国民性这种东西是确实存在的。但是它是从什么地方来的呢？

“来自历史。”埃尔娜说。

历史是宿命、机缘与人为设计的总合，因此尤其令他着迷。三个元素加在一起，引发一连串事件，这一连串事件又引发另一连串事件，每一串事件的发生或被认为是注定的，或被认为是随机的，或被认为是遵循了某种尚不为我们所知的神秘法则；一切事件累积至今，其背后的因缘已变得越来越扑朔迷离。

他想要不要去“墨鼠”读报。至少里面不会太冷。虽然顾客他一个也不认识，但每张脸却仿佛都见过，每个人也都跟他一样闲，虽然没有人像他一样长得像平面广告。店里临街是一大块平板玻璃墙，墙与吧台间有一条狭窄的通道，摆了几张桌子。如今店里再没有人像以前那样坐着——外界如此精彩，谁还愿意面向吧台？从人行道上看，店内是一排凝视户外的人，沉浸在缓慢滞重、只有小口啜饮啤酒才能忍受的长时间思考里。

他的脸冻僵了，但他这几天正好在享受这种“痛并快乐着”的感觉，就像有人喜欢在暴雨中跋涉斯希蒙尼克岛（Schiermonnikoog），有人偏要在酷暑中徒步比利牛斯山，前往某个为人遗弃的孤村一样。某些路跑者咬牙切齿的表情也有类似的意味：一种基督徒向各各他朝圣时对自己惨状的毫无顾忌的公开展示。但路跑不适合他；路跑会干扰他的思考节律，或者说“脑部活动节律”，他在十五六岁时决定将这种脑部活动权且称为“思考”，虽然它并不一定就是思考。为了这种活动能够顺利进行，他必须潜心，必须隔绝外界。虽然有点可笑，但这已成习惯。

起初他只能在特定场所进行这项活动；现在他可以在任何地方。只要不必说话。对此，洛劳弗耶是理解的。他们曾一起散步数小时而不发一言。这不是事先商量的结果；她天然地懂得这对他工作的重要性。虽然不清楚为什么，但每次即时冥想后他似乎都能不仅从概念上，而且从细节上回忆起自己的电影构思。回忆——确实是“回忆”。他所拍的一切都似曾相识，仿佛来自回忆，无论是镜头角度、打光，还是画面推进。就连那几部他带学生一起拍的短片，也都是这样拍出来的，虽然这令与他一起工作的人深感绝望。他总是还一点想法都没有就开始拍，拼着一死，在帐篷上空悬吊腾挪，惊险刺激到令人忘了呼吸，最后落地。这样拍出来的东西往往与他一开始对金主的承诺风马牛不相及，但只要东西好，金主就会原谅他。怎样描述这个过程呢？首先必须“空无”——没有什么词比它更达意。拍摄当天必须一片空白。故此他自己也必须一片空白。散步时他觉得自己可以放空，好像已经变得透明或失踪，不再属于这个别人的世界，甚至可以说不再存在。散步后，他从来无法精确还原自己的所思所想，虽然用“思想”来描述那模糊的记忆，那混乱的影像与碎片化的语词，似乎言过其实。整个过程很像一幅他看过却记不起名字的超现实主义绘画。一个由碎片组成的女人，攀登一架没有尽头的阶梯。她还没有攀得太高，楼梯的顶端深入云霄。虽然人物肢体破碎，某些部分甚至有所缺失，你还是能看出她是个女人。事实上，这幅画如果定睛看久了，甚至有点恐怖。雾霭洞穿她的身体、她的眼睛、她的胸，以及原本应该是她性器的部位。好像某种不断变形的软体动物，侵入她的体内——现阶段还看不出是什么——有一天当时机成熟，会将她改造成一副他现在还预判不出的模样。

在歌德大街，风刮得他难以呼吸。蒙森、康德、歌德——这一街区总有良友相伴。他经过维克托常去的土耳其咖啡店，未见维克托在内。维克托曾为（依照他自己的说法）“深深潜入德国的灵魂”而与二战受害者和迫害者都聊过天，以他们为蓝本写了一本书。书中隐去人物姓名，用一系列并不胡乱煽情的短篇打动了读者。会吸引阿图尔的人，用他自己的话来说，都“扮演着多重角色”；如果此人的各个角色间还相互矛盾，他就更为其所吸引。维克托或许其貌不扬，内心却几乎包含了一整个剧的人物：画家，登山爱好者，静看人类生活的观察者，沉迷战与血的瓦格纳派诗人，雕塑家，草草几笔便能传神、每幅画的标题直至今天都还在影射那场早已结束的战争的艺术家。柏林与二战是维克托的游猎场。他很少谈论自己的作品，谈起时则只作笑谈，将它们归因于儿时在德据荷兰的经历。“小时候看大兵，感觉兵真的很大很大”。而且因为当时与父母住在德军基地附近，他见过的大兵又着实很多很多。他的衣着风格令人想起战前的音乐剧笑星——花格夹克、丝质领巾——两撇大卫·尼文的小胡子像两道眉毛一左一右挑起，仿佛在用自己的外貌说明战争不该发生、1930年代原该永续。

与维克托在柏林街头的散步常常这样开始：“你看见那些弹孔了吗？”甫一到街头，他就立即化身城市本市，把城市的记忆当成自己的记忆，掏心掏肺地给你讲——政治谋杀、全境逮捕、焚书、罗莎·卢森堡（Rosa Luxemburg）具体淹死在兰德韦尔运河的哪一段、1945年苏联向西方推进的终点。他像照本宣科一样读出这座城市与吞噬这座城市的历史——盖世太保的刑讯室，曾经起降希特勒的飞机、如今已成荒芜的空地，所有内容都被源源不断地诵出，好像念经。阿图尔曾经提议拍一部讲瓦尔特·本雅明的纪录片，以他提出的“行走的记忆”为题。城市街头游荡的本雅明由维克托来演再合适不过，因为如果世上还有人会踩着记忆行走，这个人肯定是维克托。然而荷兰电视台对本雅明毫无兴趣。他还记得制片人的样子：一个蒂尔堡大学（Tilburg University）的硕士毕业生，头上还密布着马克思主义与天主教的阴云——一个盘踞丹麦某行将干涸的造梦工厂内、某潮湿发霉的办公室中的陈腐中年人，身边流水般出入着包裹在精心晒黑的皮囊里、拿捏着似有喉癌的嗓子说话的名流过客。阿图尔是幸运的，由于常常出国，他不需要去记忆这些名流的名字，虽然脸都是熟的。

“我知道你这个人的……脑子，由两个极端分裂的部分组成，”制片人说（他本来想说“灵魂”），“具体来说，是行动的部分，与反思的部分。但反思不会让片子得高分呐。”马克思主义理想的破碎与天主教徒耽于逐利的腐朽——一个人兼具二者很难不堕落——使面前这位制片人将自己的灵魂之宝押给了能收获最多养老金的节目。

“你那个危地马拉工会官员神秘失踪的片子，就堪称一流。还有那个里约热内卢警察射杀儿童的片子，也在渥太华获了奖。那种片子才是我们要的片子。虽然成本高，但都收得回来。德国三台买去播了，几个瑞典频道也都买了下来……但是瓦尔特·本雅明！我以前倒是能背好几篇他的东西……”

阿图尔眼前出现一片大理石铺就的瓷砖地，地上陈列着七八具儿童尸体，尸体的脚从灰布下伸出，脚踝上戴着标签，标签上写着尸体的名字。这些标签正与尸体一同腐烂，也终将与尸体一同消失；这些名字大可以相互交换也无损于尸体本身。

“可怜的本雅明，”制片人继续道，“命运多么悲惨。当初他从比利牛斯山出逃碰到西班牙边检，威胁把所有偷渡者解回给盖世太保，如果不是他丧失了希望，或许能活下来也说不定。西班牙人当然是贪得无厌的法西斯，但他们终归没有把自己的犹太人交出去给希特勒。可他呢？竟然自杀了。虽然不知道原因，但自杀这种事我一向不能容忍。他只要再多等一小会儿，说不定就能像其他人一样穿越国边境了。想象一下，本雅明要是到了美国，碰到阿多诺和霍克海默，三个人联起手来……”

“是呀，想想看。”阿图尔说。

“天知道会发生什么，”制片人说，“说不定也像其他流亡者一样吵个不停。”

世界真奇妙，阿图尔想，有些人明明衣冠楚楚，却给你一种穿着睡衣睡裤倒在床上永远起不来的感觉。他瞄了一眼瘫在窗边座椅上的人影，顺势将视线投出窗外：对面是电视台大楼的另一侧，那里批量生产着 B 级节目，并让它们通过媒体的下水道在全国各地如粪水淤泥般喷涌横流，将荷兰本土文化的拙劣仿品与至高无上的跨大西洋欧美文化搅拌成泥。所有他认识的人都指天画地说自己从不看电视，又在酒吧闲谈时暴露自己也看电视的事实。

他起身离开，制片人打开门，门外有一屋子默默盯着电脑屏幕的人。后来他记起自己当时的想法：对这些人来说，死亡可能是天大的恩赐。虽然这样想不公平。因为说到底，他对这些人又知道些什么呢？

"他们在干吗？"他问。

"写新闻和座谈的背调资料，我们亲爱的观众们在他们人生的大多数时候，都会被迫就某个他们一无所知的话题发表看法，这些资料可供他们参考。只是些基本事实和历史分析之类的东西。相当于我们把信息浓缩，然后用勺子喂给观众吃。"

"每次喂一勺吗？"

"也不总能喂下一勺去。这个房间生成的资料，大概只能用上十分之一。观众承受不了那么多。世界每天都在缩小，但大部分人依然嫌它太大。他们希望它消失，或者至少不必想起。”

“那为什么还让我去危地马拉拍工会官员？”

他还记得那些人。他们是几帧立在纽约某人权组织桌上当摆设的照片：几张印度人冷峻而疏离的脸。

“你要听实话吗？你是我们的‘尽责声明’。再说，我们也还是有几个空档需要节目去填补的。虽然人们已经厌倦了波斯尼亚，但如果你非去不可……”

“我不想去波斯尼亚。”

“……如果你非去拍点什么不可，或许也还有极少数观众中的极少数观众会看。这样至少我们台说出去还有所谓的‘国际关怀’。再说大厅里多摆个奖杯也总归是好的。如今拍第三世界的节目已经很难获批了，不过你嘛……”

“第三世界正在向我们靠近，实际上，第三世界已经怼到我们面前了。”

“没有人关心第三世界。人们希望跟它保持距离。”

尽责声明。“当外部世界极度喧嚣无序时，人会从生理上产生麻木。”这是他最近听过的一句话。突然在此时想起，似乎没有什么道理。又似乎并非毫无道理。因为外面那些身影，那些男人和女人——他突然觉得他们不是人，而是外部连接显示器、以手指敲击键盘生成文本——文本涵盖全球所有喧嚣与无序并被草草阅读并忘记——

的半机械、半人肉组合。他试图为键盘的敲击声找一个贴切的比喻；所能想到的只有被催眠的鸡发出的咕咕沉吟。他看着那些趴在键盘上的精巧的手。它们在工作，他想，这是它们的工作。制片人是怎么说的？浓缩，投喂。它们将数据——“已成为过去的宿命”——分装、盛盘。“数据”（data）在拉丁语中意为“被给予之物”。那么是谁在给我们“数据”？是谁在赋予我们“已成过去的宿命”？

“我还是想拍瓦尔特·本雅明。”他说。

“那你去找德国人吧，”制片说，“他们认识你，也知道你的作品。”

“但他们想拍的是毒品，”阿图尔说，“也想知道为什么我们还恨他们。”

“我不恨他们了呀。”

“他们要是知道我们已经不恨他们的话，就不会买我们的片子了。”

“好了好了，总之，你能专程来一趟真是太谢谢了。你知道，好的创意，我们总是欢迎的。尤其是你的好创意。比如莫斯科犯罪率飙升啊，俄罗斯黑手党啊，这一类的话题你再想想。”

门在他背后合上了。他像穿行于教堂般，怀着悲恸，穿过门外的办公室。可是他又有什么权利评判这些人呢？

当下——人生中无数个当下中的又一个当下——一个想法狠狠击中了身在此地——柏林——的他：如果没有失去妻子和儿子，他会变成什么样的人？

“他叫托马斯，”耳边响起埃尔娜的话，“既然你还在回避这个名字，就表示你不希望他继续存在于你的生活中。”

“他已经不在我的生活中了。”

“这不影响他叫托马斯的事实。”有时候，埃尔娜是咄咄逼人的。但他始终都记得这场对话。

他本来会变成什么样的人？提出这个问题的自己有些不怀好意。自然，他不可能再有如今这样令自己与他人泾渭分明的自由。光是这样一想，他就莫名地感觉到内疚。迄今以来旁无挂碍的生活他已经习以为常，很难再去想象别的生活了。但自由同时也意味着彻底的荒芜、彻底的没有依靠。不过，这又怎么样呢？他曾在某次酩酊大醉时对埃尔娜说，那些有孩子的人、那些“不必独自赴死”的人，难道他们从终极意义上说，不也是彻底的荒芜、彻底的没有依靠吗？

“少在这里酒后自怜，阿图尔，我最讨厌你这样。”

他笑了。这么多的想法流经了大脑，他却才刚刚走到斯坦广场附近。原来几百码的距离足够一个人想这么多事。在乌兰德大街一栋高楼的正门上，他看见一个被无数只手摸得奄奄一息的铜门球，上面落着一撮白雪，好像一球金色的冰激凌上点缀着一朵掼奶油。（“难道你总也长不大？”）他俯身抹去白雪，不免在门球中再次见到自己：好像一枚薄皮大陷儿的饺子，一个鼓胀臃肿的侏儒，一个巴黎圣母院钟楼上的驼背。他检视门球上变形的鼻子和两尾彼此之间渐游渐远的鱼一样的眼睛。他很想吐一吐舌头，干脆把心绪改一改。但今天不行，否则，他还不如去买醉来得痛快些。今天的任务是放空自己。他要在雪——这位用洁白的宽袍大袖把一切无根据与不必要的事物都遮起来的粉饰高手——的帮助下，尽量平静、无为地将今天的时间打发过去。

突然间，他非常想看卡斯帕·大卫·弗雷德里希（Caspar David Friedrich）的两幅画（是什么让一个人突然想要做某件事呢？）。那是两幅怪异而动人的油画。刚才在书乐的橱窗里，是不是有一本弗雷德里希的传记呢？他不记得了。唔，弗雷德里希……他倒没有特别喜欢这个人的作品，但那两幅画他却记得很清楚。一幅是修道院原址，废墟上滴滴答答地洒落宗教符号。象征死亡与绝望。另一幅是寻常到不值得入画的风景，紫色的山，迷雾，乱石平原，风景正中反常地立着一座峭壁，峭壁上更为反常地竖着一尊十字架。十字架与众不同。怎么说呢？总之是比一般十字架要细长一些。十字架下有一个女人，穿的约莫是晚礼服，好像刚从普鲁士贵胄的舞会上偷跑出来的名媛，急急忙忙而忘了披上斗篷，拖拽着精工细作的裙袍，直接跋山涉水来到这片有悖常理的风景中，来到这个钉在十字架上、身边既没有圣母也没有信徒、既没有教团也没有牧师的祭奠、身处几乎天理不容的孤寂中的受难者脚下。画中人太远，看不清表情。只依稀看到女人伸手去拉身后一个男人，似乎要帮他登上最后几级台阶。她并不看他；而他的背影，则是一个永远不会转身的背影。整幅画似乎在极力营造一种肃穆，也似乎在激发对宗教的嗤笑（他想象笑声在紫色群山间回荡）。但对弗雷德里希当时的世界来说，第二种诠释是不成立的——那是他自己被玷污了的二十世纪的灵魂才想得出的"糟粕"。画家本人则一丝不苟——没有为揶揄的诠释留下哪怕是一点空间。正如他自己说得那样：德国人很严肃。尽管如此，他有个朋友却颇有幽默感，还是为弗雷德里希写了本书。维克托曾给他解释过为什么弗雷德里希画作中的男人都不肯回头——大概是说，这是一种与世界诀别的姿势，具体的措辞他记不清了。或许看了在离此不远的夏洛滕堡宫（Schloss Charlottenburg）里展出的原画还能想起来。

“帮忙！请帮忙！”[1]

有人在求助。他看不见求助的人，这意味着求助的人——从声音判断是一个女人——也无法穿过雪幕看见他，而这近一步说明，求助并不针对他，而是针对所有人。

“帮帮我！有人能帮把手吗？”

他不由自主地穿过纷飞的雪花循声走去。出于电影导演的本能，他首先注意到的是眼前的画面与画面的荒诞：一位身穿救世军军装的妇女，跪在一个不知是死是活的黑人身边。无论走到世界的哪里，他都能在街上看见这样的场景——有人在街头露宿，有人在街头流浪，有人在街头吸毒，有人在街头演讲。这些人怒骂、呓语、沿街乞讨、破衣烂衫、灰泥覆体、蓬头垢面，穿行于城市之中，或无声无息，或指天骂地，或摇尾乞怜，仿佛穿越时空的石器时代生物，要向现代社会传达某种讯息。是什么讯息呢？是想让大家看见每时每刻都在发生的死亡吗？他常将他们作为震动灵魂的人间惨剧那样想起，但另一方面，他们也释放着一种奇特的、难以界定的吸引，好像在说，只要在他们身边躺下，也钻进一只纸板箱，人就可以安眠，就可以好梦，就可以不必在乎能否再次醒来。时间——如

---

1 此处为德语“Hilfe! Hilfe bitte!”。

果这种生活抹杀了什么，那就是时间。白天与黑夜依然存在，但为了要做的事情与要去的地方所设计的时间概念则消失了。定向流动、永无休止的时间，从这些人的生命里悄然退场。他们将自己完完全全交给了迟早都要发生的肉体的腐朽。有一天，他们会再也起不来，会像眼前的这个男人一样，不得不依靠别人的力量才能从阴沟里被打捞起来。

但这位朋友并不想被打捞起来。他像惰性物质一般无动于衷地躺在正想尽一切办法帮他坐起来的女救世军怀里。女人很年轻，将近三十岁，有一双蓝眼睛，一张中世纪圣徒般苍白的脸。仿佛雪中的一幅克拉纳赫。这种事自然是要轮到他的。他努力克制自己才没有伸手去帮她掸掉落在帽檐上的雪。

“我来打电话求助，请你帮忙扶住他，行吗？**请**[1]。”

德语在某些女人说来，真是世界上最好听的声音之一。不过眼下不宜想这种事，何况这个男人很臭。面前这位“师姐”（不知救世军内部如何称呼教友，就权且称为师姐吧）显然很有经验，男人的臭味她似乎毫不介意，而阿图尔再三按捺，才没有呕吐。倒是男人先吐了，在被转

1 此处为德语 Bitte。

移到阿图尔怀里的同时，血水混着呕吐物从他嘴里喷涌出来。

“啊，上帝，”女人的错愕反应听起来好像一句祷词，“我去去就来。”

她消失在风雪中。阿图尔已经跪在男人身边，扶他坐起，并让他的头靠在自己的胸前。雪花在他细密的灰色鬈发里依偎，融化成水，又被新的雪花所替代。他用右手舀起一把雪，去擦拭血水与呕吐物。他听到往来的车，潮湿的轮胎轧在哈登贝格大街的路面上滋滋有声。几小时后地面将一片肮脏，夜幕降临时，混着污泥的雪水将再次结冰。柏林，一座冻土上的城市。她究竟是怎么找到这个男人的？

她回来后，他拿这个问题问她。

“出现这种天气时，我们就会上街去找这种人。我们知道他们惯常出没的地方。”

“你刚才打电话给谁？”

“我的同事。”

这一措辞在这一境况中显得不合时宜。世界上有没有人曾与女救世军一夜风流？她冰蓝色的双眼突然看起来很危险。不要胡思乱想了，达内。眼下你正跪在雪中，怀抱着一个半死的人，仅此一回，请你努力做个人吧。

“Scheiße,”他怀里的黑人没一点外地口音地骂道，“Scheiße, Arschloch, Scheiße.”。[1]

“别激动。”女救世军边说边继续用雪替他擦嘴。

“Scheiße.”。

“你可以走了，”女人说，“谢谢帮忙，我的同事马上就来。我刚才去车里给他们打了电话。”

耶稣的兵，他心想。看来这世界总免不了战争。男人睁开眼睛，露出两个蜡黄充血的眼球。世界只是一连串的视像。截至生命将尽的此刻，他一共目睹过多少次神迹的显现呢？那些曾显现的神迹，如今又在哪里呢？

“啤酒。”男人说。

“好的，好的。”

阿图尔发觉自己在诸如今天这样以冥想为主要任务的日子里，假使遇到诸如眼前正在发生的这样不寻常的事，脑中所萌生的就似乎总是一些流俗的想法，一些诸如“这个正被自己拥在怀里的彪形大汉曾几何时也是非洲甚至美洲某国的一个儿童”这样毫无新意也不会有任何建树的想法。或许留他一人在雪中死去会是一种更好的结果。他们说这样的死不会有什么感觉。然而依照眼下的情况来

1 几句德语的咒骂，由“粪便”与“屁眼”构成。

看，耶稣的兵将会把男人拖到某个旅店，给他洗热水澡，将他救活。

雪中的黑人——这恰是卡斯帕·大卫·弗雷德里希会用来入画的场景。他的作品无一不在凝视那个在他死后才显现出来的德国的历史深渊。仿佛画家一时找不到语词，才权且使用山顶的耶稣、教堂的残垣和化身蝙蝠、成为这个腐朽世界的冒牌天使的修士来完成表达。他听见一阵警笛声。透过风雪，一辆闪着蓝色顶灯的面包车呼啸而来。

“这边，这边！”女人喊道。他踉跄站起。两个男人顶风冒雪走来，看样子好像是真的军人。他该抽身了。到街角随便喝杯朗姆酒，然后去看山顶的各各他。既然无事可做，不如按原计划行事。他能毫不费力地在脑中复原那幅画。它的主题具有模糊性，因此可被自由解读，因为画中既有无底深渊，又有深渊之上的法度。

他走上席勒大街。世界上有两座城市必须用步行的方式来游历：一是巴黎，一是柏林。这话多少言过其实。但他一辈子在各种各样的地方步行过，只有柏林是真的不同。不知这与城市被一分为二有没有关系，那条分界线使步行显得更像一场跋涉、一场朝圣。虽然巴黎也有塞纳河将它一分为二，但这条界线被上面的桥梁模糊掉了，当然，尽管如此，人们在跨越河流时还是会感觉自己正在前往某个“别处”，这也就是为什么大部分巴黎人更喜欢待在自己的一边，在自己的地盘生活。柏林却有所不同。柏林在许多年前中过一次风，中风后遗症延续至今。从一侧去另一侧的人需要跨过的是一道敞开的裂口，一条会长久留存的伤疤。在这里，起分界作用的不是河流，而是一种类似“油漆未干”的未完成状态，这种状态由历史造成，以“政治”为名。对每一个与这种状态有共鸣的人来说，“东、西之别”几乎是一种生理性感受。

他来到恩斯特罗伊广场，注意到俾斯麦大街（“施佩尔唯一的存世之作”——维克托）铸铁路灯投下的光线里，雪花正在狂舞。他不禁战栗，虽然这并不因为严寒。他回想距离第一次来柏林已过去多久。第一次来时他还在实习，荷兰公共广播台（NOS）派他去东柏林跟拍某会。当时的社会状况眼下竟然已经无从谈起。那是局外人难以想象、过来人不愿回忆的年代。历史书里写满了这样犹如脱缰野马的失控年代。第398页上的人早已忘记了第395页上的事，几年前的惊涛骇浪，几年后沦为笑谈。但他还没有忘记，没有忘记那种不寒而栗，那种恐惧。那时他服从安排与其他媒体一起站在瞭望台上，越过无人区看另一边，前一天他才刚刚拍过那个世界。纵使在当时，一切都难有实感。纵使在当时，一切都难以合理地去言说，一如现在一样。如果不是那些历历在目的乱石、废墟、建筑工地与地缝，你几乎会以为这一切都只是自己的一段荒诞不经的狂想。

后来他经常回到这座始于人类狂想的城市，有时一待好几个月。他喜欢来看望自己在这里交的朋友，也偶尔接一些此地电视台的活儿。但仅仅这些原因还无法解释他为何会与这座城市——而不是与一些更宜居、更热闹的城市，比如纽约，比如马德里——暗暗有了联结。更大的原因是它的“广度”；此时正在柏林城中行走的他，非常明白自己所说的“广度”是什么意思，然而要向别人解释起来，这个词就不够了。他想到“**我不管在哪里都有一点点不开心**”[1]。他很认同这句话，或许正因如此他才将它存进了大脑。这“一点点不开心”在他个人只是一缕淡淡的忧愁，很少得到放大。然而在这里，在柏林，这缕忧愁混入了另一种更强烈、更危险的情绪，或许它也可被称为忧愁，但比之他自身那淡淡的一缕，它要宏大得多；它来自足可容纳一整个军队的大道，来自巍峨大厦边空荡诡异的场院，来自人们对如今废弃的空地上曾经发生过的许多事、说出过的许多话的默知，来自受害者与施害者相互交

1 此处为德语“Ich bin überall ein bisschen ungern.”。

织、相互激励的全部日常的言行，来自足以让一人漫游其间好几年的记忆体量。柏林人自己，或许出于某种自我保护的目的，不去深究这一切。他们忙着夷平伤疤而无暇他顾。一个人要如何处置这样的回忆？它如此沉重，甚至无法支撑自己，妄加处置会令它轰然倒塌，并在倒塌时旋即掩埋眼前的一切，令生者淹没于死者之中。

奥托苏尔大道上冷冷清清，不了解情况的人会以为城市又发出了紧急戒严，要求市民集体居家。几乎空无一人的人行道上，西伯利亚的冷风纵横驰骋。远处出现了今天的第一队铲雪车，每一辆的顶上，都闪烁着琥珀色的光晕，好像神经信号。路上仅有的几辆私家车，也都把头灯打开了。一幅希腊岛屿的画面突然浮现脑海。从哪里来的联想？他不知道，但他已经习惯；这样的事在他身上经常发生。教堂、村路、荒芜海岸线上的几所房子——诸如此类的离奇画面不分时间、不分场合地突然出现。每一个画面都有些眼熟，都是他似曾见过却说不太准的景象，仿佛他的脑中有一个没有地名却怎么也忘不掉的地球仪，仿佛他曾生活在另一个所有名字都已被擦去的星球上。但有时，比如现在，如果他集中精力，还是可以迫使记忆供述出更多模糊的拼图。

他想起自己前一天晚上曾在一家希腊餐馆吃饭，于是推想脑中的景象，或者与餐馆里播放的音乐不无关系，接着他努力回想其中一段他跟着哼唱的曲子。那是一段合唱曲，歌声沉郁而迫切，歌词是半吟半唱的。他这一桌的服务生记得歌词的全部，跟着磁带唱完了一整首歌。而当他问及歌曲说的是什么时，对方却只向空中举起双手，说："这是一个很老的故事，很复杂，很伤感。"说着他便踏歌离开了，边走边高声加入合唱，仿佛要补完刚才说话时落下的部分。整个就餐过程中，那首歌一直在室内萦绕——情绪上时而恫吓、时而隐忍、时而牧歌般悠扬、时而忧郁哀伤，好像在记述某件遗留下深重苦难的往事。啊哈，他想起来了，一定是这样没错：他曾见过伊萨卡的海岸线、福耳库斯的海湾，也曾见过形状仿佛冥府灵兽的山峦，和仿佛从未起过波涛的大海——至少在他见到它的那一天，它是那样地平静，好像凝固的缟玛瑙，好像一踩上去，就会被踩碎。希腊人称这样纹丝不动的海为 galini。终于，某些回忆开始浮出水面，依照他自己的话说：某个人又回来找他了。这种事他不会告诉任何人，甚至不会告诉埃尔娜，至少不会使用"找"这样的措辞。去伊萨卡，是他与洛劳弗耶之间的第一次长途旅行，发生在二十世纪七十年代。"找"——多么愚蠢的表述。淹没在往事泥沼中的她不可能在现实里找他。只有他知道她来了。她就在附近，她有话要说；他知道她要他听。

起先，他忽视她的召唤，视其为危险的陷阱，逐渐他开始与她长谈。他与她之间发展出一种他与旁人所没有的亲密，这让他失去呼吸的空间。她不常找他，但也不曾忘了他。不像阿尔诺有一次给他读的里尔克的诗，诗中俄耳甫斯去冥府营救欧律狄刻，后者已经认不得他了，询问这位陌生人究竟是“谁？”，这一声短促惊疑的“谁？”，在俄耳甫斯听来何其悲凉。他为什么现在才想起洛劳弗耶？前一晚听到音乐时为什么没有？是谁在左右记忆的时机？另外，还有一个更令人担忧的问题：他真的还认得她吗？死者不会衰老，他们的年纪永远定格在死去的那天。唯一变化的只是生者在多大程度上还能将死者想象为生者，想象他们像生者一样时而在场、时而缺席。有一次，她问他为何爱她。这是一个无法回答的问题，它的答案有千百种，而他最后只答出一种：“因为你停匀的端庄。”这是什么话！但仔细想想，它又再贴切不过。因为他所能想起的每一个她，都符合了这一描述。他所说的“端庄”，是意大利文艺复兴油画中的“端庄”，是画中有着华美金发、通体发光却遥不可及的女人的“端庄”，是只要动一动就足以吓人一跳的“端庄”。

这种想法原本不足为外人道。再说，“停匀”这种词，虽然用来描述她再合适不过，但对讨她欢心大概起不到任何作用。他还记得她当时的反应。

“停匀……是巴赫《平均律钢琴曲》的感觉吗？”

“有点那意思。”

当时他们宿在一家叫“门特”的民宿，在海湾的冷水中游泳。游客不多，民宿也找不到外国报纸。他在长满圣橡树与橄榄树的山林间徜徉，假想自己置身荷马时代，假想奥德修斯也曾步入同一片山林、也曾看见他阿图尔·达内今天正在看的一切。海的颜色依然是酒一样的红，海的尽头依然飘着奥德修斯的船，面前的破棚就正属于猪倌欧迈俄斯。随身带着《奥德赛》的洛劳弗耶，在阳光下，在开满罂粟与三叶草的山坡上，诵出其中的段落给他听。

奥德修斯是他学生时代心目中的英雄。此时在“事发现场”听到同一段文字、同一些名字被诵出，他才第一次理解了什么是 genius loci（土地有灵）。即使故事并非发生在完全相同的位置，这里大致上仍是它发生的地方。他恍惚中觉得，就是在这里，就是在这片碎石残垣中，归来的王者乔装成乞丐，去看望他的猪倌，去重聚他的儿子。

而他的儿子——他正处在怎样的“当下”？与死者打交道最危险的地方正在于此。有时，他们会向你抛出往事的诱饵。在你以为自己伸手就可以够到他们时，那本该来临的接触的一刻，却在时间的墙上撞得粉碎，灰一样消失。正在发生的柏林的“当下”，与伪装成“当下”的、曾经发生在伊萨卡的“当时”，将他欺骗了，让他在“当下”看到了“当时”，就像他与洛劳弗耶在那个山坡上，因为荷马的魔力，回到了《奥德赛》中一样。洛劳弗耶念的不是他最爱的史诗历险片段，而是就发生在伊萨卡的一段故事。故事中，奥德修斯的父亲拉厄耳忒斯用二十头公牛为儿子换来了乳母欧律克勒亚。忒勒玛科斯出发去寻找父亲奥德修斯的前一晚，欧律克勒亚走进他的卧室，为他叠好衣服、抚平衣褶、整理行装。通过诗文你能够看见她运动在衣物上的苍老的手，看见她离开卧室时紧握的银门球，听见门闩在锁槽里滑行。与现代不同，那个年代的奴仆是被当作家人来对待的。虽然奴隶制并不值得怀念，但他发现当时的人们一旦失去奴仆，家庭生活常难以为继。在那个英雄的世界还未展开的碎石坡上，虽然其后有死亡与毁灭，有错综的迷途，诗人却已经预先埋下了归来的线索。归乡，重聚，夫与妻，父与子。阿图尔迅速掐灭这个念头。伤感不会令你与死者有进一步的发展，这是他早就明白的道理。一旦被死神击毙，死者就再也无法行动了，而且因为他们不可能知道自己已死，你也就不可能与他们探讨他们的死亡。自然法则只适用于未亡人，并没有一个“忒勒玛科斯”会为了寻找他阿图尔而踏上征途，还是赶紧忘掉那希腊餐馆的音乐吧。但有一种当年在碎石坡上读《奥德赛》时就已经有过的想法，他知道自己是永远不会忘记的了：在那一刻，他与洛劳弗耶其实已经成为《奥德赛》的一部分；诗人成诗的时候就已经将他们纳入了作品。当然，被纳入的不是哪个特定的阿图尔·达内，也不是哪个特定的洛劳弗耶，他们是以自身所扮演的角色——读者——进入诗歌的。重要的不是奥德修斯与欧迈俄斯是否曾真实存在过，也不是坡上的碎石是否曾真实地被两位人物的手触摸过，而是他们，这两个后来的、未来的、说着在诗人成诗时完全无法想象的语言的读者，感受到了自己还在诗中的这一事实。正是这种魔力，渲染了坡上的乱石、小径与风景，而不是相反。远处放牧的老妇，可能就是欧律克勒亚，或许还在述说英雄如何归来、她如何将他认出、如何沿着通向海湾的小径送他的儿子离开。送别那日与今日一模一样，于是不妨说送别那日就是今日，就是他们所存在的当下，因为只要还有人读、还有人听，诗里的一切就还在发生。

“喘口气，达内。”

是他的想象吗？还是他真的听见了什么？“喘口气，

达内。”无论是否想象，这句话起到了作用——决堤的思绪被止住了。你所能得回的，只有散碎片段，永远不是全部。

“你会被淹死的。”这是埃尔娜的声音。而刚才的另一个声音，虽然不知道是谁的声音，已将他从伊萨卡带回了奥托苏尔大道，雪地里竖着一块145路公交站牌。一位老太太坐在透明候车厅里。他以为她在对他挥手，于是也挥了挥手，然后发觉她好像不是在打招呼，而是要叫他过去。她动作急切，不由分说，看起来年纪很大，至少有九十岁。这样的天气，她本来应该待在家里。说不定她真的九十岁了？老太太一只手攥着登山杖，另一只手扶着玻璃墙。

“你觉得还有车吗？”

“不。您不该再等了。”

“我已经等了快一个小时。”

听她说话的语气，似乎这个程度的不便还不算什么。她也在体育宫（Sportpalast）里向戈培尔致过敬吗？或许有，或许没有。你永远不会知道。说不定她有一个丈夫在东德前线阵亡，她有一所房子被兰开斯特轰炸机炸成了碎片。对这些人你一无所知。唯一明确的只有一点：事件发生时，她大约四十岁。

“你觉得地铁还开着吗？”

她声音尖锐，口吻强硬。难道她曾是前线护士？或二十世纪的夜店歌手？

“我不知道，我们可以去看看。”

您上哪儿去？这是一个应该被提出的问题，然而他没有问。

“我带您去理查德·瓦格纳广场站吧？”

“好。”

看来今天是合该我救人的日子了，他一边想，一边几乎是提着老太太走出了候车厅。车站不远。两人尽量贴着夏洛滕堡市政厅（Rathaus Charlottenburg）走。市政大楼很高，仿佛一面黑崖拔地而起。她紧紧挽住他的手臂，他则用自己的右脚尽量为她扫尽前路的积雪。

“你真好。”

这是一句无法回答的话。假设他是一个罗马尼亚新黑手党人，遇到这样的情况会怎么做呢？虽然罗马尼亚新黑手党人不会在这样糟糕的天气出来。

“他会抢走她的包。”维克托的声音说。这场雪中藏着好几个灵魂。

“您多大年纪？”他不禁问道。

“八十九了。”她停下来喘口气，“这么长寿可不是好事。”又说：“你不是德国人。”

“嗯，我从荷兰来。”

她扽了扽他的衣袖。“我们对你们做了天大的坏事。”

他本想说“倒是没有对我个人做什么”，但是没有说。这个话题过于复杂。他讨厌德国人聊愧疚，没来由地讨厌，可能只是因为自己不知道如何对答。他并不是一整个荷兰民族，而她也没有对他做过什么不好的事。

他或许可以反驳：在所有被占领的国家里，自愿加入武装党卫军人数最多的国家就是荷兰。但这样回答似乎也不妥。

“我太小啦，”他最后说，“我1953年出生的。”

她在一个戴头盔的矮人与一位巨人般的国王旁边停下，国王腿边靠着一柄剑，表明他善武的身份。

“我丈夫是奥西茨基的朋友，”她说，“死在达豪（Dachau）集中营里。”

事实上，德国人说“死于集中营”或“在前线阵亡”，所使用的词都是geblieben——留驻。留在那里。留在集中营，留在前线。她用的是这个词吗？

“他死的时候就像你这么大。”

“他是共产党？”

她抖了抖手腕，那样子仿佛想要丢掉一件东西。不过，虽然在他眼里这仿佛是在丢东西，但理智告诉他不可能。那手势幅度太小，小到难以模仿，以这个手势不可能丢掉任何东西。但他的确从中看出了“抛弃”的意味，所抛弃的，或许是战后发生的那些事吧。她不会将它们诉诸语言，而他也不会问。出于同样的理由，他没有告诉她自己的父亲也是共产党。他们就快到了。中途路过一家日光沙龙的橱窗，橱窗里有一张广告画，画中模特身穿黄色比基尼，臣服于威武的太阳光下。她长得很美，但晒得有点过头。

老太太在地铁口停下，地下能听到地铁的轰鸣，说明还有班次。阶梯上有人履行市民义务撒了防滑煤灰。他扶着她下到站台。她有通行证，因此无须购票。他本不想问，但还是不由地问：“您知道您要去哪儿吗？我意思是，刚才您等的公交跟这个地铁去的不是一个地方。”

“说不定我哪儿也不想去。或者，说不定我是想绕个远路。”

他无言以对。

“然后呢？”

“到站后还会有人像你一样帮我。”

她往前走了几步，转身又说：“这都是胡扯。”说完她微微一笑。在这个镜头难以捕捉的瞬间，他仿佛看到了她曾经的脸，虽然他无法知道那一刻是哪一刻。大多数活人与死人一样难以深入了解。他喃喃自语着“这都是胡扯”，重新走进风雪。

不到一分钟他就又变回了原来那个模糊的白影。达豪、拿破仑在莫斯科、《两个掷弹兵》(“The Two Grenadiers”)、斯大林格勒、陆军元帅保卢斯——向夏洛滕堡宫奶黄色围墙逐渐靠近的同时，他的思路穿过这些关键词。衣帽间侍者带着仿佛大衣上沾了狗屎的表情帮他存好大衣。透过侍者身后的窗户，可以看见修剪得整齐划一的庭院。儿童常在夏天放小船的圆形喷泉现在没有开。一小截灰色的冰柱，歪歪扭扭地支棱在喷水嘴上，显得绝望。小径两侧摆着盆栽灌木，为防冬寒，上面罩着罩子，看起来像两列战斗中保持队形的雪人。稍远处，普鲁士秩序的铁拳稍稍放松了些，有一些林立的树，好像哨兵。一队灰黑的乌鸦在天空盘旋。他曾在这个花园里拍过一段对维克托的采访，那是他们彼此结识的契机。访谈的主持小姐能力尚浅，请他谈一谈德国人的典型特征，详细说一说荷兰人与德国人的区别，维克托戏谑着答道：德国人爱聊血液循环，荷兰人对这个话题则没有兴趣；荷兰人容易腰酸背疼，而且他们种的番茄没什么味道。访谈主持无助地望着阿图尔，请示能否重拍。阿图尔则用手指点住嘴唇，摇了摇头。

“为什么？”

“因为浪费时间。”

他的余光看着维克托，后者已经走向正殿，且在一个什么东西前停了下来，眯起眼睛细看。

“怎么浪费时间？”

“我觉得他根本不会回答这些套路性问题。德国与荷兰总是被放在一起问，大家早就听腻了。”

“你们看！”六年前的那一刻，维克托问，“看见上面的雕塑了吗？”

在他们上方高处的屋檐上，有一群裸胸的女性立像，裙摆被风撑起，每一尊手中都拿着一件象征博雅艺术（liberal arts）的器物：罗盘、里拉琴、面具、书。从他的位置拍不清这些立像，因此，他只将镜头对准了维克托。

维克托的双手挡在脸前，向空中伸远。“你看得见吗？她们没有脸。”

“是被擦掉了吧？会是俄罗斯人吗？”主持人问。

“俄罗斯人没有到过这里，亲爱的。她们是被做成这样的。以椭球为头，没有眼睛。像德·基里科的风格。不难看出她们只是符号，而符号是不需要脸的。”

维克托说这段话时所站的位置，距离阿图尔现在的位置不过几码远。又一段往事的碎片被加入了今天的回忆。

这个片段既不伤感，也没有特别的意义。不出意外的话，他今晚就能见到维克托，所以，想起他绝不是因为再也见不到他。那又是因为什么呢？这不过是他拍过的数百段访谈中毫无特别之处的一段；这样无意义的片段要是都记得住，他的脑子一定会炸开了。维克托是故意让访谈失败的，这不需要怀疑。但眼下的当务之急是弄清自己为什么会记得这个片段。会不会因为那是揭露维克托个性的时刻呢？

“如果您不介意的话，我还是想问一下德荷两国的关系。许多人认为两德统一后的新德国可能会更强大，这让他们感到害怕……”

“啊，那个不谈也罢，”维克托说，“倒是这些雕塑，你说妙不妙：一个没有脸的人，手里却拿着面具。”

他不知道，记忆是怎样让冰雪融化、泉水喷涌、花朵盛开的，只知道当时收音师穿了外套，但他与维克托还有女主持都仅着夏装。对女主持，他只有模糊的印象。换句话说，她对于他不曾有过面孔。那么维克托呢，从不让自己脸上流露哪怕是一点点情绪的维克托，算是有面孔的人，还是没有面孔的人呢？只消看一看雪中他们六年前夏天曾站立的位置，那场对话就会再度被唤起。事情就是这样：人的肉身占据世上的空间，在其中说话、用情、争执，人走后，人的痕迹不走，它留在原地，融入到所有曾来过此处的前人的痕迹里。世上的每一个空间都拥挤着这样的痕迹。一个人只有擦除所有痕迹，才算真正死去。

“在天堂，一个火柴盒能装下一百万个灵魂。”埃尔娜曾说过这样珠玑般的妙语。

“你从哪里听说的？”

“我母亲说的。”埃尔娜的母亲结过三四次婚。埃尔娜曾问她，死后希望同哪一任丈夫重聚；“天堂一个火柴盒能装下一百万个灵魂”是她的回答。

主持人和收音师撤退后——照例也有“谢谢，电视台一定会很满意”一类的客套话——维克托带阿图尔去了正殿后的陵寝。

春天，乱窜的狗，琴师忘情地锯着小提琴，脚下的扩音器里，一支交响乐团正在协奏。（“永远出不来的小男人和小女人。封锁在近亲交媾的化粪池里。这个不谈也罢。倒是你，你拉得不错。”）维克托的皮夹克像锦缎一般服帖，看起来很贵。一条丝巾系在他的脖子上——这一次的图案是蓝色波点，像极了卢·班迪（Lou Bandy）。（“你居然知道卢·班迪？”）

“我带你去看一样东西。你就当作是去上课吧。但请别哭。”

卢·班迪——他知道这位歌手的名字实属意外，仅仅因为一张老式78转的黑胶唱片。那声音十分细小，好像早年间报新闻的那种声音，让人觉得过去人的声音好像跟现在人的声音有什么本质上的区别，过去人的声音好像能像某些物种那样灭绝。维克托会唱他所有的歌。

我爱推拿小姐萝茜
她让我舒畅又窝心
脊椎痛、腿抽筋
手到病除如有灵
包您满意……

“1930年代，战后，开煤气自杀了。受不了过气。标志性的丝巾和头油。跟很多早晚要过气的事情一样，现在也没人这样打扮了。”

他脑中从头至尾地回放着这段当时他拍下的影像。维克托不仅生就一张冷脸，而且走起路来像机器一样面无表情，他就这样毫无情感波澜地领着阿图尔在正殿的后庭闲逛，仿佛有人跟拍是世界上再自然不过的事。距离上次看这条片子已经过去很久了，阿图尔还记得里面的一段有长茎天竺葵的画面——血红色，由木架托扶着——这让它们看起来不像普通的花，而像是专门放在那里的稀有品种。适合出现在噩梦之中。维克托拐上一条小径，走向一座好像是寺庙的建筑，那建筑门前有两根大理石柱，一排杜鹃绕着石柱围了半圈，紫色的花瓣色彩明亮，仿佛刀片刺进双眼。陵寝关着门。但见铜门深锁，大理石雕成多立克柱式，风轻拂树梢。

“她就埋在这里。”维克托说。他从口袋里变魔术一样抽出一张印有年轻女人的明信片。阿图尔看着维克托，但他脸上依然没有表情。他在感伤，还是在自嘲，还是有什么别的想法？他不知道做何反应。她很美，却显得有些天真。白色长裙松松地勾勒着腰身，奶油般白皙的乳房下面，轻束着一枚淡蓝色的蝴蝶结。维克托将明信片搡到他鼻尖底下，他只好放下摄影机。唯一可以确定的是：画中的女人，她的眼神仿佛有求于你。镶满宝石的沉重的王冠下，露出几缕细小的鬈发，脸孔下面如雪的颈与胸，泛着玫瑰色的光华。笔直的鼻梁，过于娇小的耳朵，深玫色的红唇，微微上扬的嘴角。最奇妙的是她的眼睛。湛蓝色的眼眸与皇冠上的蓝宝石和几乎要从肩上滑下、要让身体呼之欲出的水色裙袍相呼应。眼睛很大，目距略宽，几乎没有睫毛。

他将明信片翻到背面。1804 年，普鲁士王后路易丝。

约瑟夫·格拉西（Josef Grassi）。他让我拿着它干吗？阿图尔想。

“你总是带着这张明信片吗？”

后来他才知道，这是一张维克托用来试探的明信片，至少在他看得起一个人、认为有必要加以试探的时候。

“不总是，”维克托说，“是你请我来这里的。然后我每次来都会来看看她。我的女友遍布全世界。我的探望她们总是喜欢的。”

他的脸上依然没有丝毫表情。

“明信片是带来给你看的。我不吃醋。”

阿图尔依然不知做何反应。

“你大概在想，她身上现在还剩下什么，”维克托指着棺椁说，“恐怕不是什么好看的场面。很可能已经完全干枯了。可惜啊。没有什么是永驻的。如果没有人画下来，我们也就不能像现在这样看到她了。”

阿图尔又匆匆看了一眼明信片，在进入正殿后，又看到了原画。必须承认，这个女人在显而易见的性魅力之外，还有一重特别之处。她看起来好像要从画里走出来，好像难以忍受包围她的画框。她肩头的别针显然只是为了被打开而别在那里的，正像那蝴蝶结必定轻轻一抽就会顺从地散开。整幅画似乎在说：她不会拒绝。或许画家是在利用旁观者的淫欲来表达自己的淫欲。唯一事与愿违的是，女人的眼睛始终紧紧盯着你，让你没有下手的时机。

“其实这幅画算不上美。”阿图尔说。

维克托没有接话。他看得过于投入，头都快抵在画上了。阿图尔想，如今再要看他梳的这种发型，恐怕只有老电影里才有。弗雷德·阿斯泰尔（Fred Astaire）。加里·格兰特（Cary Grant）。用“一丝不苟”来形容这种发型再合适不过。没有一根头发破坏队形。

“像一只牵给屠户的羔羊。这种女人现在没有了。我认识的女人里没有谁给人这样的感觉。让人摸不透。这种气质绝迹了。你也可以观察一下。世界为了某种蝾螈的绝迹就捶胸顿足。某种表情绝迹了却没有人吭声。我们周围的许多事物都在灭绝。摄影师，这值得你停下来好好想一想。”

“确实。”

不，其实他没有说“确实”，其实当时他什么也没有说。他只是听着。

“你能想象这个女人生前的步态吗？”维克托说，“不，你不能。这是一种空有美貌的女演员在古装剧里努力模仿的步态。比如我上周看的克莱斯特的剧。服装不会绝迹。服装可以复制、保存。所以在这方面我们无须担忧。但是，人们穿着这些服装时的举止却消失了。面料的运动轨迹会因为举止不同而不同。就像这个女人，她不可能穿比基尼。她不懂穿比基尼时的举止，因为比基尼在她的年代还没有被发明出来。”

“所以是谁发明了比基尼？”

“这个嘛，”维克托说，“是时间。或者，是资本主义。二者殊途同归，最后无非都是女工、生产线、汽车、牛仔裤。当然还有短裤。女人的着装开始像少年——匪夷所思。接着就有了烟草、心脏病。凡此种种，导致她脸上那种表情从世界上消失了。或许它非得消失不可，或许它有消失的必要。再看一眼吧。这是一幅很顽皮的画。”

他凑得更近了，几乎贴到画中女人曲线完美的右胸上。

“雕塑家会问：你觉得乳头应该在哪里？”

“这里。”阿图尔说着，指向他认为是乳头的地方。警报顿时响起，穿蓝制服的保安急忙跑来，用机关枪似的德语，喊着他听不明白的话。

“警报倒没有从世上消失，”维克托说，“我说过了，这幅画很顽皮。”

在保安还没跑到以前，阿图尔就已经充满忏悔地向他转过了身。

“我的这位朋友没有观展经验，对场馆规则比较陌生。我保证他再也不会了，”保安走后，他又继续说，“不过，你指的位置是对的。当然是从标准角度来说，实际上真实的位置，那谁也猜不到。娇柔，粉嫩，像一抹红晕。顺便说一句，这样的乳头，世界上也再没有了。它与你如今在裸体海滩上看到的好斗的小小突点截然不同。风吹与日晒成就了后者。或者也可以叫它们‘按钮’，因为现在的女人显然都已经变成了钢铁之躯。”

“你究竟想表达什么意思？”阿图尔问，“是想说女性任人摆布、招之即来的时代已经过去了？”

“我没有特别想表达什么，”维克托说，“可能只是随便聊聊。而且，你说的女性招之即来的时代，据我所知并没有过去，不如说，如今更甚了。”

这话引起了阿图尔更多疑问，然而他没有提出任何问题。毕竟面前的人他才刚认识不久。第二天的拍摄在维克托的工作室进行——到处是红色石雕，坚实，沉重，手感粗糙，充满了不祥的气氛。造它们的人大概早就死了。完全看不出年代，很像是上古的东西，某个早已灭绝的部落的祭物。反正，面前的男人是不可能造出这种东西的。阿图尔还记得其中一尊石像：一匹大概是用火山岩做的马。马首低垂，好像已处在死亡边缘。没有马尾，也没有马蹄，纯粹符号的马。表面的焦黑给予这符号的马以神圣感，令它看起来好像某种上古的偶像。

他表达了这些想法后，维克托以看着一个刚刚说出“嘘嘘”和“嗯嗯”的幼儿的眼神看着他。

“你该不会是艺术评论家吧？”

那都是当年，都是从前，都是往事了。眼下的他有选择的自由，可以向左进入皇家内室看美女，或右转去看弗雷德里希。说到底，弗雷德里希才是他来此的目的。如果此时左转，他便能再次见到路易丝。画中人历经岁月竟然不会发生任何改变，这简直是犯规。他很知道自己看到肖像后会有什么感觉：那不是他今天所想要找到的感觉。至今他还暗自觉得，洛劳弗耶的步态可能与那个女人是一样的，虽然这种想法很可笑。幸亏当时他没有在维克托面前说出来，否则他一定羞愧难当。娇羞，对了，娇羞正是形容那步态最贴切的词。如今一想到这个词，他顿时感觉它立刻就消失不见了。

“灭绝，”维克托说，“封装，束之高阁。”

“什么东西被束之高阁？”

“舒伯特的声乐作品。非读乐谱不能想象它们在舒伯特时代听起来的样子。”

“可今人还在唱那些歌啊。”

"不一样了。读读简·奥斯汀吧。那里面还找得到几个娇羞的女人。"

他离开站了很久的窗前。天几乎是黑的。柏林的暮色似乎比世界上任何地方都来得更早。然而时间才刚到下午一点半。肖像与洛劳弗耶的共同之处,不是一个"娇羞"能说完的。其中还有一重意味——一种诱惑,一种撩拨,虽然程度很浅,虽然可能只是一个生在二十世纪、一辈子没见过娇羞女子的男人的自作多情。但确实曾有人对他说,他的妻子让他们想起《圣经》里那十个处女与她们的灯[1]。这段对话发生在阿姆斯特丹,故此也令他想起了阿姆斯特丹,而阿姆斯特丹是他现在最不愿意想起的地方。他向右走去,走进卡斯帕·大卫·弗雷德里希展厅。

今天的天色适合看弗雷德里希,他想。同时也感到些许失望。窗外争分夺秒地黯下去,与他前来观看的艺术品相得益彰。他像有人领着似的向画作走去,然而身体却在推诿。他到底为了什么必须在今天这样的日子来这里?弗

---

1 "十个处子与灯"的故事记载于《马太福音》,大致如下:十个处子提着灯去迎接新郎,其中五个为灯预备了油,另五个没有预备。新郎来时,预备了灯油的处子能点灯迎接,没有预备的只能去买油,错过了随同新郎进入婚宴大厅的机会。等她们买来油后点起灯再去敲大厅的门时,新郎表示不认识她们,拒绝开门。这个故事告诉信徒:要时刻准备好,因为耶稣将于何时在何处回来,大家是不知道的。

雷德里希的世界与他毫无瓜葛，是什么在吸引他？

一个跟我一样傻的人，站在《海边修士》前他这样想。此人为什么要站在这样一片被上帝所遗忘的地方？是在自我惩罚吗？还是在独自哀悼呢？那些墨绿色潮涌上的白线——是海鸥？还是浪的碎沫？抑或是光的线条呢？人物躯体弯成一个怪异的角度，仿佛并不比任何一个穿越二百年的深渊凝视他的看客更希望留驻在那片风景里。画家创作这样一幅画时，心里究竟在想什么？低丘上的沙，雪一样细、雪一样白。区隔海天的直线上浓云密布——仿佛高墙一般，断绝一切逃跑的妄念。而那个他此来想见的女人，那个他记忆中通体幽光的“舞会出逃者”，她又是怎样爬到山顶的？说这是她个人生命中最极致的高光时刻，恐怕也毫不夸张吧？但现在，她被尘封在颜料的裂纹里，像一只捕网中的蝴蝶。有没有人曾因忍受不了画作过于严肃、认真的气氛而手持小刀、怀着毁掉它的心情来到画前？德国，令人既想接近，又难以接近——难以接近的原因，当然与德国人的灵魂有关。威廉·麦斯特彻底丧失希望，尼采对套马洒下眼泪，弗雷德里希画作如此，克莱斯特与密友相约自杀，安塞尔姆·基弗用金属拼贴的装置，博托·施特劳斯（Botho Strauß）创作的德鲁伊教“羊歌”[1]——凡此种种都包含了德国的灵魂，带有习惯了广袤无垠、阳光普照的荷兰人所难以适应的耽于忧虑的阴暗。但是为什么它会令人不由自主地想要接近？下一幅画：阴霾天空下的橡树林，林间废弃的修道院。

“你忘了瓦格纳。”有一次，两人在讨论这幅画时，维克托曾说。如果没有十万火急的原因，他是从不缺席拜罗伊特音乐节的。

“你能想象英国出了瓦格纳，荷兰出了尼采吗？荷兰人碰到尼采，只会无所适从。荷兰是个只要有一点不同就会被嘲笑的地方。”

“同理，荷兰也出不了希特勒。”

“完全正确。他声音太响，胡子太好笑。这绝对不是讨人喜欢的邻居应该有的样子。反观荷兰，连女王都平易近人地骑着自行车。希特勒喜欢拉上窗帘，不受外界窥探。荷兰人最爱一览无余，要是能知道希特勒太太有没有给客厅吸尘才好呢。正如你所说，荷兰没有山。一切暴露在光天化日之下。没有山，也就没有山洞，也就没有藏匿的地方。灵魂里没有幽暗。你看蒙德里安。颜色亮，线条直。

1 希腊语中，“羊”（tragos）和“歌”（iode）相加的变体，即是“悲剧”（tragedy）。在古希腊，表演“羊歌”的人要穿上羊皮，表演“被献祭的牺牲”，这是“悲剧”的最早形式。

运河、大坝、围垦地。没有洞穴，没有深渊。”

“有时候没有也不错。”

“那是当然的。不管怎么说吧，忧虑必然阴郁。但是现在我们已经有了许多解药。”

“魏玛时期还不是这样。”

“怎么，历史课的时间到了吗？你还记不记得那个国际象棋大师海因·唐纳（Hein Donner）的话？他说，多亏德国把荷兰拉进了二战，荷兰才终于从十九世纪走了出来，为此，我们都应该跪谢上帝。而且，荷兰人也没有他们自诩的那么勇敢，事实上还不到自诩的一半。假设在这个世界上只许我讨厌两种人，那我一定要讨厌自以为吵了四百年就为自己国家吵出了民主体制的荷兰人，以及动辄捶胸顿足自愧于天下的德国人。以及，你也不用问，我现在就回答你：没错，世间确实有‘愧疚’这个东西，但它不是那些什么也没做过的人所应该有的东西。”

“瞧你说的，这件事对他们来说才刚发生过嘛。”

“这件事对我们所有人来说都才刚发生。糟糕，我们现在是要认真说话了吗？”

“我还是要说，有几个伏尔泰和塞万提斯那样的人总没有坏处。”

他们又回到原先的话题：玩笑，或者说玩笑的缺席。

在德国，玩笑反讽的权利与犹太人一起消失了。世界与德国人拉开距离，留他们自处。玩笑、距离、呼吸的空间——对话以这些关键词结束，如果不算上维克托的最后结语的话：

“难道不无聊吗？”他说。

他再次久久地看画中的修道院。哥特式高窗嵌在仅剩的一堵墙上，窗里何以透出光，有点说不通，因为天上只有一弯银月。残垣，荒冢，鬼树，形而上的光，一个十字架歪在一个坟头——元素聚齐了。黑暗与绝望。德国灵魂的游猎场。在这疯狂世纪行将结束的当下，游猎场上的娱乐项目越来越少。是因为思想接受了洗涤，还是二战失败的沮丧，是因为解体这第二重惩罚，还是像世界上其他地方一样，仅仅因为一切都改姓了钱？他不知道。

下一个展厅的画有一种难以描述的平淡。铜色的日落，无邪的树林，瀑布飞沫四溅，妇人高贵，狗忠诚——没有原罪的世界。你不得不说，至少弗雷德里希是懂得怀疑的。这一点维克托恐怕说的没错：艺术如果一派吉祥如意，便不是艺术。当然也不必全是不祥之兆，但一点黑暗，确实能给艺术以力量。

“所以艺术光反讽是不够的。”

不，说这话的人不是维克托。他看了看表，两点三十分。他走向衣帽间，还没想好下一步做什么。透过朝南的窗户，他又看见一辆铲雪车。顶灯旋转着琥珀色的光，仿佛要在狂舞的飞雪上放一把火。

托马斯。无论一个人多年轻，死神也是说来就来了。托马斯，托马斯第一次看雪时三岁。他们把他从午睡中唤醒，抱他去后院目睹奇迹。他却哭着把脸埋在洛劳弗耶的胸前。阿图尔还一字不差地记得，当时他说："别让我看到，别让我看到！"

事情已经过了很久，他却好像还能听见那阵幼儿的尖叫。多么奇怪。人的脸会慢慢消失、再想不起，而一句话，一条声音，却能穿越多年留存下来。

户外，疾风劲雪。雪粒子弹一样打在身上、头发上、眼睛上。他抹去潮湿的冰晶向上空看。他必须这样做。维克托有他油画里的一众情妇，他则有他心目中的金色天使。她就在正殿的圆顶上，迎风立在金球之巅，冒着风雪起舞，雪粒抽打她的胸膛。或许她也能看见她的姐妹：那位大角星广场上同样也由黄金打造的和平天使。女性形象的符号，无论象征什么，无论是和平还是胜利，总是被造在很高的地方，总是遥远，总是难以企及。

你们很少惊讶，为此我们常感惊讶。我们在这里只是为了陪伴你们，但如果我们有权真正地活一次，一定会把更多时间花在冥想上。有一件事我们百思不得其解：你们为什么想都不想就进入了存在的状态？是不是因为你们不知道还有其他无数种可能？不，别担心，我们不会经常打断这个故事。最多打断四五次，而且时间不会很长。再容忍我们一会儿。反正这不影响我们继续跟踪他的每一个动作。路上还是看不到公交，虽然刚有一辆铲雪车沿着施潘道大街开来。铲雪车铲出一条窄窄的路，他就走在这条刚开出的路上，好像路是人家专门为他开的。雪在他的两侧堆起矮墙，令他感觉置身白色的战壕。但是我们真正想说的是：虽然你们无法永生，虽然你们每个人被给予的时间和空间都有限，但由于最狭小的大脑也能装进最无限的思考，你们便获得了占据无限时空的权利。这就是奥秘所在。你们中的每一个人只要愿意，都可以占领世界上的任何一块地方、任何一段时间。你们是全宇宙所有造物中唯一能做到这件事的物种，而这，都要归功于你们的脑力。永恒、历史、神明——这都是你们意识的产物。你们制造了那么多意识的产物，以至于再也看不清你们自己。一切都真实存在，但同时，一切也都可以说是幻觉。这让生活变得复杂。使之更为复杂的是，往事并非一尘不变——昨天的英雄，到今天或许变成暴徒，时间好像穷追在你们身后，不断炸毁那个叫作“曾经”的东西。如果想要知道的更多，你们就不仅要顺时间前进，也要逆时间回溯。二者相加，你们其实哪儿都没去。但你们现在最想知道的，恐怕还是**我们**是谁。就把我们当作戏台背景中的合唱部分吧，或是看得比你们更远、却无从插手干涉的旁观者，虽然，没有了我们的旁观，那些原本为我们所追踪的人和事，或许也都会不复存在。看，他现在走到了理查德·瓦格纳广场上几小时前辞别老太太的地铁站。与此同时，那位老太太则已经死了，而那个流浪汉正处在生死关头。跋涉在铲雪车后的男人，不可能知道这些事。无法全知，这是你们的局限，也或许，是你们的福泽。

阿图尔·达内沿着台阶，向地下走去，这时他听见一辆救护车拉着铜管乐队般的警笛呼啸而过。地铁里几乎称得上舒服——他爱它昏暗的采光和它往来列车带起的凉风，更爱与大家彼此互为过客的匿名状态。大家彼此审视，各自筑起防御的壁垒，安处其中去刺探、去归类、去腹诽。有人越过你的肩头读你正在读的书，有人用眼睛脱你的衣服，有人信奉种族主义，有人把耳机开得震天响，车厢的任何一角都能听见它的重低音……只要坐得够久，你迟早能把这所有人遇齐。

“他们就是我的家人。”有一次，他对来柏林看他的埃尔娜说。

“喔唷喔唷，好可怜啊，”埃尔娜嘲讽起他来从不嘴下留情，“要不，我从里面挑一个母亲和一个父亲给你吧？”

“不，还是免了。”

但自此以后，他真的开始在地铁上留意起了自己理想中的母亲与父亲。至目前为止，他已经有了一个土耳其裔的父亲，一个安哥拉裔的姐姐，一个华裔的妈妈——当然，还有一大群德裔的亲朋好友。

“不假想几个女朋友出来吗？”

“想过了。但这样一来游戏容易变得过于真实。”

“你认亲的标准是什么？”

“我的上一个哥哥在读 E.T.A. 霍夫曼的小说；上一个母亲来自东柏林。”

“肯定也在读书吧？”

“不，她在哭，而且在试图掩饰。”

今天的车厢里，他没有找到理想的父亲。他在俾斯麦大街站换乘。原本要去历史博物馆，但一天看两个博物馆未免太多。再说，整个柏林不就是一个大型历史博物馆吗？他准备改去爱因斯坦咖啡馆点一杯热红酒（Glühwein）。此时来杯热红酒再合适不过；他才刚意识到身上有多冷。

在爱因斯坦咖啡馆，所有德国人都融入了欧陆人。你可以将这个咖啡馆与阿姆斯特丹的卢森堡咖啡馆或巴黎圣米歇尔广场上任何一家咖啡馆互换，谁也说不出有什么大区别。每个人看起来都像从广告画里走出来的，就像阿图尔一样。谁知道呢？或许他们在地铁车厢里也有许多家人吧。不然，他们为什么滞留在这里？高挑的金发女招待穿着垂近地面的长围裙。报刊架上挂着一整个世界：法国《世界报》（*Le Monde*），意大利《晚邮报》（*Corriere della Sera*），德国本地《日报》（*Taz*）。他的手与另一只手同时伸向西班牙《国家报》（*El País*），虽然他的手要快那么一点点。他先接触到报纸，对方面露愠色，眼中有火。她的眼睛是漆黑的。他曾在摩洛哥的成百上千的小卖部里看到过同样的眼睛。柏柏尔人的眼睛。后来他才知道，这个与她交会时的第一念头，竟神奇地正中了靶心。他默默让出报纸，她摇头表示拒绝。这么说，报纸并不是她生气的原因，她生气是因为被抢了先，是因为输掉了“比赛”。她拿起法国《世界报》，消失在吧台转角。他在窗边为自己找了个座位。时间才不过四点，天色几乎已经漆黑。“那些在黑暗中行走的人”，这句话不知从哪里冒了出来。是指无神论者吗？如果阿尔诺在就好了——他什么都懂。写下来吧，今天晚上再问他。但他很快忘了这事。那张脸，那张怒容满面的脸，它经历过什么呢？它的右颧骨上有一道疤痕。仔细一想，伸向报纸的手上也有一道疤痕，就在食指与拇指之间那块肉鼓鼓的地方，维克托戏称用来“垫铅笔”的地方。她伸出手的同时也出示了她的疤痕。那道疤痕微微发光，比周围皮肤的颜色更淡。与之相比，脸上的疤痕则显得狰狞——俨然有人专门做来好让它留下的。他想了想是否去她桌边把《国家报》给她，但这样做未免奇怪。如果不是她刚才瞪他，现在她应该已经在读西语的《国家报》而不是法语的《世界报》了。她不可能读德语，有那样一张脸的人想必不会喜欢德国。何况她又这么睚眦必报。所以还是算了吧，还是安心看报吧。丑闻、腐败、冈萨雷斯、埃塔（ETA）；他发现自己难以专注。她是西班牙人吗？看脸不像，虽然这说明不了什么，但她毕竟在外型上很有个性，不是一个标准化的广告人。广告人身上是不会有疤的。如今的世界上，一半人口都失去了民族特色。犹太人像德国人，荷兰人像美国人，兼有凯尔特人、犹太人与摩尔人的西班牙就更是一锅粥了。难道她是摩尔人？这可以解释柏柏尔人的眼睛——而那是他的第一反应。但是，够了，他责备自己，快把心收回到报纸上来。国家好比游戏，只要懂得规则，即使不下场，也可以模拟地玩一玩。他正在学习德国的游戏规则。西班牙的规则他已经搞懂了。虽然永远不可能全懂，但说到底……如果你能读出报道的言外之音，也知道各丑闻间的勾连，基本上就可以说已经懂了大概——何况西班牙丑闻的庞杂程度堪比拜占庭：军队高官贩卖毒品中饱私囊，国民警卫队长在老挝被捕后伪造证件出逃，内阁派敢死队去境外暗杀埃塔组织，编辑搞性变态被记者抓拍，日常的违法自不待言——赤裸的钱权交易，私利与谎言的垃圾堆。但这或许正是他喜欢西班牙的理由：这样疯狂的事竟然被他们当作家常便饭。虽然，确实很荒唐。二十世纪初他刚开始做摄像时，曾到西班牙来拍过几个观光片。全是传统热门项目：塞维利亚圣周庆典，布拉瓦海岸，荷兰人最爱去的托雷莫利诺斯和马尔贝拉。那次的体验令他明白自己为什么喜欢西班牙——一方面，这个国家时时刻刻都准备向出价最高的金主出卖自己；另一方面，它又有着卡斯蒂利亚与埃斯特雷马杜拉这样保持着傲人历史的古城。那些俨然旱地孤岛般遗世独立的地方，令他着迷，好像他自己就有一部分，早在很久以前就已经被封存在了这里，只是过去没有发觉。那以后，他决定学西语，凡是能去西班牙的工作，他都欣然接受。几年前，他在曼努埃尔·贝塞拉广场与人合租了一套小公寓，广场在马德里贫民区，合租的是个尼加拉瓜人，也是拍电影的，名叫丹尼尔·加西亚。合租对两人都是最好的安排：丹尼尔在安哥拉受过重伤，经过好几年痛苦复健，工作刚刚回到正轨，就被外派到阿姆斯特丹和柏林。阿图尔于是以公寓为据点，游遍了西班牙。当时西德广播公司（WDR）对他的西班牙天主教修道院提案产生了兴趣，他便向他们推荐了阿尔诺·蒂克。提案像皮球一样被来回踢了一年——德国人审美之差，越来越接近荷兰人。任何节目只要稍有深度或者超过了二十分钟，就会被贴上“收视毒药”的标签。托词无非是“没有资金，回报率低”。“谁还看这种东西？今天还在坚持去教堂的人不足总人口的百分之二十，折算天主教徒又要打个折扣。天主教修道院？省省吧。还不如禅宗寺院……”

他起身去卫生间，故意绕路去了吧台。她还聚精会神地坐在那里。他注意到她苍白的皮肤，报纸铺在面前的桌上，手托着头，两只摸起来应该很硬的拳头被黑色鬈发遮住。去完卫生间回来，他发现她还是那个姿势，好像没有动过。

他突然想到刚才她或许把自己当成了西班牙人。两个西班牙人在这种情况下、在这样一个外国、因为冰雪而与外界隔离，应该早就开始聊天了。可他不是西班牙人，而她也未必就是。再说，与陌生人轻松破冰对他来说从来就是不可能的。

“**陌生人**倒在其次，阿图尔，主要她是**女人**。”这当然又是埃尔娜的话。

“反正我不行。”

“为什么？”

“我总是设想如果我是女人，我会有什么感觉；我肯定会觉得男人突然搭话肯定是为了要睡我。”

“如果你真的只是想睡她，那不找她也对。”

“但如果我不是这样想的呢？”

“那她就能感觉到。从你搭话的方式上。”

“可我不好意思。”

“哦，对对对，某人背着摄影机周游了世界，却不好意思走近一个女人。你只是怕搭讪失败下不来台。这是彻头彻尾的虚荣。为这点虚荣你可能会失去许多宝贵的东西。”

“你说得对。”

他浏览手中的报纸。看到一则埃塔的新闻边上配了一张他以前就见过的图。那是一辆被炸毁的车，一具瘫软在前座的身体，头朝马路，向后仰下。照片是黑白的，血泊看起来好像柏油。一个五十多岁的男人，嘴唇微启，头颠倒过来，一撇纹丝不乱的唇髭出现在嘴巴下面，鼻子上面，很可能当天早晨刚刚修过。应该是正在休假的警官吧。然而他的敌人埃塔组织，他们从不休假。当地居民永远说不准命运会在哪一个拐角将自己带走，让自己成为年均死亡人口中的又一具尸体，上帝生死簿里的又一个灵魂。他的名字，轻易就混在了其他人的名字里，被吞没在抽象的数字里，加入小数点后微不足道的随机数，融入未来出版的书籍里那加到一起或许凑不满一行的文字描述中。他仔细地看了看照片中的路人。所有人都好像接受了舞台指导一样，摆出合宜的姿态：一个女人向右微侧，一个小女孩用爪子一般枯瘦的小手拉住父亲的夹克下摆，要求凑近去看个究竟，所有人的表情都含混着恐惧、悲痛、哀伤、愤怒与无助。历史的机器再次用人类的血肉与苦难补充了自己的能量，不仅在照片中的那条西班牙街道，也在他正身处其间的这座城中。

他看看外面。雪已经停了。除非发疯，不然没有人会在这个时候去外面街拍。于是他觉得自己更有理由这么做了。如果现在冲回去拿机器，还来得及拍到波茨坦广场的建筑工地。许多年前他还在电影学院上学时，总是拿整段在黎明或黄昏时拍的镜头去交作业。起初老师只是嘲笑他，后来干脆不收他的作业了。（“拍摄的目的是要给人看，达内。像你这样专门拍黑灯瞎火倒也不是不可以，但请别拍给我看，也别期待电视台会买，好吧？”）说得没错，但有时也并非如此。而他的片子似乎就是为了那些“并非如此”的时刻而拍的。一开始他还据理反驳。（“如果仅仅因为光线暗就不拍，那您就忽视了一天中十分重要的一部分。”“有可能，达内，但我们有专门拍摄黎明和黄昏的技术，也有专门模仿黎明和黄昏氛围的技术。你为什么不用呢？别说摄像了，没光的时候，连书也看不了，不是吗？”）

但读书和拍片毕竟是两码事，于是，他继续关注白天与黑夜的交会。关注灰色与灰色间微妙的不同，甚至关注那些可见度接近零的时刻。这一时刻最美的地方，他想，在于灰色统辖了画面上所有的色彩。黑暗在这一刻由地面缓慢消弭或升起，日出或日落的微曦在晨昏交替中焕射出你能想象的所有色彩，尤其是太阳即将冒出或刚刚落尽的时候，最为撩人。黑暗中，光的法力无边——工地上的照明灯，吊车顶闪动的光点，偏僻街道的霓虹，警灯的冰蓝与暖橘（即使用黑白胶片拍摄，依然不失其色温），呼啸快车流动的光带，拥塞车流静止的光带。

每当有人问他为什么要拍这些东西时，他都感到词穷，找不到一个满意的解释。不不不，这不是哪部电影的结尾。不不不，它也不是什么正式的项目，除非他这个人的生活也算个大项目。非要说的话——他拍这些镜头，与作者记录笔记是一样的。反正，这件事他是完全为自己而做的。好吧，那拍完以后他又对它们做了什么处理呢？截至目前还没有。除了保存起来之外。可能以后会处理吧。也或许他只是在练手，就像那个不知是中国还是日本的大师，因为每天画一头狮子，到了晚年只需一秒就能画出完美的狮子。有一天，或许他能拍出一条谁也拍不出的暮色。他还有个狩猎的目的。夺取、收集，就像他在澳大利亚见到的土著那样。说一千道一万，可能他只是想把东西带回家。他在马德里、阿姆斯特丹与目前柏林的居所存有大量胶片，他称它们为“我的藏品”。

他将报纸收好，穿过咖啡馆狭小的空间。报纸夹回报杆上，好像一面旗帜。他并不想向她挥舞这面旗帜，但看见她已经不在时，还是既感到如释重负，又有些怅然若失。确实该走了。虽然他喜欢黑，但这情感并不对等——黑暗不为他停留。他在诺伦多夫广场乘地铁去德意志歌剧院（Deutsche Oper）。他的家就在赛森海姆大街靠近歌德大街的地方，离歌剧院很近。两个十几岁的土耳其少年神色凄凉地站在街角的小公园边，在雪中瑟瑟发抖；夏天里，这个公园常有妈妈带刚学步的孩子来玩。

他跑上楼，抓起摄影机，又跑出来。半小时后已从地铁波茨坦广场站上到地面：这是维克托第一次与他见面后带他来的地方，他在这里上了第一节柏林课。没有一个见过柏林分裂的人能够忘记波茨坦广场当时的样子。不能忘记，然而也无法描述、无法还原故事的原貌。现在他又来了，这次是一个人；他来狩猎，但是他要捕捉的是什么？是此后再也见不到的此时吗？还是他只在照片上才见过的曾经？他知道工地如果没有白雪的覆盖会是什么样子：一个又一个戴黄盔的工人在一堆又一堆的土中挖掘，仿佛在寻找往事。推土机来回推动，仿佛科幻片里动作滞涩的机器人。空中响彻各种挖掘、钉钻、刮擦的噪声。

“好像在挖公墓。”这是埃尔娜的评语。她第一次来看他时，他就急着带她去波茨坦广场“圣地巡礼”。她说得没错，虽然人们在这里找不到尸体。但任何人看到现场大量的挖、刨——机器用巨大的叉齿翻起硬土——都不免觉得它们一定在寻找什么，一定在起底一个不可能寻回的过去，而且它们要找具体的东西，找可触摸的东西，找可以大白于天下的东西，因为，很难相信一个地方历经了那么多历史后会只剩下尘与土。当然，希特勒的地堡和盖世太保的刑讯室肯定就在地下的某处，但他所说的那种东西主要指的不是这些，虽然这些也可被涵盖在他所说的东西内。不；他所说的那种东西，战前有，战后有，战争一打响便消失了，把这个坑挖得再深，也无法在里面找到它。

一辆车开来。头灯明晃晃地照亮了工地上银装素裹的推土机和挖掘机，照亮了这些机械掘墓人创造的立体主义画面。光线强化了纵深，在雪的白墙上短暂投下灰黑的阴影，旋即又将它们照成耀眼的白幕。车头灯光横向交织着工地上几台吊车投下的纵向灯光，让无声落下的雪粉活了过来。一直到车子开近，阿图尔才发现那是一辆警车。顶灯是关着的，因此既不旋转，也不发出蓝光，这有点可惜。车内两个警察似乎在商量着什么。女警说了句话；男警摇头，耸肩。

女警从车里出来。她的手习惯成自然地碰了碰警帽。风正想方设法将它从她金色蓬松的头发上吹下来。

“你在这里干吗？”

她的话与其说是询问，不如说是斥责。这已经是今天第二个穿制服的人跟他说话了。他举了举摄影机。

“我看见你拍了，”她说，“问题是你为什么要进去？不是写着‘禁止入内’吗？工地已经完全封闭了。”

这话不准确。工地确实被铁丝网围着，但铁丝网的衔接处有一个缺口，他就是从那个缺口挤进来的。再说，公权力插手的事也未免太多了。不过，他什么也没说。

北欧很少有漂亮的女警。和她们说话也绝不能开半点玩笑——眼前这位也一样。她面带极为严肃的表情久久地看着他，这表情又被工地的“舞台灯光”放大了。如果可以，他很想站在第三视角拍自己与这位警察：一个是无名的独眼浪人，一个是地下世界的看守。整个画面静止不动，简直完美，机械挖掘声正好强化了二人之间的静谧。车里的男人袖手旁观。

“而且光线又不足。”

这话又不像是斥责他违规，而更像是指控他撒谎了。他们面对彼此，隔着铁丝网的棱形洞眼。他的摄影机还在转，正从对方髋骨的高度向上拍摄这场愚蠢的对峙。

“这正是我要的效果。”弱光拍摄是我的强项，他本想补上这句，但终究没有。她刚要说话，就被对讲机里一阵沙啦啦的声音打断了：有一个男声，似乎就住在她胸口附近。车里的男人对声音作答后唤她过去。阿图尔心想：好像唤一条狗。

“你不能待在这里。”她说。又以非官方的口吻补充道：“坑这么多，很危险。”

她赶回车上，甩尾掉头。顶灯亮起蓝光。她朝窗外喊了句什么，可声音被警笛淹没了。接下来的一切发生得过于迅速，他差一点来不及用镜头记录。女警一脚油门踩得过于凶狠，车身开始打转。他看见她的嘴大张着，手疯狂地打着方向盘，但车还是撞上一辆恰好转弯过来的铲雪车。两车相撞，警笛继续呜呜，直到笛声静止，他才听到微弱的呻吟。他向呻吟走去。与她迎面相撞的正是铲雪车的V形车头。铲刀像破冰一般将警车破开，她的帽子被振飞，穿过破碎的挡风玻璃，落在车前盖上——这次，怕是再也戴不回去了。鲜血流了一脸，血一滴一滴、缓缓地滴入雪中。与她一起出勤的男警从车上下来；铲雪车的司机也爬出他的控制室。

“啊呀，啊呀啊呀，”他说，“这可不是我的责任。刚才那种情况，我真的让不开。”

阿图尔从车前盖上摘下警帽，拿在手里，站在一边。女警轻轻地呻吟。

“需要我做什么吗？”他问在场的两个男人。男警看看他，又看看他的摄影机，好像正是它造成了这起事故。

“不用，你可以走了。还有，别再拍了！”

此时天色已过于昏暗，即使以他的标准，也已经不宜拍摄。他听到一辆救护车越开越近。三组不同的头灯，伴着音乐此起彼伏地闪烁。城市仿佛一件艺术品，而他正在这件艺术品的内部。他隔开一段距离，旁观人们将她抬上担架床、推进救护车。警车竟然还能开。两个男人交换了联系方式。他是唯一的目击者，可他们不需要他。

他们离开后，四周突然安静下来。偶尔穿过勃兰登堡门的几辆车，发出磁带空转的滋滋声。

“而且光线又不足。”女警这样说过。就在几分钟前，她还站在那里，还在用语言表达。她不明白他想用胶片捕捉什么，这很正常。或许他只是想在一个时刻消失前将它保存下来。但要将这个动机解释清楚又似乎很难，尤其是对别人解释。他的动机与世界的冷漠不无关系，他认为这个世界任由记忆不留痕迹地消失有些过于听之任之。更让他看不懂的是世人对所发生的事抱有一种集体性的无视。历史上肯定没有哪个世纪像现在这个一样，发生了这么多凶杀、屠戮与种族清洗。这些事大家都知道；因此也就没有必要再提。或许最糟糕的还不是杀戮本身——不是面向几万人的袭击、处决、强奸与斩首，而是杀戮结束后立即启动的遗忘、立即恢复的生活，好像所发生的暴行对一个生存着六十亿人的星球来说只是一场微雨，好像——这尤其令他不解——人类社会只关心自身作为物种的存续，而对具体的个人不感兴趣。马德里汽车爆炸时那个恰好经过的女人，阿尔及尔那十个被割喉的特拉比斯（Trappist）修士，哥伦比亚那二十个被当着自己父母的面枪杀的少年，约翰内斯堡那一火车被五分钟的狂欢式杀戮砍死的通勤者，飞机在海上爆炸时机上那两百个乘客，斯雷布雷尼察被困致死的那两千、三千和六千个男人，卢旺达、布隆迪、利比里亚、安哥拉被屠杀的上万妇女与儿童。某一刻、某一天、某一个礼拜，他们曾处在新闻的头版，某几秒钟的时间里他们曾通过电缆抵达世界的每一处，然而接着，就像有人按下了删除键，遗忘的夜幕降临在他们身上，这黑夜再也不会有天亮的时候。死去的人再也没有了名字。

他们每一个人在惨死的那一刻就已经被恶意擦除，进入了“虚无”。最近看到的一些画面在他的脑海中浮现：更多的被报废的人体，肢解后暴露在众目睽睽之下。腕骨被铁丝绑在一起的人骨。爬满儿童的蚊蝇甚至在照片里都仿佛在涌动。格罗兹尼市有颗人头被同垃圾一起丢在人行道上。海上有摊石油里同时漂浮着衣箱、衣鞋与尸体。转播画面里突然进入一只胸罩——这一女性身上最小单位的着装，在被吊钩突然打捞出来进入全球实况以前，或许曾穿在某个遇难的女人身上，或许曾存放在某个遇难女人的包中，而这个女人的名字，虽然与其他遇难者的名字一起被列在了报端，实际上却已经永久地消失了。

而在此处的这个广场上，情况并没有不同。就在不久前，这里还有一个看台，人们站在看台上能将广场尽收眼底，从西柏林看到东柏林。金属障碍物将两边区隔，排列出早期蒙德里安风格的几何图案，以防有人强行开车过境。曾经这里有穿制服的卫兵牵着狗来回巡逻，如今你再也认不出这些人了，虽然他们还在同一座城市里行走，但他们都已经换上了便服。这些想法也都最好不要去和别人说，因为一旦说出，对方的眼神里，兴趣就会流失。你不可能说出多少他们不曾听过的话。每天，他们都要服下定量的骇人消息与难以消化的过去，今天的这一份，他们已经吃过、喝过了。再把这件陈年旧事好像新型犯罪一样说出来是可笑的。罪恶在人类诞生伊始就已经伴随我们，犯罪技术的改变难道能让它有什么本质的不同？他想不清楚。他一边毫无成果地狩猎图像，一边意识到，自己的努力是注定无用的。在柏林墙的兵和柏林墙的狗之前，早已有过别的兵、别的狗在这里巡逻；两德分裂前的这里，早已有过一个人，他的名字比受他迫害的人的名字受到人们更长久的记忆，这个人曾在一本全世界都能读到的书里预告过自己的血腥圣战；以令人唾弃的方式死去前，这个人还曾在这里的地下像幽灵般蛰居；这里还曾有过纳粹飞机的跑道，轻型飞机曾在这里起降至屠杀的最后一刻，将地狱的消息带给死者、死者的消息带回地狱。看台上有许多照片展示过那段最后的日子，照片中那个他已失去往日的光彩，为抵御冬寒而竖起衣领，正在会见一群至多不过十四五岁的少年——一群将陪他一起去死的孩子。看台上还展览着更早之前的历史，如今，它也像其后的两段历史一样，被埋在了积雪下面，虽然用来展示它的照片是黑白的：广场，这同一个广场，烈日让它闪烁，让有棱有角的小汽车发光，好像雪白桌布上摆了许多烟灰色小盒子。有轨电车，簇新闪亮的轨道，以及最古怪的——那时的人。诚然，所有照片里的时间都是凝固的，但这张照片不知出于什么原因，不知是因为它的拍摄技术，还是它作为一张不该被放大的照片却被放大了的事实，让他觉得它好像一小片坚硬的时间的残片，是被从一整座时光的巨石上凿下来的。太阳在照耀，以它历来照耀的方式，但在照片里，阳光碰触的所有事物似乎都被冰封住了。人们永久地停在了去人行道和电车站的路上，静止在了永远不再移动的车流中。整张照片中没有一颗标记犹太人的黄星。单看外表，人们无法区别日后谁将是受害者、谁将是施害人，这些冻结的人每一个都无一例外地向自己的命运走去，谁也不知道在同一个世纪剩下的时光里，怎样的图景会一层又一层地覆盖在这一刻他们恰好身处其中并且再也无法抹去的图景上：一层又一层死亡的蛛网，由一场又一场示威游行、一具又一具被随意烧掉的尸体、一次又一次两军的交锋、一块又一块写着“禁止入内”的空地、一个又一个卫兵与一条又一条狗，以及现在这个冰雪覆盖的建筑工地编织而成。谁也不会想到，在这恶魔般的世纪行将结束的未来，梅赛德斯-奔驰将会在这同一个地点上熠熠生辉，虽然现在，这件事还只存在于蓝图中。所以在推土机与围栏之间那越来越微弱的光线里，他真的能够捕捉到什么可以解释这一切的东西吗？

“往事没有原子参与，”阿尔诺说过，“任何纪念碑，本质上都是对其纪念者的否证。它非但不提醒我们那些人的在场，反而强化了他们的不在场。从中，我们读到的信息不外乎是：人如草芥。这就是纪念碑的矛盾之处，因为从命名来看，‘纪念碑’本来是要起相反作用的。名字往往掩盖本质，没有名字或许更好。”

阿图尔在他的话里读到一种深深的忧虑，而且照例感到自己恐怕没有完全听懂他的意思。阿尔诺很会运用文字。相比之下，阿图尔的思绪总是拖泥带水，好像蛞蝓，只能一寸一寸向前推进。他不是对流畅的表达有什么意见；只是他的思想要形成得慢一些。他想到：没有名字，人就只能以物种的形态存在了，就像蚂蚁和海鸥。

“唉，不谈也罢。”维克托会这么说。该让这两位朋友见见面了。他们约定在某红酒吧见面，店主名叫海因茨·舒尔茨，看他的外貌，人不如名，好在店里的菜色还不错。

雪又下起来了，刚才是摇粒绒大小、现在是纸片大小的雪，扑簌簌地落下来。他感觉面前有一堵拨不开的墙。他将摄影机放回家，听了答录机的留言。答录机里只有一条（埃尔娜的）留言。屋子里响起了熟悉的声音，又像是揶揄，又像是关心。

“怎么？你再也不回家了？”

他从她的声音里听出，她说到“家”时有一丝勉强，好像不太想使用这个词。

接着是短暂的沉默和一阵笑声。

“唉，不管怎么说，你在这里也是有朋友的，你朋友家里也是有电话的。”

他等了一会儿，但话音就此结束，没有后续了。埃尔娜。她的留言他从不删除。晚上回家有一个声音等门总是好的。与此同时，暮色已经变成彻底的黑夜。噪声归于收敛，交通开始零星，黑夜与白雪，一个安静的，同时又并未停止忙碌的时刻。*Noche Transfigurada*。他低声玩味着勋伯格弦乐六重奏《升华之夜》（*Verklärte Nacht*）的西班牙译名。西语 Transfigurada 要美得多，听上去好像已颠倒了众生，将它们裹入了更为神秘的面纱。

阿登纳广场就在他家不远处。红酒吧所在的街区上，到处是律师和牙医事务所，极度丑陋，极度现代化，一般人绝对想不到这种地方会有小餐馆。找到它得先穿过一片由车库夹道的空场，一长排结了霜、上了锁的门——每一扇上都钉着写有户主姓名与职业的铜牌。然后才能在街角看到一盏生锈的灯笼。餐馆坐落在这样的地方几乎带有喜剧色彩，可一旦打开门，你会觉得自己突然来到了普法尔茨（Pfalz）的某个村。挑高很低，光线很暗，家具由厚重的橡木制成，灯烛昏黄，人声低沉，酒杯碰在一起发出清脆的声响。他撣掉身上的雪走进去。阿尔诺和维克托已经坐在酒吧角落里的老位置。舒尔茨先生一见他便面露喜色。

“你倒是不怕这天气！荷兰人真是勇敢，从来不受天气的影响，比柏林人强多了。”

隔着屋子，阿图尔就感觉到了阿尔诺的好兴致。阿尔诺·蒂克这个人不仅能言善辩，而且内心有一种可贵的东西，阿图尔称之为“天赋的热情”。他把这五个字对阿尔诺说过一次，阿尔诺玩味着。天赋的热情。阿图尔没敢告诉他，这五个字其实是自己有一次做梦梦到的。首先是因为不敢，其次他正好也记不得梦的细节了。只记得梦里有一束清澈的光线，高高射下来，从里面挣扎着出现一个女人，女人被宣布为“天选之女”，因为她有“天赋的热情”。

许多年前，他在拍一个荷德共同制作的有关尼采故居的短片时，立即想到了“天赋的热情”。这五个字说的就是尼采这样的人。阿图尔没有读过多少尼采的作品，仅有的一点了解给他留下了狂风的印象——一开始，那是从山顶刮来的激昂的风，严厉训斥着山脚下蒙昧的灵魂，接着却突然变成了遭人误解的孤嚎。他对尼采备受折磨的灵魂感触不深，比较有感觉的时刻，仅限于拍摄期间，仅限于在颓败故居的走廊和楼梯里跟拍阿尔诺·蒂克讲解的时候，当然他知道，尼采绝不仅止于他了解的这些。

跟拍阿尔诺不是一件容易的事。阿尔诺的眼镜一直在反光。他的左眼有些异于常人的问题，因此不能戴隐形眼镜。他左眼一侧的镜片，与其说是镜片，不如说是眼罩，右眼一侧的镜片则不停反光，教人心烦：看起来像把眼睛长歪了的独眼食人魔[1]。加之他说话的时候一直动来动去，还顶着一头浓密的、狂乱的灰发，好像专门要跟取景器作对。在阿尔诺的讲解下，阿图尔平生第一次对发疯的哲学家有了一点共情，对这个留着乱草丛的胡子、背负过于沉重的头颅，最后在都灵街头见到一匹拉车的马，竟哭倒在它的脖子上，再被人强行拉下送到胞亲家的人，有了一点同理心。故居多年无人打理，景况十分惨淡，拍摄当时，里面正住着一个想把它改成博物馆的电工。但人民专政的民主政体，不欢迎为权力与暴力背书的哲学家，计划因此搁浅。不管怎么说，阿图尔与阿尔诺的友谊，是从那一场拍摄开始的。

阿图尔知道，友谊的形式有很多种。而最可贵的友

---

1 此处指独眼巨人（cyclops），希腊神话中的巨人。在荷马的《奥德塞》中，独眼巨人以人为食。

谊，则建立在“相互尊重”这一古老的品格之上。

一直到片子拍完、两人在剪片室相处了好几个小时后，他才给阿尔诺看了自己拍的一些片子。阿尔诺的评价令他吃惊。他很少遇到懂他的人，阿尔诺就是这样的人。他对赞美通常表现得警惕，而且不知所措，即使他能够正常应对赞美，阿尔诺的赞美也与平常的赞美大不相同。它像一把双刃剑：一面和气宽仁，一面刀刀见肉。一直到很久之后，阿图尔才敢跟他说起自己另外一些更为私人的“作品”，那些多年来他陆续拍下的片段，那些对大众观影者来说连清晰轮廓都没有的破碎影像，有些像今晚在落雪的工地里拍的那个一样短，有些长一些，都很平淡，都是只有他自己才可能拼凑起来的残片。

“如果有一天，我觉得发表的时机成熟了，能不能请你写一篇评论？”不等阿尔诺回答，他又补充说，“当然，你知道，这东西正常人应该是不会看的。”

阿尔诺久久地看着他，然后说出了“幸甚至哉、与有荣焉”或诸如此类的话，反正是一句好久没有人用、但从阿尔诺嘴里说出来就那么自然那么熨帖的话，就好像他见人会说“敬问卿安”、骂人会用中古脏话与繁冗修辞一样，没有什么不对。

其后，两人一起花了很长时间看阿图尔的残片：阿拉斯加的冰雪，巴伊亚州圣萨尔瓦多的康东布雷教仪式，战俘排成的长龙，带刺铁网后的孩子，雇佣兵，希腊东正教修士，阿姆斯特丹街景……诸如此类谁也不挨着谁的画面，出于某种原因被拍在一起。一系列以纯粹旁观的视角拍摄的、刻意缓慢却毫无脉络但（借阿尔诺的话说）“他日必能焕然成篇”的碎片。

当画面中出现了一个阿特拉斯山脉南麓的骆驼市集时，他的这位新朋友突然抬起手，示意他暂停。

“把刚才那个再放一遍。”

“为什么？”嘴上这样问，但其实他知道为什么。阿尔诺又看出了他的秘密。

“慢一点，慢一点。那个影子……对，就是那个，地上的。奇怪啊。镜头停留时间稍微有点长，但我感觉你好像是故意的。”

“没错。”

“为什么呢？”

“因为那是**我的**影子。”

“那怎么没有摄影机的影子呢？”

“也是故意的。很容易就能藏起来，”他现场演示了一下，“是不是挺容易的？”

“还真是。但为什么？我要是说错了，请你纠正我，不过，好像你在其他地方也这样做过吧。”

“嗯。不过不是出于虚荣心。”

“这个我明白。你只是想出现在片子里，又不出现在片子里。”

“正是如此。可能有点幼稚。我猜我只是想……”他搜寻合适的词语。怎样才能说清楚呢？是想既可见又不可见地留一点除了自己以外谁也不会注意到的无名的痕迹吗？

“我猜我只是想以匿名的方式留名。”

他讨厌这样说话，显得故弄玄虚。

“可演职员表里是有你名字的吧？”

“我知道，但那是两码事……我想要的是……”

说不清了。他要的是窗玻璃上的剪影、雪地上的脚印、因某个看不见的人的气息而惊起的花叶的轻摆，他要的是这样不着痕迹的痕迹……

“你想要的是无形的签名。你的形式与目的正相矛盾。”

“你也发现了，对吗？”

“是因为想在死后以某种形式继续存在吗？”

不。虽然这是很符合逻辑的推想，但是不。

如果没有人注意到他存在，那他就等于不存在，就会同那些消失了的事物一起消失。可一个人把这么多影像保存起来，很难说他甘于随同一切消失。

那是第一次，他只给阿尔诺看一些容易解读出意义、揣摩出意图的影像。还有一些更加莫名的影像——浮动的睡莲，土壤过滤后留在地里的蓟，狂风呼啸中的白杨林，沿海岸疾步前行的矶鹬——他还没有给他看。这些影像也都被妥善地保存在了他的残片中。或许我其实是个疯子。他这样想着，向吧台走去。

维克托和阿尔诺之间的对话与阿图尔正在回忆的对话迥然有别：它有关香肠。阿尔诺将香肠分为两类：待成熟的香肠和已成熟的香肠。据他认为，这个区别很重要。阿图尔还难以切换到这个话题。他的思维较常人更慢，需要更多的时间思考。但见面最自然的做法当然是问候，这没有什么好多想的。生活的节奏加快了，在一场节奏加快了的生活中，阿尔诺依然大大方方地张开双臂拥抱朋友，维克托——总是躲在保护层里的维克托——则只是照例点了点头。古时的诗人或哲学家从魏玛到蒂宾根看望朋友时，一定会像阿尔诺那样打招呼。因为他们需要更强烈地表达喜悦，更热情地拥抱，来消弭时空的距离与久别的尴尬，因为在那个时代，人际交往的时空距离感，与通信时是一样的。故此他从不给阿尔诺打电话：电话对现实世界面对面说话的拙劣模仿，会大大折损这位朋友在书面通信与当面接触时所洋溢出的修辞才华，就像传真与电邮所制造的虚假“实时”感，会弱化时空距离的光彩。

“通信自有它的奥秘，首先信是一种实物，可以满足某种癖好。”

他向阿尔诺说起自己对通信行为的看法时，对方这样回答。他当然又得追问他此话怎讲。

“此话怎讲？”

其实他不问也知道。阿图尔觉得写信很难，尤其用德文写，但为了阿尔诺，他还是努力写了。只要阿尔诺受得了他的文法错误。况且德语词性本来就是随即决定的。有些东西在德语里是阴性，到了西班牙语里却成了阳性，荷兰语干脆“金盆洗手”，捐弃“分别心”，并与英语那种彻底不给任何名词——管你是太阳、大海还是死亡——加词性的激进方式划清界限，在表面上承认名词两性，但给两种性别的词都冠以一个统一冠词，于是乎，只有学者和字典才搞得清哪个词是男的、哪个词是女的。

“你不觉得很好笑吗？”他曾问阿尔诺。

“什么很好笑？”

“你们国家的名词，一过莱茵河就变性了。月亮一到斯特拉斯堡就变成了女性，时间变成了男性，死亡变成了女性，太阳变成了男性，等等。”

“你们荷兰呢？”

“性别标签已被移除。几年前荷兰语简化过一次，现在只有两种冠词：一个修饰中性名词，另一个修饰阴性名词与阳性名词。这年头已经没有人知道大海是男的还是女的了。”

想到这里阿尔诺浑身一颤。

“这样一来几乎不可能明确词源了。看来海涅错了。有些事在荷兰比在别的地方发生得早[1]。不过你还是可以照样写信给我，你写的东西我能看明白。”

于是他们开始通信。阿图尔这才体会到了通信的奥秘。首先，信必须手写——他们都不愿屈就电脑——这样才有不可替代的个人印记。只有墨水能够承载思想，机械化的输入界面只会令它成为死物。除此之外，还要折叠、装袋、贴邮票、舔封胶、封口、投递。他总是亲自去投信。有些国家的邮政信箱做成了狮头的样子，信就从上下两道牙龈中间落进去，这两道牙龈经年累月，被无数只手摸得褪了色，有的盘成了黄铜，有的盘成了红铜。他们都认为，

1 据说海涅曾因荷兰节奏太慢而开玩笑说：“世界末日时我要去荷兰，因为那里什么事都比别的地方晚发生五十年。”（也有说“二十年”的；出处不可考。）

信落入狮口后，会独自漂泊不知多久。一开始，它应该是躺在狮肚里，但时间不会太长。从它飞出你的手，到它触及你朋友的手，当中总要过上好几天。而那些将它从信箱拿出、盖章、分类、投递的手则是不可见的——除非你在家门前，意外碰到邮递员正在投信（阿尔诺：所有邮递员都是赫尔墨斯的化身）。

此时正有一场谈话等他加入，话题有关香肠。根据阿尔诺的看法，所谓的“待成熟的香肠”，就是舒尔茨先生店里的 frische Blut- und Leberwurst——生鲜血肠与肝肠。像两枚两头封口、中间填充多汁肉糜的避孕套。戳破时，会像救生圈一样，“呲”地冒出一股热气，同时伴随救生圈所没有的血液或肝脏气味，涌出救生圈所没有的灰白或紫黑的汁液。

“实在要吃血的话，我更爱用高脚杯，”维克托说，“你从来没想过你们德国人为什么吃这种东西吗，阿尔诺？我是说，这种软趴趴的、你所谓的‘待成熟的香肠’。这不是吃香肠，这是喝香肠，以及那种咂嘴声，难怪大家要说你们嗜血了。干脆直接生吃活猪不好吗？那句话怎么说的……哦，le cru et le cuit，生熟有别，列维-斯特劳斯，这正是他国和你国最大的区别之一。法国人做血肯定要先熟成，再冷凝。他们也有 boudin，可以拿来对标你所谓的‘已成形香肠’。英语 pudding 据说是从那个词来的。比如血布丁。肝肠也好不到哪儿去。又黏滑，又软烂，戳破后会原地解体。说起这个，其实猪是一种很适合用来盛放肝泥的动物。它们看起来那么饱满。仅就外形而言，没有任何一种动物比它们更像是专门在等着被宰了。腿、蹄、里脊，还有尤其可爱的小耳朵，适合裹上面包糠深炸……”

这段抒发被舒尔茨先生打断了。

“几位冒雪捧场，本店荣幸之至。请收下这杯灰皮诺（Grauburgunder）。制酒的葡萄吸收了南部充足的阳光，一定能让几位忘掉风雪。”

他深深地鞠了一躬。阿图尔知道，他又要背菜名了。舒尔茨先生已经把背菜名变成了一个节目，表演时还会带着自嘲。阿尔诺将他的一只闪烁的“独眼”聚焦在店主身上，问道：“这里有 Saumagen 吗？”

据维克托说，而且他后来经常忍不住提起，Saumagen——一种猪胃料理——是赫尔穆特·科尔（Helmut Kohl）最喜欢的菜。

“也是我最喜欢的菜，”阿尔诺说，“我们这些人很保守，不像你们爱赶时髦，非要把肉做得看不出本来面目了才肯吃。我们与动物世界依然采用直接的对话方式。其实，你我吃的东西是一样的……”

“嘁。”维克托不以为然。

“……只不过你不愿意面对罢了。你们是虚伪的食客。比如你们的法兰克福肠，里面是一整只连眼、带胃、带肠子、带肺搅碎后加了面粉和水的猪，你会吃它，但你却看不起另一个盘子里它未经矫饰的猪亲戚。不久前你还在哀叹委内瑞拉某红冠雀鸟快要死绝，而这里，这种中世纪早期就开始在施瓦本出现的料理，当我告诉你它已经被一种口味统一、在洛杉矶和在悉尼毫无二致的边角料肉饼淘汰时，你却只是耸耸肩。”

“你说的‘你们’是指谁？”阿图尔问，“这里面不会也有我吧？我以为你只是在反驳维克托。”

阿尔诺显得忍无可忍，这是他说理被打断时常有的表情。“我说的不是具体的你们俩，”他说，“总之糟透了……他们等不及要整个世界都吃一样的东西。不仅吃的一样，一切都得一样——听的一样、看的一样，最后思考的也一样。或者说，某种勉强算得上‘思考’的行为吧，因为这年头还有人思考吗？与多样性诀别。当那一天来临时，就连这个地方，也会被改成汉堡连锁店。”

他夸张地挥舞起手臂，示意他周遭的一切。在餐馆昏黄的光线里，有一小桌、一小桌像他们一样冒着天寒来吃饭的人。舒尔茨的儿子正在挨桌派送大杯蜜色葡萄酒。低矮的天花板下木梁纵横，昏暗空间里，浮动着从厨房飘来的古早食物的气味。周围是低语声、烛光里的各种姿态和他从来都捉不住的语词，它们是这星球上滔滔不绝的闲谈中的一瓢，是任取一刻都有的几亿个同时被说出的单词中的一份，在被说出的一刹那立即消失。一个贪心的音响工程师可能会做这样的美梦：拥有一只宇宙级话筒，能同时对所有人收音，记录所有内容。但这也无法让每一个词清晰，无法让或单调、或重复、或有差异性的对话内容被同一个公式统摄。因为，不幸的是，这样的公式并不存在。

“你说的‘差异性对话内容’是什么意思?”阿图尔问。

“一切对话中的非常规内容。”

“这简单，只要把我们的对话大量复制一下就可以了。”

“不，我不是这个意思。我所说的‘非常规’是淫欲、宗教狂热、杀意、恫吓等人类情感的最极端样态……是社会规范所不容许的内容。我所说的‘非常规’是个人最深层的秘密。”

“这样看来只有单调的对话才能拯救我们了。”

“可以这么说。”

“什么样的对话算单调？类似我们现在这样的对话吗？”

“比如：‘你好吗？’‘给牛挤奶了吗？’‘我车打不着了。’‘下次约什么时候？’‘总统称今年税率将不会有大幅提高。’这些话总是被反复说出。至于非常规的内容嘛，我相信你能举出你自己的例子。”

“比如：‘老实交代，不然杀了你。’”

“你看，很简单吧。不过是几个很普通的单词。只是平常很少有人说罢了。”

“比如：‘把这些杂种塞到巴士上，拉去随便什么地方杀了。然后把杀他们的人也杀了，统统丢进地洞里，撒上青柠汁……’这样？”

“哇，你很擅长！”

“我只是得时代之便。我们那一代人很容易想象这样的对话，毕竟见过太多渎神的人、奸淫幼童的人、组织自杀式袭击的人……倒是平淡的对话让我们犯难。”

“为什么？究竟为什么？”

“因为它们无趣。因为它们没完没了、一尘不变、死气沉沉、总是想皆大欢喜。‘睡得好吗？’‘您本月的退休金已发送。’”

“暂停，暂停，”维克托说，“不然谁都别点菜了。可怜的舒尔茨已经走了。他刚才正要表演报菜名呢，谁知道你们的话这么密，针都插不进。”

“没说很多吧，”阿尔诺说，“而且你急什么？”

“我急着回去修行，有固定的时间，石头不等人。”

“石头不等人。”阿图尔每次回柏林，日程上的第一项，通常都是去维克托的工作室。工作室位于陆军大道一栋园艺小屋内，小屋经过重装，挑高通透，四壁雪白，设有天窗。内置一张床，一张客椅，一张高脚凳，他正在做的东西摆在哪里，高脚凳就跟到哪里，还有一套音响和一架三角钢琴，他每天要练好几小时。他一个人住在克罗伊茨山。拒不谈论自己的作品。“都是些不足为外人道的东西。”

但他并不介意在工作室接待阿图尔。“可是，也不要忘了规矩——可以说话，但别滔滔不绝。”使用摄影机是允许的；维克托创作和练琴时，似乎留意不到周围的世界发生了什么。

“是谁的曲子？”

“肖斯塔科维奇的奏鸣曲和前奏曲。”

“听起来像冥想。”维克托不置可否。

维克托正在做的东西就摆在房间的正中央。那是一尊大石头，有一种阿图尔从未见过的红色，给人一种石头里有一场永夜的感觉。叫它“东西”似乎不太合适，但应该叫它什么呢？

“艺术品？”维克托自嘲着说。

“这是什么石头？”

“芬兰花岗岩。”

他坐在角落的客椅上，看维克托一再调整高脚凳的位置，从不同角度审视那块花岗岩。或许要看几小时或几天，然后才开始凿。继而是雕刻、打磨，直到石头面目全非，不复从前。从头至尾阿图尔都不被允许触碰，而转变的过程则具有一种神奇的矛盾性。

维克托对此唯一的评价是：“应该更神秘，应该更邪。”

难道不矛盾吗？他越凿那石头，那石头竟显得越大，虽然因为人工打磨而变得精致、光滑，却反而更有了激发原始的纯粹现象体验的力量。或许是因为雕塑家在雕像侧面刻上了卢恩文（Runes）？但谁能读懂卢恩文？读不懂的东西为什么激发了现象体验？雕塑家捶打着，凿刻着，打磨着，抛光着。有一次，阿图尔把这些声音都录了下来，不是为了要合成到维克托工作的影像上去，而是为了给完成后的作品配音，造成时空上的错位。他拿着摄影机在雕塑边左一圈右一圈地拍摄，就像维克托拿着凿子在雕塑边左一圈右一圈地雕刻。而后者从没问过前者拍下这些影像的目的。

石头不等人。他们叫来舒尔茨先生，向他道了歉。

“我很乐于见到几位谈论严肃话题，”舒尔茨说，“这里的客人很少谈严肃话题。”

表演的时间到了。菜单本身已足以吓外国人一跳，被他一报就更增添了异域风情，而这都要归功于他的演绎——一系列令人捉摸不定的抑扬顿挫与高低起伏，好像要彰显他母语的伟大。他知道大家喜欢看他表演，于是在语气上下足功夫，把每一道硬菜都报得轻盈悦耳，令Spanferkel、Wellfleisch、Schweinshaxe——烤乳猪、白切猪腩、炸猪蹄——听起来不再是通过熏烤、炖煮、煎炸不同部位的猪而制成的菜肴，而像是某种芭蕾舞课程。顺带一提，猪这种动物，自瓦卢斯将军把三个罗马军团丢在条顿堡林山（它至今还存在）那日起，就一直是德国的传统食材。阿尔诺点了猪胃，维克托点了汤饺（Maultaschen），阿图尔则点了血肠（Wurst）。阿图尔第一次吃血肠是在达豪集中营参加某次纪念活动以后，与他同去那次活动的还有两个幸存者。

“我们带你去吃正宗的德国菜。”

两位幸存的老人不知为什么竟有些怀念似的向他回顾了许多极其血腥的故事，仿佛那只是他们小时候的恶作剧。“锻炼过后，死掉的人就倒卧在练兵场上，其余的人回营房。”

在去餐馆的车里，他们扯起嗓子唱了反抗的歌，共产党的歌，纳粹党的党歌，甚至反犹太人的歌，虽然曾经唱这些歌的是他们的敌人。

“你生得太晚，不会知道这些事的。”可是他知道。集中营里，人们拥抱、洒泪、回忆往事——有一种校庆时回到母校见朋友的气氛。“那里以前是绞首架。我还有一张照片呢。这里是以前他们列队的地方——不，不是那边，是在这边——为的是逼他们看行刑……”

究竟是怎样的化学反应，让死亡与痛苦变成了轻松的记忆，让消失的音容重新复活？在梅尼克大街的“哈迪”餐馆，两位老人几乎以吼叫的方式为自己点好了食物与酒水。“啤酒炖银鲤（Karpfen in Bier gedünstet），一杯‘皮尔森之源’啤酒（Pilsner Urquell），一杯阿奎维特（Bommerlunder Aquavit）……”突然间，语言带有了一种其他食客感受不到的意味。无论是银鲤还是啤酒，一切都有了战争的味道。在禁止拍摄的东西德交界处，两人终于安静下来。仿佛无论喝多少豌豆汤、扁豆汤，无论吃多少生猪肉饼，都无法缓解绿军装的卫兵，亮闪闪的军靴、军带、军盔，气喘如牛的军犬，曾给他们带来的恐惧。两位游历德国的荷兰老人行至此处，都下意识地向彼此靠近了一些。

“咱们这位拍片子的朋友好像溜号了。”

他这才意识到，自己已经有好几分钟没有在听维克托与阿尔诺说话。在此之前，他们在讨论……在讨论什么？

“他经常这样，”维克托说，“这一般说明他正在心里拍着什么东西。把朋友丢下，自己飞上云霄。你在飞行途中碰到谁耽搁了？”

“不不，”阿图尔说，“我只是突然想起了那两个拍达豪纪录片时认识的集中营幸存者。你知道他们的，维克托。”

“Niet lullen maar poetsen，”维克托用荷兰语说，又切换到德语继续道，“这句话没法翻译，阿尔诺。你知道，荷兰语是一种秘密的语言。我们用它做私下交流。”

“可是我也没听明白。”阿图尔说。

“大意是‘少闲晃，多干活’。一句军警的格言。我有一次问那两个幸存者中比较年长的那位，是怎么在达豪挨过三年的，他也说‘少闲晃，多干活’；他说这是他以前做军警时学到的。我又问另外那个诗人，是怎么挨过去的，他说诗人比较惨，但他们帮他挺了过来，‘我们军人受得了苦；诗人受不了。而且德国人如果知道你是军官出身，会对你高看一眼……’”

“这话你去对波兰人说说看。”阿尔诺说。

可阿图尔还是想知道自己出神时两位朋友在讨论什么。

“行走的记忆。”

啊，对。有些东西很奇怪，你并不留神细听，却还是能听见一些。又是这个话题了，他胎死腹中的瓦尔特·本雅明计划。

“你们是怎么聊起这个来的？”他问。

“我刚刚买了一些价值二十芬尼[1]的往事。”阿尔诺说。他的独眼闪过一道光。阿图尔知道，他又有惊喜要给他们了。在带来惊喜这件事上，朋友总是可靠的。阿尔诺的才智让他几乎对任何事都感兴趣，且一旦兴起便滔滔不绝。但在开口前，他喜欢保持神秘。他们又点了一瓶红酒。三个加起来一百五十岁高龄的成年人，即将开始一场游戏。阿尔诺将两张有图文的纸铺在桌上。纸上是绘画与配文，

---

1 芬尼是德国旧币，一马克等于一百芬尼。

一幅上有辽阔的风景，一两间原始的棚屋，一圈似乎是用芦苇编成的低矮藩篱。远景上有山、有树林，一个男人背着干草，一个女人在林中空地里对着一只壶，好像在搅拌什么东西。另一幅画显然是要表现坟墓，有一堆白骨、一颗骷髅和一些陶器。

“我去看了一趟死人，”阿尔诺说，“这些是柏林早期的样子，这个是青铜时代人居重建后的模样。过去住在这上面的人，现在住在我们脚下。而‘当下’总是如此傲慢：我们都拒绝承认，有朝一日会长眠于别人的脚下。错就错在黑格尔……”

“黑格尔？”

“对啊，因为他说我们已经到达了历史的终结。这个观念就此扎根。我们对未来的想象与对过去同样偏颇。你看这幅画……确实，是出于喜爱画的，但它同时也带有倨傲，潜台词是：这种事是不会发生在我们当下的活人身上的。我们永远不会落到被挖掘出土的下场。我们的服装永远不会被嘲笑。没有人愿意想象，未来某天我们也会被贻为笑谈，也会变成博物馆里的几根骨头。大家都认为，绝对不会轮到我们，我们早就超越了贫穷与落后，哈哈。我们相信世界要么永远如此，要么跟我们一起灭亡。星际旅行不能解决问题。因为星际旅行需要的时间要求我们在基因层面上创造出一种新品种的人。但其实地球有没有人类都照样转——这已经被证明过一次了。谁知道呢，或许我们并不关心地球，虽然谁都不会明说，但这个老地方如果没有了我们，可能也会感觉无聊。只剩下全世界所有的钟表，嘀嗒嘀嗒地走个不停，再也没有人类来在乎所谓的‘时间’。”

“画得挺好，这些棚屋，”维克托说，“还有那条船和那张渔网。在炭火上做饭。鱼肉里没有水银。每天吃全麦面包，脆皮的那种。没有糟心事……”

阿图尔拿起青铜时代的风景图。图片由同样位于夏洛滕堡宫的早期历史博物馆印制。售价十芬尼一张。那时的人讲起话来什么样？

“坐地铁去利希特费尔德的时候，”阿尔诺说，“你会有一种回到过去的感觉。从这个角度说，我们一直都活在前人的地盘上。只是前人无法想象有朝一日的我们……”

“那是肯定想不到的。”

“没错，总之，这里自从有人类定居以来，交流就从未停止。在这同一个地点上，从那时起就开始了一场极为漫长的对话。一个世纪又一个世纪的说话声、叫喊声与耳语声，组成了无边的汪洋，语法越来越健全，字典越来越厚……一切都发生在这同一个地点上。一层又一层叠加在一起，虽然用肉眼看不到，但一层也没丢；某个特定的词或许消失了，但整个语言被流传下来。前人把每一句话、每一种说话的方式，所有词汇与所有表达传给我们，这一切再由我们传给……”他又向深棕色的天花板挥了挥手，手中的雪茄烟雾缭绕，好像笼罩着不可想象的未来。

“……传给晚于我们出生的可怜蛋，”维克托将阿尔诺的话补完，“以及，谢谢你绘声绘色的演绎，现在我已经真切地感受到前人站在我的汤里了。”他又看了一眼纸上的画。“我倒不介意出现在某张画里，或跻身后人想象的回忆。只要他们高抬贵足，不要践踏我的食物。我不认为消失有什么不好。无法留下痕迹我无所谓。甚至还挺满意。”

“那你的作品呢？”阿尔诺问。

“哎哟，”维克托不耐烦道，“你总不会相信艺术不朽吧？那也太可笑了吧？作家好像特别追求不朽。恨不得个个都是不朽的大师。谁也不认为自己的作品会彻底失传，完全不考虑这世上还有霉菌和书蠹的事实。就算真有什么东西流传下来，这种流传又能维持多久？能维持三千年吗？当代的眼睛对古文本的解读，可能根本就跟当时写它们的人想要表达的意思不一样……”

他又看了一眼纸上的画。“你瞧，画里没有书。你这样……你干脆就拿一本黑格尔写的砖头，去跟这些人换条鱼。就说你是受朋友所托。他们会理解的——柏林人待人都彬彬有礼。我还真想尝尝史前鱼类是什么味道。”

舒尔茨先生端来了猪胃。它看起来与一只缝起来的皮口袋无异。

“需要我替您分一下吗？”

“那就麻烦您了，”阿尔诺说完立即转回维克托继续道，“总之，说回你的作品。你不是用石头做东西的吗，总能传一阵子吧？”

“那又怎样呢？最多是有一天、有一个人会偶尔看见，然后驻足好奇。再次一点就是流落到博物馆的展箱里……下面写‘二十世纪下半叶，佚名’。人家看它，就像我在博物馆里看一个你这幅画上的粗陶水罐一样。或许能想象它怎样被塑形，怎样被高个子的金发条顿人——或许还是个女人，甚至还是个美女——拿起来，从中啜饮清水，但这对当初做这个陶壶的人有什么意义呢？”

“意义在于它还存世，以及制作过程很愉悦。”

“愉悦我不否认，”维克托说，“但除了愉悦，就没有别的意义了。”

阿尔诺举起酒杯。

“敬我们短暂的一生，和在我们周围徘徊不去的亡灵。”三人各喝了一口。

“我喜欢想象自己被亡灵围绕，”阿尔诺说，“女王，士兵，妓女，牧师……永远没有孤单的时候。”

他靠在椅背上，很快大家就听到一声又像生闷气又像哼小曲的沉吟。维克托和阿图尔都认得这个声音：又像车轮轧地的声音从远处传来，又像恶犬遇见了猫，又像乐手闷头调贝斯。这是一个预兆，说明阿尔诺又在对什么东西看不惯了。

“嗯……嗯。但你的逻辑有漏洞。因为你是否不朽不是你个人可以决定的。”

“没有谁能在物理层面上不朽。”

“好，那就当是隐喻的不朽好了。比如荷马，或者确切地说，那个被我们认为是荷马的人，荷马就绝对想不到，有朝一日会有人在宇宙飞船里读他的诗。你或许希望自己能决定大家从何年何月起不再看你的作品。但实际上，这件事是不由你决定的。”

独眼闪过一道寒光。舌战即将开始。

“你会说没有什么能不朽，其实是因为害怕。你怕自己控制不了别人会对你做出的评价。所以你预先就采取逃避的姿态。你先发制人的方法就是不承认自己有过作品。但只要你做的东西还在，它们代表的就是你，就算你早就死得透透的、不可能知道这件事，就算你的名字早已被所有人忘记。你知道为什么吗？因为人所造的一切都不受人的限制。黑格尔为什么指责康德，就因为康德偏要给一些东西设置边界。对黑格尔来说，设置边界本身就超越人的能力边界，而每一个自称有限的人，之所以可以这样自称，都必须预先看到无限的存在。哈！”

“你说的这几位仁兄我只听过名字，”维克托说，“连一杯咖啡都还没跟他们喝过呢。我只是个喜欢做雕塑的平凡而悲观的人。”

“你做的东西和自然做的东西是有区别的；这你总同意吧？”

“要这么说的话，我难道不也是自然的一部分？”

“好吧，为了继续讨论，让我们权且认为你就是自然的一部分，是不完美的一部分、变质了的一部分、被社会驯化过的一部分……形容词你自己去加。但有一件事是你这个自然的一部分所不能完成的，具体来说就是：你制作任何东西，都必须经过思考。”

“听你这个意思，思考不是一个自然行为？”

“不，我不会冒险说这种话。我是说一旦你思考自然，你就站在了自然之上。自然是不会思考自己是什么的。”

“但是不是可以说，自然通过我对它自己进行了思考呢？”

就在这时，一阵冷风吹进屋来，后面跟着一位身穿皮草的富态女人。桌上所有的蜡烛都一齐颤巍巍地抖起来。片刻之后她就来到了他们桌前。

“芝诺比娅来了，”阿尔诺说，“请让我先把话说完。”他回头继续对维克托道，“一旦入土就由不得你了，不管你再怎么努力！”

“天哪，孩子们，多沉重的话题……别入土、入土的了，整座城市都被雪埋上啦。看这里！开始计时！”

“计什么时……？”

“看雪片什么时候化成眼泪呀……”

她双手一动不动地举在空中，凝视自己胸前正在融化的雪花。

“我的大衣在哭！”她总是把语尾的浊音发成清音[1]。

芝诺比娅·施泰因与阿尔诺的妻子薇拉是双胞胎。一个人只有极其了解她们，才能分得清她们谁是谁。两人的俄语口音都很重，但画画的薇拉沉默、内向，芝诺比娅却像暴风雨般张扬、恣意。她念研究生时读的是理论物理，在俄罗斯杂志上发表文章与评论，还在山鸡大街上开了一小爿画廊，每周开三个下午，看画需要预约。画廊主

1 她把“哭”（crying）发成 cry-ink。

要展出德国1920年代以降的自然风景，阿尔弗雷德·斯蒂格里茨（Alfred Stieglitz）的云，阿尔弗雷德·艾尔哈特（Alfred Ehrhardt）的沙丘，阿维德·古特肖（Arvid Gutschow）的沙和水。这些作品的沉静与芝诺比娅的气质形成鲜明对比，令阿尔诺觉得十分有趣。她所钟爱的作品似乎都在捕捉已消逝的事物。比如七十多年前一个摄影师在叙尔特岛（Sylt）或某个德国海岸的沿线岛屿上偶尔选中的一条由风偶尔吹就再由海水反复冲刷、偶尔填成又因当天浅灰色的光照而特别耀目于是被偶尔拍下、偶尔保存起来的小水沟。受限于那个年代的摄影技术，照片显得很旧，这是它的时代特征，但同时，照片所拍摄的内容却具有“永恒性”。这种深层的矛盾统一，在斯蒂格利茨所拍的云里也同样可见。那朵仿佛飞艇般缓慢飘过地面上空的云，再也无法找回，看过它的人也早就死了，但因为一张照片，这朵云变成了世界上所有的云，这些由人类出现前早已存在的无名水分子所组成、见诸诗歌与散文却常为人所忽视的流云，这一人类世界最为稍纵即逝的天气现象，有一天，被一个摄影师拍下，悖论一般赋予某种永恒，让人们突然意识到：一个没有云的世界是不可想象的，而每一朵云，无论何时何地，都代表了所有的云，无论是过去我们未曾见过的云，还是未来我们无缘见到的云。这些毫无用处的想法在他的脑中浮现，因为这些照片，和摄影师通过照片想要达到的效果，亦正是他自己希望通过自己的作品所达到的效果——保存那些因为源源不断而万世不竭所以其实根本不必保存的东西。但这却正是他决心要做的事：那些涓流，它们是风与海的作品，不是某个艺术家的作品。它们曾真实地存在于时空之中，又在多年后摆在桌上供人观看。你只需轻轻揭开薄纸，就能在软框里看到一段真实的时光，虽然它无名无份，但它确凿无疑，而且已经摆脱了稍纵即逝的败相，跻身于永世长存的胜利中。没有一朵提埃坡罗或雷斯达尔或特纳画中想象的云可以与之比肩；画中的云只不过是对那些从未被任何人真正捉住的云的模仿而已。

芝诺比娅将丰腴的手放在他头上。

"它又在沉思什么？多么严肃的一颗头，或许正在千里之遥的地方。它在想什么？"

"在想云。"

"啊，云！云是圣灵的坐骑；我的化学老师在解释云为何这样轻的时候讲过。不是很科学。据此看，云满世界飘，就应该是圣灵在巡视人间……典型的俄罗斯式教育——兼有事实与迷信。"

她耸耸肩，抖掉大衣，好像料定舒尔茨先生肯定会站在正确的位置上将它接住。

“当然，她这么说是很可能惹祸上身的。快，”她把刚要退下的舒尔茨叫回来，“快给我上伏特加。要两杯，一杯给我，一杯给我的灵魂。这鬼天气！我感觉自己是骑兵胯下的战马。光是出现在这里，就应该给我记一大功！这雪再下一千年也不会停。你的云我在电视上也见过，浩浩荡荡，从大西洋一直铺到乌拉尔山，完全符合戴高乐的预言。原来戴高乐是气象学家！欧洲真的统一了！统一在这片一千岁高龄的雪云下面，全欧洲人迈着稚拙的小步，在这片雪云下面啪嗒啪嗒地走。白雪覆盖了柏林，多纯洁，敉平了纷争，东西重修旧好，达成最高和解。雪落在德国的教堂上、荷兰的银行上、日益减少的勃兰登堡人头上、暴脾气的波兰人头上，也落在柯尼斯堡（加里宁格勒）上，落在康德上，落在奥得河上，落在死人上，落在还没死的人上……是的，我亲爱的汉塞尔[1]，你和你的奇幻云，你们令我的情绪激动起来了。刚进来时我还心情愉悦，脚下生风，正准备接受与人、甚至与荷兰人相伴的慰藉——对不起，这话我实在憋不住——结果却找到三个丧着脸的奥

1 此处指格林童话《汉塞尔与格莱特》中的汉塞尔。这是芝诺比娅对阿图尔的昵称。

丁。听到的第一个词居然是‘入土’。今晚可不是入土的好日子，得先铲雪，还得把冻土凿开呢！”

“不要紧，”维克托说，“反正我有工具。谁先来？”

阿图尔靠入椅背。或许，他心想，或许这就是我屡屡回到柏林的原因。或许我就是为了这几个只要只言片语就能彼此理解、相处时不必说话、一开口含讥带讽、一本正经地胡说八道、仔细一想又很有道理而且不令人感到必须自我辩解的朋友，才屡屡回到柏林。此时他已经能够预判今晚的发展。他与维克托将会越来越沉默，而阿尔诺与芝诺比娅将大谈曼德尔施塔姆与戈特弗里德·贝恩，并在脱稿状态下对他们的作品如数家珍。至于二位诗人迥然有别的生平，以及维克托与他对俄语的一窍不通，则不会在两人关注的范围之内。俄语将在餐馆中带着簧音响起，其他食客将不复存在，爆炸的辅音与炽热的元音将会在他们的餐桌上奔腾汹涌，向贝恩诗中的崎岖与苦痛澎湃，向他意想不到的非德国式韵脚澎湃——两种悲剧命运，各有各的遗骸，各有各的负罪，整个二十世纪似乎就这样被完美地总结了起来。倘使还有余兴，他们便移驾阿尔诺的公寓，因为他就住在附近，德国人与俄罗斯人在那里将继续制霸全场，因为阿尔诺有一架钢琴，会弹舒伯特与舒曼，技艺精湛与否且不说，情绪是很到位的，其后薇拉和芝诺比娅会要求维克托演奏肖斯塔科维奇《第二钢琴奏鸣曲》的广板，那是一首节奏极为缓慢的曲子，仿佛窃窃私语，“只有俄罗斯人能弹成这样。肖斯塔科维奇如鼠般地小心翼翼[1]。啊，维克托，承认吧，你明明是个俄罗斯人！”

德国与俄罗斯。在这样的时刻，两个国家仿佛不约而同地在为对方思乡、怀旧，而这种思乡与怀旧，出生在大西洋畔的荷兰人永远不会理解，欧陆自柏林向东仿佛有一种神秘的张力，虽然现在看不出来，但迟早会再次扰动历史的平衡，仿佛那广袤的内陆会野兽般摇头摆尾，抖落它西方的那些无足轻重的边缘地带。

再说那个绰号！芝诺比娅为何总把四十二岁大、六英尺高的他叫成“汉塞尔”，对他来说仍然是个谜。不过他对此已经默许。她暴风雨似的性格令他感到轻松；她的雷达总能感应到他的思想，却不作打扰，由他心平气和一个人继续造梦。而且他知道，“酒精是在芝诺比娅的灵魂上下雪的云”，云越多，雪越大。那是有一次芝诺比娅酩酊大醉、被他坚实的双手搀回去时自己说的。

“我喝酒是为了对现实抗议。”当天晚上她对他说。虽

1 肖斯塔科维奇因为时代原因，在创作时不得不如履薄冰，因此文中说他“如鼠般地小心翼翼”。

然不清楚她具体指什么现实，但他感觉自己能明白那种情绪。她还攥起拳头捶他的胸口（“我们俄国人都是这样的”），在廊檐下的一柱灯光里，她用水汪汪的蓝眼睛定定地望着他（“犹太人里也有蓝眼睛的”）。

“麻醉自身，是为了反抗外物……你，听我说……”她话音刚落，人已经进了屋，还把门摔在了他脸上。他隔着门还听见她在楼梯间里一再地重复：“你，听我说，你，听我说！”

舒尔茨先生再次出现在桌边。此时他的儿子——虽然衣着像堕落天使，但在待客的殷勤上却不失他父亲的风范（“假定他们是父子。”严谨起见，维克托说。）——已经将一桌杯盘收妥，父亲注视着突然变得空空如也的餐桌，仿佛注视着一个形而上的大哉问。他指指空白的桌面，姿态如同提线木偶，问还能为在座的各位再上点什么。他说自己有一个建议，大家早已熟悉这个建议。照例只剩一道菜还没上了。

“大丰收如何？”

“再好不过了。”

“碳水，猪肉，牛肉？”

“三样都来吧。”

很快，一张木盘被端上来，盘中有一罐猪油，几片粗粮面包，和一大方好像从中世纪就开始窖藏、最近才终于出土了的奶酪。Handkäse——一种手工奶酪，气味冲鼻。

“看起来与其说是奶酪，不如说是肥皂，”维克托说，“或某种给棺材封口的蜡。贵国究竟为何称这种东西为奶酪？”

“你所说的‘这种东西’，路德、希尔德加德·冯·宾根（Hildegard von Bingen）、雅各·波墨（Jakob Böhme）、诺瓦利斯、海德格尔都吃过，”阿尔诺说，“你闻到的这种刺鼻的气味，是德国人共同的永恒。你看到的这块表面如蜡的‘肥皂’，就是我可亲可爱的**祖国**[1]的心，它有点透明，又不完全透明，很神秘。”他将叉子戳进奶酪：“我们是再来一轮红的，还是换 Hefe[2]？舒尔茨先生，**麻烦了**[3]，来四杯埃伯巴赫修道院的 Hefe。”

Hefe。阿图尔曾在字典里查过这个词。“Hefe：酵母，液渣，沉淀物；例：die Hefe des Volkes，用来形容‘废物、人渣’。”怎么看都与面前这一大杯澄清的淡金色小麦啤酒扯不上关系。周遭围绕着其他食客嘤嘤嗡嗡的低语。他无法相信自己正置身都市，更难以想象厚厚的、即将融

1 此处为德语 Vaterland。

2 即 Hefeweizen，一种小麦啤酒。

3 此处为德语 bitte，此词亦有“不客气”等意。

为污泥浊水的白雪，正要将这个都市完全覆盖。明天破晓时，他想，得去一趟波茨坦广场的滨海观光道大酒店再多拍几张照。

“舒尔茨先生，”芝诺比娅说，“加林斯基先生今天怎么样？雪这么大，我猜他一定没有来吧？”

“那是你不了解他了。他就在他角落的老位置上坐着呢。”

餐厅远端的角落里，一位老先生独自坐在桌前，侧脸对着他们。谁也不知道他具体几岁，但看样子最少也得九十多。每天晚上他总在打烊前走进餐馆（“反正我不喜欢睡觉”）。加林斯基生活过的柏林是四个人谁也不知道的柏林，他曾是某咖啡馆的小提琴师，也曾在阿德龙酒店的吉普赛乐团担任首席……还曾挨过一切，活了下来。这点零星的信息，就是他们知道的一切。每天晚上大约十一点，他会来餐馆慢慢用水瓶醒一瓶红酒喝，抽一支雪茄，迷失在思绪中。

“我去打个招呼。”芝诺比娅说。然而当她回来时，大家都意识到了异样。

“他说话了吗？”阿尔诺问。

“没说。而且好像再也不会说了。”

“是抑郁症吗？”

“恰恰相反。他的表情很奇怪，好像内心燃烧着熊熊烈火。他在发光。”

“你这是俄罗斯人的想象力、斯拉夫式的夸大其词。”

“或许吧。那就让我再俄罗斯人一点。我感觉他周围有光圈，可能马上就要坐化了。你满意了吗？”

四人一起看向老人。

“你说的光圈应该不是因为他头上那盏灯吧？”

“不是。如果你想亲眼看看的话，得走到他正面去看。他的眼睛像两盏灯……那种眼神我认识。”

只消这句话，大家都懂了她的意思。列宁格勒之围，芝诺比娅还是个孩子。她与阿图尔就围城聊过一次，他再也没能忘记她所说的“静静地死去”：受尽饥饿与寒冷的濒死者，彻底放弃希望，走到角落，面朝墙壁躺倒，仿佛世界，仿佛这个已经被缩小为一个房间的世界，已经是外物，已经与自己无关。那天她酩酊大醉，说自己“有一种对所谓真相的仇恨”，她所指的真相，或许与这段童年有关。有一天，他问她自己猜的是否正确。

“噢，那个呀，”她说，“你这问题只有汉塞尔才问得出。怎么能随便重提别人酒后说的话呢？尤其对我这种动不动就喝多的人。”

“你干吗总叫我汉塞尔？”他突然问，“我一不是孩子，二不是德国人。”

“跟这些都无关。我这么叫你，是因为你不管去哪里都在身后留下一串面包屑。你看人家维克托，他喜欢把面包屑收起来，阿尔诺则是根本不带面包上路。你话是不多，但每隔一两天我都能看到你撒的面包屑。”

“那你说的真相是什么真相嘛。”

“你这人不懂得放弃，对不对？”

“对。”

“很难说，我说不清。”

“物理学家总不至于仇恨真相吧？”

“我说的不是科学意义上的真相。假设我还记得那天晚上自己说了什么的话。那种真相没有什么好仇恨的。”

沉默。

“嗯，我知道你在等我继续。”

沉默。

“我的意思是……这世界上所有的苦难，在它还没有发生时，就已经注定要成为一则所谓历史的真相……而这令人感到幻灭。一件事无论是只出现在脚注里，还是由一整本书来叙述，在历史中，它就只是历史真相罢了：柏林之围，列宁格勒之围，从某年某月某日，到某年某月某日，死多少多少人，人民英勇地怎样怎样……我们今天看的电视节目也是这样……我们看到国民、难民，看到雨后春笋般冒出来的一个个团体，这些人与团体，也都只是一则则历史真相，就像古拉格集中营是一则历史真相一样，但就真相而言”（她笑道：“瞧我这个用词！”），“就真相而言，统计数据和新闻快报不会令我们离真相更近；反而让它们离我们更远……我们在高处俯瞰集中营、万人坑、地雷阵、大屠杀，俯瞰的同时，我们的心已经别过了头……我们脱敏了……我们不再被触动，我们只把一切受难的人当成一系列历史真相看待，甚至可能只把他们当作受难的符号看待，而不把他们当作真真正正地承受了苦难的人来看待……而这种，围观真相的行为，已经成了一种将苦难与我们隔绝开来的方法……我们花钱或委托某个抽象的政府花钱，以便开解良心的不安，但已经不会由衷地为谁的困境所触动；因为……因为对我们来说，这无非又是历史书上不忍卒睹的一页……真相发生的当下就已经成为历史——我们很熟悉这个操作流程，一切都只待变成历史，而其实，我们对历史也没什么兴趣……阿尔诺，你那个白痴黑格尔是怎么说的？‘和平是历史书上的空白’……？我们就处在这片空白里，而且真的很空，空到没有，因为哪本书会真的预留空白页来代表和平时期？”

“他坐成一尊雕塑了，纹丝不动，”维克托凑近去看过加林斯基后回来说，“我都有跪下的冲动了，但是没看到光圈。他好像只是坐在那里闭目养神。”

“那他闭得可真是时候，”芝诺比娅说，“叫舒尔茨来吧。”

“啊，几位真善于观察，”舒尔茨说，“我刚才也注意到了，不过我想还是让他一个人待着的好。我见他喝完了醒酒器里的酒，就去问他要不要再来一杯，可他只顾静坐着发光，不回答我的问题。好像在听远方的音乐。他明明看着我，却似乎看不见我；仿佛在对我笑，却并非在对我笑，接着又放下雪茄，闭上了眼睛。我看着快打烊了，想着不必惊动其他客人。等你们走了，我就叫救护车。不用忙。他很快乐，坐姿也不歪斜。到了人生的最后一刻，也还是位滴水不漏的好客人。真正的绅士。我又给大家拿了些 Hefe，这一轮由我请客。”他斟满四人的酒杯，比平时倒的多了一些，四人一起向死去的老先生举杯。

“**再见**[1]。”维克托歌唱般地说。

四人来到户外。雪已从刚才厚重的雪片变成了轻盈的雪粉，舞在选帝侯大街的路灯光里。四人道别时，都听见了远处救护车的警笛。

---

1 此处为德语 Servus。

“又是警笛，”阿图尔说，“我感觉它跟了我一整天。”

“怎么是她[1]跟着你呢？”芝诺比娅说，“应该是你被她引诱了一整天吧。”

“要是这么说的话，我的朋友，”阿尔诺道，“你应该知道采取什么步骤。你要用蜂蜡堵住耳朵，命人将自己绑在桅杆上，就像奥德修斯那样。反正不管怎样，船总是要继续开的。”

不用回望，阿图尔就知道三人回家的路线：阿尔诺向南，维克托向北，芝诺比娅向东，他自己向西。雪从他走去的方向迎面降落。是夜第二次，四人在飘雪的都市形成一个十字——第一次为了汇聚，现在则是各自走去。每当这样的时刻，阿图尔都会想象镜头如何从高空拍摄，此时的高空飞雪迷蒙，不然镜头就可以拍下他们四重的旅行，四条路径从最初的核心开始，逐渐伸入末梢蜿蜒的琐碎与无意义中。四人再度回归原形，回到各自的石窟，做回大城市里沉默不语的居民。有时，他用意念做自己的跟踪狂，想象出另一个自己，潜入这一个自己的家中，对这一个自

1 此处指塞壬。siren 可译作“警笛”“塞壬”（此时首字母需大写，即 Siren）。塞壬是《奥德赛》中的海妖，行船的人若听见她们唱歌，会误入歧途、沉船坠海。后文阿尔诺“以蜂蜡堵耳，命人将自己绑缚于桅杆”的建议就是《奥德赛》主人公奥德修斯的办法。

己进行监视。于是，每个时刻、每个动作都有了戏剧效果，生活成了一场无剧本的电影。一个男人走进一扇门，掸掉身上的雪，脱下大衣，将余雪抖尽，爬上柏林市内无数宽阔阶梯中的一道，打开第二扇门，进入家中。然后呢？然后避开镜像——不管怎么说，自己和跟踪自己的自己已经是两人，再加镜像未免拥挤——摩挲对自己来说仿佛活物的摄影机，看到一张照片，上面有一个女人，一个孩子，他们身边应该有一个男人，男人应该浑然不觉自己受到监视，不不，别去想女人和孩子的样子，就连他自己的样子，他也有些忘了。

他浏览CD，选出一张，放进便携式播放器中，约翰·凯奇的《冬曲》：无声、有声、无声、冰冷的叮咚声、无声、拖长的和声。无声是故意的，为了让人明白无声亦有声，明白音乐不只是精心编排的节奏与乐段。整首乐曲听起来好像掉队了的时间；如果时间可以掉队。他准备用凯奇的音乐给自己今晚拍的东西配音；因为他知道，任何能放慢时间的音乐，一定也都能放慢影像。

电话铃突然响起，他浑身一凛。已经凌晨一点了。一定是埃尔娜。

“准备做什么？晚上去哪儿了？”

“跟朋友在一起。去了一家红酒吧。有个客人死了。”

“哦。你那边的音乐好奇怪啊，谁的？”

“凯奇的。”

“听凯奇的音乐可是睡不着觉的哦。”

“还没睡。在想事情。”

“在想什么？或者，家里有人？”

“没有人。我只是在想，人独处时，钟表的指针会不会走得更慢。”

“你又在自怨自艾？我也是一个人住呀。”

“那不一样。阿姆斯特丹也在下雪吗？”

“在啊。有什么不一样？因为我有孩子吗？”

“这方面的原因也有一点。所以严格来说，你不是一个人住。”

“我需要担心你吗？”

“大可不必。今天晚上我过得很好。见了三个人。其中两个也是一个人住。独居者荣升多数群体。独居是未来的潮流，别担心。”

“阿图尔？”

“嗯？”

“你一点点都不想家吗？运河结冰了，上面还落了雪，明天我们就可以去溜冰了。”

埃尔娜住在皇帝运河（Keizersgracht）边，那是阿姆斯特丹最主要的运河之一。他还记得从她三楼的家看出去的样子。

“你现在站在窗前吗？”

“嗯。”

“街灯发出黄光。汽车上覆盖着雪。桥上有个人，正抓着扶手，因为地面湿滑。”

“没错。所以你真的不想家吗？”

“不想。”

“你手头在拍什么吗？又接到工作了吗？”

“没有。也不想接。我这样还能再过一阵。总能接到的。现在我很忙。”

“忙着瞎拍？”这是埃尔娜对他“收集影像”的看法。

他不回答。

“拍了什么？”

“马路，雪，人行道……”

“那些东西，你回这里也能拍。”

“那不行。荷兰太美了，太像风景画了。但它缺乏历史感，缺乏戏剧冲突。”

“历史倒是也挺悠久啦。只不过……”

“只不过不够吓人，不够有力。”他想起芝诺比娅，也想起两年前去波茨坦广场的路上拍的一段影像。当时有俄罗斯兵列队通过，路人都驻足避让。那条步行返乡的队伍一眼望不到头，男人穿着厚重的皮靴，帽子抹到脑后。从脸上看，这些人来自大俄罗斯帝国境内的五湖四海——柯尔克孜人，车臣人，鞑靼人，土库曼人——整个中亚大陆怅然过境，正要回到他们已经分崩离析的帝国。他好奇他们在想什么，也好奇他们从一个曾被自己的帝国征服、现在又将自己征服了的国度回到中亚草原去各奔东西时，心里会有怎样的想法。当然，这场失败不会是整个故事的结局。或许他留在柏林就正因如此，或许就是因为这里的暗涌似乎永不停歇，因为这里比世界上任何别的地方都更像一个煎熬着欧洲命运的灶炉。他试图将这个与厨房有关的类比说给埃尔娜听。

“那我祝你吃得好。”

“那我只好祝你睡得香了。”

“哟，生气了？我的天，你在柏林变得这么严肃啦？快回西班牙去吧。历史已经变成你的执念了。这样生活怎么行？就是德国人也受不了啊。你读历史的态度快赶上人家读时事新闻的态度了。我敢打赌，一张报纸要是被你拿起来，马上就会变成大理石。但你反而忘了怎么过眼下的生活，这难道不是滑天下之大稽？你就是因为太清闲，所以才这样苦思冥想。快去拍个广告片。人家路过一尊雕塑看都不看，可你呢？你必须停下来看。这就像一种心病了。以前你……”

“以前我怎么样？以前我不是这样的。你是不是想要说这个？”

以前。毋庸置疑，她指的是洛劳弗耶死前。但他已经不记得自己以前是什么样的人，不记得陈年旧日的自己是什么样子，他不是没有试过去回忆啊，但回忆到最后，他竟感觉自己似乎从未有过以前。他唯一完整的记忆，只剩下求学的时代与教过自己的老师。他是个携带碎片活在当下的人。虽然听起来疯狂，但事实却是：有一部分记录，真的丢失了。谈话应该到此为止。埃尔娜想说的大概是要他多花点时间在自己的有生之年上，但他不想听这些。一切像现在这样就很好。照片里的男人大可继续被当作陌生人；他自己则有别的事要忙。

“我会来陪你站在窗边。”他说。

“也会揽住我的肩吗？”

“嗯。”

“我猜你是要去睡了吧。”她挂掉电话。他拿着沉默的话筒聆听了几秒，就去睡了。

而我们，我们从各自所处的某个有光的地方观看他们世界中的咄咄怪事——我们看见了什么？四个人，躺在床上，或者按照芝诺比娅的语言偏好：四个人突然从铅锤生物变成了水平生物。“落出世界边缘”，她这样描述睡眠，好像人真的可以从世界边缘落下去。从我们的角度看，这些人活着除了沉睡便是无明与麻木。而眼下这片刻的小憩，只是真正的“休息”的复制品。或许在他们的语境中，在他们漂泊无根、与社会无缘的生命里，这就是真正的休息了吧。但实际上，在这本该驻足的时候，他们走得更远了。至少他们不像大多数人那样拒绝思考。相反，你甚至可能觉得他们每一个人都已经在生命中找到了一片很大的（有效的）拼图。但还不够；还不够。那么多错误的门扉，那么多错误的路径。而我们无能为力。我们只能袖手旁观，只能像阅读一样读取他们的心思，我们的权限就是如此。除了跟踪，我们别无选择。我们翻动书页，读取他们睡意沉沉的冥想，读取他们在冰雪覆盖的城市里，在各自幽暗的卧室里，在各自躺卧的睡床上所产生的遐思，如何汇聚一处，仿佛四只蜘蛛同时在结同一张网，虽然这听上去不太可能。他们各自回放先前说过的话，构思先前所缺失的应答，共同将蛛网的漏洞编织完整。翌日醒来，夜晚的魔法会将思绪打乱，将蛛网拆散，他们又将重新开始编织。人世间的事，莫过于此。

一阵英国腔在房中响起，汇报伤亡人数。阿图尔经常用 BBC 国际新闻台节目作闹铃，在每天的这个时候，他无法忍受除此之外的任何一种口音。一般他在新闻开始前就会自己醒来，然后躺在床上，等待一个男声或一个女声，在进入新闻播报前先自我介绍，好像一旦听众知道了他们的名字，往下的暴力、起事、军事行动、奇袭、狂风、粮食歉收、洪水、大地震、火车出轨、庭审、丑闻和刑讯逼供，就能更容易被大家接受。因为无论是伊拉克、阿富汗、塞拉利昂、阿尔巴尼亚的现状，还是美元如何坚挺、日元如何抱恙、卢比如何垂危，只要说出这些事情的声音背后有一个有名有姓的真人，只要那声音已逐渐被你与它的名字联系在了一起，所有被那声音说出的事，就都会更显得像是闲话家常。

他记得不知从哪里听说过，二战爆发时，正是这样一个声音突然将节目中断，宣布“英国不会参战”，接着，五年后战争结束时，又是同一个冷峻、舒缓、山崩于前而面不改色的声音——俨然飘浮在世界的上空——仿佛捡起中断的节目般继续道：“正像我之前说的那样……”就这样把一场战争变成了节目的中场，把五年浩劫淡化为无数个已经发生、曾经发生、以后也会继续发生的事件中的一件。

尽管如此，这天早上当电台声音在七点响起——这次是女声——直抵他的大脑时，阿图尔还没有醒。一直到他关上电台时，梦境的碎片已经被 BBC 那个苏格兰腔劫走。窗帘敞开，外面的天还是黑的。他一动不动地躺在床上，以免惊动思维——一旦思维启动，就会按照惯例，对他做出灵魂拷问，问题包含昨晚的对话，昨日的行为，眼下身处何时何地等……这就像耶稣会士的日常，又或者恰恰相反——仅仅是因为无所事事而终日耽于精神的泥沼。但无所事事是他为了创作而存心促成的结果。不过，他究竟想用自己愈积愈多的影像素材做什么、又真能做成什么吗？如果做不成，会有什么关系吗？为这些影像素材找一个统合的形式真的有必要吗？他过去难道不是拿到什么就用什么、碰到什么就拍什么？所有影像之间的唯一联系，就是他这个人，是他对它们做出选择、进行拍摄的事实本身。或许，他想，或许这像写诗。虽然有些诗人不肯承认，但其实，没有几个诗人在写诗以前就把整首诗篇想好的。只是不管怎么说，大多数诗篇起头时至少都有一个画面、一个句子，或者最起码的，有一个诗人灵光乍现时匆匆记下的想法，虽然他们记下这一想法时可能自己都还不很明白。他现在能说自己昨夜在波茨坦广场拍下的那段影像有什么用意吗？恐怕不能；他只知道它们“合适”。但适合什么？而且，人们对一首诗的要求，恐怕跟人们对一部片子的要求还是不一样的。虽然他的创作并不是为了满足谁的要求。这个项目的金主就是他自己，纯粹是他自己想拍，从这个意义上说，他确实更像个想写歌的诗人。

首诗无论多短都与世界有关。抑或这是句蠢话？他在拍的片子没有人要他拍，就像从来没有人被点名必须写一首诗一样，至少据他所知，这样的事不曾发生。影片必须要在一定程度上反映他阿图尔·达内眼中的世界，他唯一能明确的就只有这一点。这便意味着他自己不能出现在影像里。这个“销声匿迹”或者说——不管他多鄙夷这个词吧——“退出人间”的主题，并不是一开始就有的。一切都是自然而然的结果。仿佛作品自己创作了自己。而这就好像，“德国”这一作品也是德国自己写就的，虽然“德国”这件作品的主题很难说与“销声匿迹”有关。关键是要将阿图尔的主题与德国的主题衔接起来，让它们形成呼应。眼下他要做的依然是保持耐心，收集更多影像。大部分影像将在柏林拍摄，因此他要尤其小心，不能拍成纪录片。不该再有什么顾虑：毕竟，由混乱中取清明，这是前人从未做过的事，而且，就算他失败了，他也不欠谁一个解释。

但为什么他妈的必须是德国？难道因为它也像他一样无法摆脱自己的厄运？这样想是缺乏依据的。而且事实难道不正恰恰相反？如今德国作为经济强国惠泽整个欧洲，德国马克比花岗岩还硬，德国的地理位置又决定了它将继续对欧洲重大事务的抉择造成影响。每当它在睡梦中翻身，它庞大的身躯都会把它的邻居们振得一颤。这些邻居在历史上的某个时期都曾因为它而惨遭过重创，都曾在各自的神经上留下过难以抹去的伤疤。被攻占、被战败、被羞辱，苦涩、怀疑、失去信任。而它们隔壁的庞然大物则终日哀悼、忏悔、自觉罪恶滔天，养成了德国人自称为“德国病”的日常忧郁——一种幸福遥遥无期的感觉，因为谁也不知道那些没有做过恶的人要为前代的罪恶背负多久的骂名，谁也不清楚德国人的灵魂是否真像某些人所说的那样，有一种劣根性，而这种劣根性有一天或许还会抬头。

在德国富甲一方的招摇与优等生的光鲜之下，掩藏着德国人缺乏安全感的痼疾，这在表面上虽然难以察觉，但任何一个心细的人都能看得出来。大部分德国人通过否认或压抑来克服这一痼疾，但它却总在最意想不到的时刻显现出来。阿图尔在这里住久了，对它了解颇深，与德国周边国家的认识不同，德国人实际上常常陷于自我检讨的痛苦。检讨的形式有很多。比如，德国媒体每周必提“犹太”与“犹太人”，只要数一数，就能体会其检讨之情切。这样有意或无意的反复重提，为德国这一现代民主政体的成功案例不时送去一记棒喝。外国人在德国不能提“民主”，一旦提起，德国人自己，尤其是那些因为太年轻所以根本就没赶上暴力实况的年轻人，就会马上警告你，切勿放松对德国的警惕——现在不能，以后也不能。他们会引用大量恶性时事：纵火事件，某个安哥拉人被从东德铁路某列车上抛下，光头党因为一个人拒绝说“向希特勒致敬！”几乎将他打死。当你指出这些事件虽然很吓人、值得狠狠抨击，但在法国、英国与瑞典也都在发生时，他们便群起而诘问：为何你对滚滚惊雷充耳不闻？！

他记得无忧宫（Schloss Sanssouci）复建前曾与维克托一起去那里的花园散步。那天在下雨，天很黑。虽然他从不为自己的作品刻意构思画面，但那天的景象其实很接近他想要的效果：望景楼（Belvedere）废墟边饮泣的紫杜鹃；锈迹斑驳的铁柱支撑着变了形的女人与天使雕塑；砖石上纵横着裂纹——一切都在对那位著名的国王为这个地方取的这个了无牵挂的名字说不。

“但你不得不说，腓特烈大帝（Friedrich der Große）在附庸风雅上已经尽力了，”维克托说，“他学长笛，写法语信，戴扑粉假发，邀伏尔泰来访。结果伏尔泰在普鲁士并没有名噪一时，毕竟德国人还是嫌他太轻飘。德国人更爱黑格尔和荣格。这位法国人一来，德国人上手一掂，觉得也就那么回事。言谈是风趣的，但就像蝶舞花间，没什么分量。实在话不多，风凉话不少。说来也怪，如今法国人也开始拥抱荣格和海德格尔了。虽然他们自己就有狄德罗和伏尔泰，外加最近的德里达。著述太多。法国人越来越找不着北，就像德国人一样。”

就像要为自己说的话配一个画面，几分钟后，他与一对德国夫妻一起上演了一段“舞蹈”。夫妻与走在阿图尔前面几步远的维克托一同开步。维克托为避免相撞向右跨出几步，对面的丈夫则拽着妻子向左跨出几步，末了，三人再次面对面。于是维克托改为左避，却遭夫妇俩右闪。最后他只好停下来不动，让对面二位围着他绕了个大圈，过去了。

“你碰到过这种事吗？”他问，“我老是碰到这种事。这种事在纽约碰不上，在阿姆斯特丹碰不上，在这里就能碰上。这帮人到现在还没搞清楚应该往哪里走。毫无眼力见儿。”

阿图尔表示不曾遇见这种事。但维克托坚持己见。

“我在这里多少年了，还能不知道吗？其实他们这样挺可爱的。民族焦虑以**双人舞**[1]的形式表现出来。最奇怪的是，五十年前他们对自己该往哪里走知道得一清二楚。没有人邀请他们，他们自己偏要一起玩，现在大家要跟他们一起玩，他们反而因为以前的事情扭捏起来。就像刚才那场舞，被他们跳得惨不忍睹。”

后来去喝茶，中国茶室（Chinesisches Haus）对两人的态度也极为敷衍，好像他们是不速之客。墙虽然倒了，但无忧宫里的东德魂还保存得完好无损。依旧是那些不成文的规则——大衣要挂在衣帽间，不得搭在手边椅背上，店里没有的东西不要点，虽然你也搞不清楚哪些东西没有，无论服务员是谁，接受服务时，顾客的态度都要恭敬。

“看来时局变迁并没有给这些人造成多大困扰，”阿图尔说，“他们对自己想要什么知道得很清楚。”

---

1 此处为法语 pas de deux。

“你是想说，他们对自己不要什么知道得很清楚吧。我真想立即就看到后续的发展。东德现在要为两段过去做双份的忏悔。一方面，东德人一直以来都听说他们跟另外那段往事没有关系，那不是他们的过去，他们不是纳粹，他们甚至都称不上真正的德国人。要扪心自问的不是他们。现在，他们也得面对二战后的四十年，也得遭人‘小心恶犬！’的成见了。我会想念它。一切都会变了。今后的柏林再不会是我认识的柏林。以后再也没有人能想象那种纯然不掺杂质的疯狂，除非是亲历者，或者为数不多像我这样怀旧的怪物。就算他们明天把柏林墙炸了，柏林墙的魂魄也不会散。小心呐，我的朋友：建立一个体制只需要几个人；在其中讨生活的却是其余所有人。亲历东德的人运气太坏。四十年可以是某些人的一生。与他们相比，我们或许应该收敛一些，以免表现得过于沾沾自喜。”

这段对话距今多少时间了？是五年，还是六年？拂晓的第一缕光摸上了窗台。院中那棵高大的栗树逐渐清晰。大楼里有约莫三十户人能看到这棵树。曾几何时，他想一一敲开这些人的门，请他们让他进屋，去拍这棵树，但只试了三户，三户都认为他可疑，都怒目而视并断然拒绝了，于是他的想法死在萌芽阶段。他只好在自己家里拍这棵树，连续几年，年终无休。每天天一亮，头一件事就是它。与其思前想后，不如只管拍。少些遐想，多些实际行为。他起床，做上咖啡。可以看到几乎所有住户的窗户都亮着灯。那些人是这个国家的早鸟，是辛勤工作的小蜜蜂。他喜欢关着灯看他们在各自的单元里活动。虽然他不认识他们，但这无所谓，或者不如说，正因为他不认识他们，他们才对他构成吸引。看大家生活让他感到自己也是大楼的一份子，而整幢大楼又都围绕在栗树的周围。

唯一让他进门拍树的，是住在他三层楼往上的一位老太太。从那个高度可以平视树顶。

"我记得刚搬来时，它也就比我这个人高一点。那时还没打仗。这棵树倒是把什么都挺过来了——比如英国人的炸弹。我丈夫死在斯大林格勒。那以后我就一个人住咯。这还是头一回有人要进来拍树呢，但我能明白。我跟我这棵树也聊天，每年它都长得离我近一点。每年春天它都发新芽、开新花，你想象不到我的感觉，我因为它而知道自己又活过了一年。噢，我俩聊天的瘾可大了，尤其在天冷的时候。而在我们这里，冬天是很长的。等它从我的窗前再往上长去，我差不多就该离开这个世界了。"

她指着边几上的一张照片：年轻人穿着军装，金发纹丝不乱，梳成1930年流行的背头，对这位他早已不认识的老太太和一个着装风格怪异的外国人露出微笑。

“我告诉他树的近况、长势。其他事我不敢告诉他，世道变成这个样子，他也理解不了。”

有时，阿图尔在楼梯上遇见老太太，可老太太从不显出半点认识自己的样子，只是顾自趿着德国老太太爱穿的那种怎么穿也穿不坏的灰鞋，“嚓嚓嚓”地从他身边擦过去。她身上裹着洛登（Loden）大衣，头上紧紧箍着一顶饰有羽毛的帽子。

电话铃响起，但他没有接。他还没有为迎接人类做好准备。等待适宜的光线是他此时唯一想做的事。虽然拍摄时间不长，前后只有三十秒。而且所拍的影像如同照片，几乎静止不动。但他要与摄影机同在。每个人都有自己的日常秩序，他也不例外。一天一条片，大夫不见面[1]。他久久地看着栗树。它仿佛冰封的巨塔。只有书画大师的手笔能够捕捉它的气韵。雪重新勾勒树的轮廓，树枝仿佛都失去了生命，整棵树好像是用白雪做成的——一尊用世界上最白的白色大理石雕成的冰凉的雕塑。至少要再等十分

1 此处戏仿了著名谚语：“An apple a day keeps the doctor away.”（一天一苹果，大夫远离我。）这里阿图尔将苹果换成了拍片（picture）。

钟。ASA[1]不到400是不行的。

与此同时，阿尔诺·蒂克正为早餐吃吐司还是木斯里（Muesli）而犹豫不决。接着他重新开始思考那个自起床就一直困扰他的问题，这个问题与他前夜读的《炼狱篇》有关。在阅读中不知不觉睡着是他的习惯。他喜欢从书架上随便挑一本书，任取一页开始读，不管之前有没有喝酒或者喝了多少，他都要请一本书陪自己走进睡眠的疆域。他喜欢读出声音，喜欢听自己的发音越来越含混，变得好像是别人的，仿佛有一个他看不见的人，在遥远的地方对他读书。

《炼狱篇》不是他最喜欢的但丁的篇章。但昨夜读时，他发现这随手拿来的东西，竟然暗合了自己最近正在写的一篇文章，他不禁有些惊讶，就像他常常在生活中感到惊讶。他戴上眼镜，用右手摸寻应该就在床边地板上某处的《炼狱篇》，开始重读睡前读过的部分：

啊，狂妄自大的基督徒啊，可怜的不幸的人，

---

1 ASA，电影胶片的光敏标准。ASA数值越高，表示胶片光敏度越高。普通现行胶片的光敏度从100到800不等。此时要等十分钟是为了等光。

你们心灵的视力已失去作用，
你们竟对倒退的步伐抱有信心。
你们难道看不出，我们都是一些蠕虫，
生来就是要化为天使般的蝴蝶，
毫无掩护地飞向天国受审？[1]

他在想，这一段能不能用到自己写尼采的那篇文章里。但把人类说成虫豸好像不是典型的尼采式论断，除非是为了比喻他所谓的“末人”[2]。虽然末人大概不会去关心那个他反正也与之无缘的超越物质的精神世界。至于化蝶，且不说蠕虫并不可能化蝶，就蝴蝶本身轻盈娇弱的形象而言，似乎也绝难飞向那“天国受审”。唉，此时他对但丁感到失望，心想大概是自己前夜喝了太多 Hefe，读什么都上头，因为现在的他已经看不出自己前夜为何觉得这个段落意味深长了。

---

1 此处采用黄文捷的翻译（《神曲》，南京：译林出版社，2011 年）。

2 末人（the last man），指现代文明没落最低点形态的人，除了“可怜的舒适”和“软绵绵的幸福”之外，生命没有任何抱负（此处参考刘擎的文章《现代社会陷入了相对主义、享乐主义和自恋主义的歧途》）。

他和芝诺比娅·施泰因都不可能知道的是，就在他用德语读但丁作品的同时，芝诺比娅也正在用英语读但丁的同一段文字。这种程度的巧合，虽然并非完全不可能，但即便在这个芝诺比娅认为完全建立于巧合的世界上，都堪称是痴人说梦一般的巧合。当然，但丁在全世界几乎所有主要语言中都有译本，这一事实无疑对巧合起到了促成作用。芝诺比娅本不想读但丁的作品，她家里甚至都没有但丁的书。但这段话出现在了她正在读的一本物理学著作的引文里。但丁的文字没有引起她多大的注意，引文的隐喻更是令她产生了现实主义者的怀疑。不过因为她家里没有中央供暖设备，而她又懒得爬起来开暖气，于是，她在床上瑟缩着多躺了一会儿，同时也就顺便盯着那六行字多看了一会儿。《万向无限》（*Infinite in All Directions*），弗里曼·戴森（Freeman Dyson）。作者是一位伟大的理论物理学家，何以也如此需要信仰上帝？显然，即便是爱因斯坦和他的骰子，也很难想象一个没有上帝的世界[1]。但她还是得承认，戴森心中那个并不完美的上帝——那个与他不完美的造物共在的不完美的实有——还是有其讨人喜欢的地方。

---

1 爱因斯坦曾说过："上帝不会投骰子。"

她不信教，所以，无论你把自己无法理解的一切囫囵归于“秘术”“巧合”，还是“上帝”，只要你开心，她都无所谓。而且，如果一个人非要信点什么，去信一个软弱的、人造的、为得救赎而历经苦难且一直在膨胀——倘若宇宙一直在膨胀——的上帝，似乎是一个不错的选择。一定有人告诉过戴森，他的想法与莱里奥·索齐尼（Lelio Sozzini）有违宗教正统的“异端”思想很相似。这正是《万向无限》有趣的地方。因为索齐尼身处伽利略和托马斯·阿奎纳时代的意大利，他能提出上帝并非全知全能，是令人敬佩的。而反观戴森的理论，其根据未免薄弱，而且考虑到他并非十六世纪生人，而是二十世纪生人，读者就更难以原谅。一大清早想这些事未免沉重，要基于戴森撰文也恐非易事。一个“与宇宙一起膨胀”的上帝。听起来很美，可为了对意识与上帝间的区别避而不谈，就把上帝定义为意识所不能理解的一切——这一点她难以苟同。因为那样一来，只要我们的意识不能理解什么，什么就都可以划归到上帝的范畴。或者如果她对戴森的理解无误，如果我们的意识不随上帝一起膨胀，那么终有一日我们就会被上帝抛下。她乐于被抛下。为什么戴森必须要信仰一点什么才行？上帝是否存在这种问题，他就是花一辈子时间也无法回答。再说，人类虽然被造得虎头蛇尾、有始无终，好在只需要在世上逗留很短的时间，何必自苦？此时在意识的远方，突然有什么东西闪了一下，那东西无关乎她的科学文章，而是关于她的摄影展览。这令她想起阿图尔·达内……也想起昨夜的伏特加。有一点是可以肯定的——在那张荷兰人自我封闭的面具后面，藏着许多他没有说的事。这从他能花好几个小时安静地在她画廊里看作品这件事中就可以看出。这一定与他的经历有关。而他的经历，她想，又一定以某种方式与他的影像作品相联系。阿尔诺一说起阿图尔的作品就激动得难以自持，但阿图尔迄今还没有让她看过自己的作品。“以后吧，眼下只是些不成形的片段。我也不知道会拍出什么东西来。”她看过他与阿尔诺一起拍的纪录片，感觉他拍得非常好，不过，她想，或许他正在寻求的是别的东西。用她的话说，阿图尔有“两个灵魂”。这样说来，其实戴森也一样。虽然这与他的理论一样难以证实。显然，思索这些事情很难不涉及意识、上帝、灵魂等可笑的概念。还是开暖气重要一些。虽然，她不得不说，戴森还是很会写的。“物质是微粒大量聚集后行为模式的表征”。多么迷人的表述，但在这样一个寒冷的冬日，她真的不想看振翅飞向终审王座的蝴蝶——即便这蝴蝶是但丁的。

芝诺比娅·施泰因与阿尔诺·蒂克勉为其难地离开了各自的暖床，而此时，维克托·列文已经起床一个多小时了。闹钟的铃声刺耳、无情，必须绝对服从。晨练、刮须、冷水澡、咖啡、不吃早餐、不听音乐，在万籁俱寂中穿戴整齐，头发梳得一丝不苟，好像要出门见人，其实只是去工作室，坐在正待完成的作品前，看着它……至少看一小时，才终于动手。连他自己都不知道那一个小时里自己在想什么。但这也不是一时兴起，而是一种修行。

“我想放空意识，”有一次，他对阿图尔说，“这很难，但可以练。你大概会说这是办不到的，所有人都这么说——‘你坐在那里盯着自己的作品看时，脑子里不可能什么都不想吧’——但他们说得不对。以前的我或许不可能什么都不想，但现在我可以了。虽然谈自己的作品是世界上最傻的事，但既然对方是你，我就破个例吧：我不去想我的作品；我**成为**我的作品。满意了吗？谈话结束。”

有时——这样的时候不多，从天而降的光会像锋利的刻刀，使万物的线条分毫毕现，如浮雕般清晰，这时，天空会剔透得好像水晶，让人看在眼里担心它轰然碎落。

此时的波茨坦广场仿佛一片旷野，上面立着被冰雪封印的推土机，使整个画面仿佛一幅立体主义画作。他开着摄影机，忍受着雪的反光。昨夜连影子都没剩下。女警、救护车——一切好像从未发生。唯一剩下的，是几百尺胶片上模糊、颤抖的影像。现在他得重新找个地方钻进去了。以前的那个入口已经被关上。他想再拽出一个豁口，结果没站稳，滑倒在地。这回轮到他磕到自己的脑袋了。为了保护摄影机，他将它抱住，以背部着地，摔在冰面上，同时感到口袋里有个东西滑了出去。他想站起来，却再次滑倒，呈跪坐面对从钱包中摔出的托马斯的照片——那是他的儿子，他的儿子正从一沓信用卡上对他微笑。

“要帮忙吗？”一位保安问。

“不用，谢谢。”

这不是巧合。是死者不愿让他清静。而他现在无暇顾及死者。他扶着栅栏站起，将摄影机轻轻地放在地上，捡起儿子的照片。

“现在我没有时间。”他低声说。活人可以跟死人说这种话吗？他把照片塞回钱包，但这没有用。不管他走到哪里，都无法摆脱那些死去的人。他只能身处一个地方，而他们可以无处不在；他们没有家，于是他们四海为家；他们没有时间的约束，所以他们永远存在。“时间对他们没有意义”——这是神父在葬礼上说的话。她的父母坚持丧事要按天主教习俗来办，那段时间他无法思考，稀里糊涂就同意了，就像他同意为托马斯施洗一样，虽然他本人并不信教。他是在没有宗教的环境中长大的，洛劳弗耶则是个三心二意的教徒，她的父母认为这是他的错。在托马斯洗礼之前，他从来没有参加过宗教仪式。几分钟前还穿着便服在偏房里与他们闲谈的教堂主事，几分钟后突然换上刺绣白袍从教堂边门走进来。岳父从洛劳弗耶手中接过婴儿，根据提词对一连串十分奇怪的问题给出了一连串十分奇怪的答案。每次当神父问“你是否唾弃撒旦和他所造之孽”时，他都回答“我唾弃”。他一遍又一遍地重复唾弃，因为托马斯太小，还无法自己唾弃。阿图尔站在一边，怀着一种近乎愤怒的情绪拍下了整个非洲部落驱魔仪式般的洗礼过程。神父口中的嘤嘤嗡嗡仿佛邪教咒语，他不由觉得孩子正在从自己身边被掳走。然而整件事中唯一与众不同的人，却恰恰是他自己。这从他给洛劳弗耶推的近景中可以看得很清楚：后者追随着仪式进程的双眼始终在发光。仪式过后，她甚至对他坦然道“仪式很美好”，又说虽然她已经不再虔信宗教，但没有仪式的话，心里还是空落落的，有了仪式才觉得托马斯来世上一遭并不潦草。无宗教信仰的人不会在乎这些，但现在这样很好，既庆祝了他的诞生，又遂了爸妈的心愿。他没有说出自己真实的想法：他本想说，她做这件事并不只是为了称父母的心，也是因为旧的迷信还留在她的心里，仿佛她还觉得让那个满身香烛气的牧师用他女性化的尖嗓门嘟哝两句神奇的咒语，托马斯就会得到什么额外的保护。这些话他没有对她说，因为他或许也觉得，这样一个有点迷信的、认为世界之外另有世界的她，其实很可爱。他想到一句话去形容她的这一面：不受时代节奏的裹挟。唉，诚实一点吧（这又是埃尔娜在说话了）——你不如直接说自己喜欢她跟不上时代，不好吗？但“跟不上时代”未免愚蠢而且老掉牙。不；他更喜欢“不受时代节奏的裹挟”，于是也就继续这样来想象她。洛劳弗耶喜欢自己决定生活的节奏。但是他这位“不受时代节奏裹挟”的太太，死得却是太匆忙了。他一收到噩耗就立即飞往西班牙。航空公司请他带上家人的牙形记录。那时他就预感到自己可能再也见不到他们了。事实也的确如此。尸体已烧至无法辨认——报纸如是报道，但他不能对这句话做出细致的思考。这一结论，与鉴定小组还给他的 X 光片一样，对他来说是某种过于抽象的东西。再说那 X 光片，为什么要还给他？难道他还能派上什么用场？两张颌骨上浅灰色半透明的牙形，连脸都没有——他甫一回到酒店客房就把它们撕掉了。这一切都不是真的，连带那大小两具棺椁，横陈在那同一个1930年代风格的教堂，同样的彩绘玻璃和尖顶反弹着同一个为托马斯施洗的神父的声音，说着一篇这神父只要活着就不会忘记的废话。他省去姓氏对亡者直呼其名，好像他们是他自己的妻子和儿子。“洛劳弗耶和托马斯离开了我们。他们已经先走一步。时间现在对他们已经没有意义。”那措辞令人作呕，那声音矫揉造作、女里女气，句中一连串的时态，强调着“曾经”与“现在”。“他们**已经**先走一步”，“时间**现在**对他们没有意义”。“现在对他们没有意义”，这暗示着他们与“现在”还有关联，只是他们的现在里没有了时间。好像时间是一个你可以有或者没有的东西，是一件类似于钱或者面包的、你可以购买或者出门去争取的东西。人们说“时间会治愈所有的伤痛”，这里的“时间”大概是那种你有而不是没有的时间吧？他并没有被治愈，至少他自己觉得没有，或许是因为他没有这句话中所说的时间，又或许这句话，像许多其他的话一样，只是一句谎话罢了。他狠狠地跺了一脚，一直震到了天灵盖。这一切难道永无休止了吗？死人真狡猾，总是在最出其不意的时候牵绊你。夫妻一岁，守节三年，埃尔娜曾告诉他。噢，该死，埃尔娜。他迅速回头看了一眼，好像在检查背后是否有人，同时想到，自己这样简直是精神失常，让我一个人待一会儿吧，送奶工先生，今天不需要牛奶[1]。快走。他知道要去哪里。他也有自己的神明。至于神明是不是无稽之谈，他现在无所谓了。他像有人尾随般快步向勃兰登堡门走去，双眼紧盯着雪地上前人因湿滑而溜出的脚印。一卷胶片已经拍完，于是他打开摄影机，插入一盒新的。人行道上——多奇怪啊——遍布着各种色调的灰与白。平底鞋的痕迹，高跟鞋的痕迹，靴子的痕迹。从昨夜到今晨，这里一定有许多人路过。每个人都在雪中留下了痕迹，每个痕迹又都与其他痕迹一起结成了冰。路人——我们这样称呼那些偶尔路过的人——留下了痕迹，然后离开。曾经压在这些人行道上的尸体，现在已去往别处。他决定跟踪拍摄一对可以看清的足迹，一直到看不清它们为止，于是，他将摄影机近距离对准地面，猫腰向前走着。他的左手边可以看见动物园里光秃秃的树木，它们像栅栏，一棵接着一棵，枝头落着雪。他突然想到，可以将这串足迹与人们走下地铁的脚的影像剪在一起。前往某处的人群，看不见的目的地。一次永无休止、留下空景的行走，一如这串足迹。但是需要拍多长时间才能表现“永无休止”？“无限”，

1 英国乐队 Herman's Hermits 的名曲《今天不需要牛奶》（“No Milks Today”）中的歌词。

这听起来很俗，却是他作品的核心——这一观念一再地引诱他，又一再从他的把握中溜走，但他仍然认为，或者说希望，当自己积累了足够的影像素材时，或许就能把它看清楚。至少，他还有时间，时间对他来说还有意义。

“通过柏林这个三棱镜，你想窥透整个人类社会吗？”说出这话的人当然是维克托。

“不只是人类社会，也不只通过柏林。”

“好吧，”维克托问，“那么你拍摄的标准是什么？”总是这个问题，他却从未给出过合格的答案。

“我的直觉？”

“我是不是听到问号了。那么，又是什么在引导你的直觉呢？”

我的灵魂。他本想这样说，但要他说出这个词，不如要他咬舌自尽。

“我自己。”他说。

“你能用一个词总结一下你的作品吗？”

不，他不能。或许勉强可以总结为“矛盾”。所有足迹都通向某处，都有明确的目标。所有足迹也都同时逐渐消失在了未知之中。不知是谁的足迹通往不知是哪里的去处，直至消失——仿佛有一种力量，盲目地推动人们向某个最终会归于消失的方向走去。只有当你知道了这个骗局的运作机理，才能将它付诸运用。以上的想法，他一个字都没说。

“艺术应该是准确的。”维克托继续道。这又是一句妙语。“准确与周密。你，没有想过自己会失败吗？”

“想过，但这没有令我却步。”

“没有想过空手而归吗？还是说你狩猎只是为了架鹰牵狗，追求过程的刺激？”

“有点那个意思。不过我是独行侠，没有鹰犬。”

第二天，他收到了一个小包裹。是维克托寄来的一张 CD 唱片。作曲家的名字他没有听说过。凯文·沃兰斯（Kevin Volans）。封面上的彩色照片描绘了一幅沙漠或草原一类地方宽广、平坦的风景。他立即想到了澳大利亚，因为他曾作为摄影师去那里拍过一个不太成功的原住民纪录片。这个片子原计划以布鲁斯·查特文（Bruce Chatwin）的书为蓝本，讲述澳洲原住民的“歌行路线”，结果那位英国导演明显偏离了主旨，痴迷于拍摄原住民的伤亡情况，以及被部落驱逐出来的人如何在大都市的贫民窟里讨生活的故事；于是整部片子布满了各种早已与故土离散的黑皮肤男人和女人，浑身酒气地诉说着一些纵使你能听得明白，也与诗意无关、与他们的族人曾经仅凭歌舞就能辨识方向穿越数千英里旷野的传统无关的糟心事。

对毫无经验的双眼来说，只是一片连绵不绝没有任何特征、倘使只身进入一定必死无疑的荒野，其实隐藏着许许多多的标记，而这些标记又都悉数记录在了原住民的歌谣中，被反复吟唱。歌之版图。他去那里本来是想拍摄足迹的，却发现镜头里全是啤酒瓶。

狩猎，采集——他几乎能看见维克托包装这张 CD 时脸上的微笑。直到后来他才发现，原来唱片的灵感并不来自澳大利亚，而是来自非洲。但这并没有改变音乐本身的效果：迫促而连绵的节奏推进了一整张专辑，令人不禁想到一群正穿行于荒原的人。荒原上一棵树也没有，但这些人不会停下哪怕一秒。听在他的耳朵里，这群人仿佛一直在交谈。而只有上帝知道他们在说什么。人们走在那样的风景里，会聊些什么话题呢？他们能在你只看见干旱的地方找到水，在你会被饿死的地方找到食物。这些深谙话语力量的男性与女性，曾经拥有着一整片大陆，在那片大陆上，每一件事物都有自己的名字，都有自己的灵魂，天与地是专为他们所造的，天地之间，有他们从时间初始就繁衍生息的祖先。梦的世纪，如同某种永恒。在这样的世界中生活，会是怎样的感觉呢？

记得一个晚上，他在艾利斯斯普林斯（Alice Springs），虽然知道不能乱跑，但还是走出了镇界。甫一离开镇上最后几栋房屋，天就好像在他四周塌了下来——没有更好的词汇可以描述。他感觉害怕，但又不愿向自己承认，于是继续走下去。他怕什么？他的恐惧毫无根据。或许“怕”并不是对他情绪的正确描述。那是一种纯粹的恐慌，一种对咝咝如蛇信般作响的寂静、对地上干燥的灰尘的气味、对枯丛中闪过的异响、对虚空中不知是谁的叹息、对被风卷起的干燥的树叶而从心底里产生的惧意——大地的呼吸与耳语，让寂静显得愈发危机四伏。突然，眼前凭空出现三个人影。仿佛是从地里长出来的。在半个月亮的光照中，他看清了来人泛黄的眼白和乌黑发亮的脸庞，那是三张比他更古老一千年的脸，因为他们从不需要变更他们的面容，因为截至最近他们的世界还与一千年前没有二致。他们什么也没说，于是他也什么都不说。他一动不动地看着他们，对方于是也一动不动地看着他。没有敌意，没有好奇，对方的身躯微微摇摆，仿佛一下子还无法将行进中的律动停下。三人身上都有啤酒的气味，但他并不觉得他们醉了。

“没出事是你运气好。”有人后来这样对他说，但他不这样认为。三人出现时，刚才占据心头的恐惧，瞬间被稀释了。取而代之的是一种谦卑。因为他知道自己不属于他们的世界，因为他明白自己的匮乏，因为在他们的世界里他活不过一周。而这不仅仅是因为他绝对找不到食物与水饮，也因为他并不受到这里神灵的庇佑，不会唱那指明方向的歌。因为在这里，他耳聋、眼花、智迟，注定会误入歧途而死。

而此刻（此刻！）这同一个痴愚的他，就同样痴愚地站在勃兰登堡门边。门下的壁龛里陈列着那尊名叫帕拉斯或雅典娜的女神，他向她走去，将手放在她赤裸的巨人的脚上。对一个澳洲原住民来说，除了她人类的形体与披在巨人的胸脯和巨人的膝盖上的石凿的长袍外，唯二熟悉的形象，恐怕就只有她盔上的猫头鹰和手中的长矛了。一个人的心里究竟可以装下多少历史？在干旱的沙漠与冰天雪地之间、在浑身涂白的裸体黑人与全副武装的条顿人之间、在原始神灵与希腊女神之间这样轻松的切换，或许未免不恭？他看着面前的雕塑，看着这位已无人祭拜的女神，不得不承认这是一个总是意有所指的世界。每个东西都指涉着另一个东西：猫头鹰，头盔，长矛，桂冠，项链，学校老师，希腊文明，荷马史诗，全都是牵扯着他、也勾连着其他事物的线索。看来，不肯让他清净的不止是死者；还有他貌似可以、其实不能把握的无限的时间，是那似乎任由他这只蚂蚁自由纵横、从冰冷的澳洲荒漠直抵学生时代的希腊女神的无垠空间，这位女神在这尊门下的多立克柱间得到庇护不过二百年，见过腓特烈、俾斯麦与希特勒三界领袖从她的门下经过，如今还用她巨人的臀坐在龛中，仿佛依旧在向世界宣告那场十八世纪的胜利，然而苍生的耳朵已不再聆听。

许多军队来了又走了，从这个历史的水池里汩汩流入了下水道。一个比自己老一倍的人，恐怕难以忍受这个迷失在计算机网络的迷宫里、没有任何东西可以为你指明方向的时代吧？不会只有他一个人注意到那些鬼影吧？在亲眼见到这座凯旋门之前，他在影像中见过它多少回？踢正步的男人，转向同一侧的头，齐刷刷踏地的军靴，机械般整齐划一、如今永远停止了（因为就算他们是机器，他们也会死）的动作，敞篷的梅赛德斯，高举向前的手臂，反向的万字符。由于摄影技术还不发达，这些参加了那场战争的先人动作都有点卡，而这又更近一步削弱了他们身上人的色彩——令他们更像飞转的齿轮，合着震颤的重复的音乐，从这里滚向各个战壕，好像忙着去死。难以想象却又千真万确的是，他们曾走过这道门，他们的心中曾想着如今谁也不会知道的事。

他专门去参加了勃兰登堡门的重建开幕式——又一次狂欢的庆典。一定有一些照片拍到了他挤在人群里的样子，像所有人一样，看起来也在思考，也在旁观，也被欢乐的情绪裹挟，被人群裹挟，从一侧移动到另一侧。那时他再一次登上瞭望台，再一次望着那片一度是禁区的世界，望着那些年轻人在尚未被推倒的柏林墙上跳舞。那是在勃兰登堡门重建后的第一个晚上，跳舞的人被水枪扫射，但他们无所谓；探照灯照亮白色防水布，他目睹舞者旋转的身影和人群难以镇压的狂喜，突然地，也或许是平生第一次地感到：自己不仅与这群人是一个整体，与全人类也是一个整体。舞蹈一直在继续，不仅在墙上，也在地上、在瞭望台下、在国会大厦后面，一个金发女人牵起他的手，将他拖入舞蹈的人群。后来他们去了咖啡馆，又去了位于克罗伊茨山的一所房子，再后他一路步行回家，走过很长、很长的路，从此与她江湖相忘。这个快乐的回忆没有杂质，因为整件事中他没有多余的想法。她发光的双眼与兴奋的情绪擦掉了有关她的其他记忆。她的公寓，她的家具，她的名字——他全都不记得。只记得那句轻轻说出的永别。这是集体狂欢之中的一件小事，是一个人融入所有人时自然发生的小事，他像遵循某种自然规律那样做出了这件事，一如五十年前人们在同一座城里仿佛遵循某种自然规律而放火、抢劫、强奸那样。

他停下脚步。要往哪里走呢？假使还能再见那个年轻女人倒也不坏，但他已经不记得她住在哪里，也忘记了她的名字，况且再去见她等同于破坏他们之间的约定。要往哪里走呢？他的希腊语老师在讲奥德修斯时曾说过，只有那些总有裕余问自己“要往哪里走”的人，才是真正自由的人。他从未忘记这句话。等他终于明白这是无稽之谈时，许多年已经过去了。奥德修斯或许机智，但他绝不自由。至多与他阿图尔·达内一样自由罢了。这位能干的英雄需要雅典娜无数次以各种形式现身相救。女神——她就在那凯旋门下。但她还会显灵吗？如果那个被载入史册的晚上，那个女孩，或者说女人，其实并非她所显现的自己，如果你能相信，哪怕只相信一分钟，你的人生其实是受到一位神明守护的，那么，那个将他从自闭症中短暂解救出来的无名的人形——“年轻的女人”“牧羊的女人”“上了年纪的女人”——会不会就是这位神明的一种化身呢？

他仰视雅典娜的雕塑，但她的双眼却越过他看向别处。神看不见人，除非他们愿意看见。奥德修斯很幸运——有人为他指明方向。虽然女神一定有更简单的方法，但那样就会折损了一个好故事。他开始拍一个以前拍过的镜头：从波茨坦广场开始缓缓运镜，扫过勃兰登堡门，最后停在国会大厦。他用手拿着摄影机——画面可能会有一点抖。但是没有什么是恒常稳定的，尤其在这里。事实上，仔细一想就会发现，德国人的运气真的很背。他们明明一直都知道应该往哪里走，最后却总是铩羽而归。

“很奇怪，我反而挺喜欢他们这点。”维克托说。

他总是去到一个地方，就想起跟那里有关的事，有时候，他很讨厌自己这样。比如维克托这句话，就正是在这里说出的。当时，他还使用了一个似乎与周围一切都没什么关系的词——“烟尘”，这个词用在这里很奇怪，因此阿图尔记忆至今。说完“反而很喜欢他们这点”，维克托开始了一席长谈，或者说——因为维克托很喜欢东拉西扯——一连串主题不同的长谈，一场散步里，他聊了军械库（Scheunenviertel）、犹太教教堂、普伦茨劳贝格区、弗朗茨·菲曼（Franz Fühmann）在夏里特医院的猝死，当然还有国会大厦与勃兰登堡门。

“德国人讨厌个体的自己，也讨厌德意志民族。于是我想，就让我来努力替他们喜欢一下他们吧。”

每到这时，阿图尔总分不清维克托究竟是说真的，还是开玩笑。

“烟尘。”

“啊？”

“是粉粉，这里。来，感受一下。”那时他举起手，似乎把什么东西放在拇指与食指间揉搓着，然后撣掉了。烟尘。

“你感觉不到吗？”

“我应该感觉到什么？”

“啧，你这人一看就没做过雕塑。”

那是一个春天。路过的行人向维克托投来好奇的目光，一位衣着笔挺的绅士，一头油光水滑的黑发，脖子里系着领结，正在空中摸索，从“无”中摸“有”，又把这无形的“有”从手指间搓下来。好像魔术师。

“烟尘嵌入了一切。甚至嵌入了他们的眼睛。于是纳粹德国以降，他们又一次迷失了方向。两德统一——他们对这里面的意义一无所知。整个国家被放在什锦大拼盘上，呈送到他们面前，他们却不知从哪头吃起。还记得那次狂欢吗？西德人在查理检查站（Checkpoint Charlie）给东德人发香蕉，欢迎东德的兄弟姐妹去西德。但是你听到他们最近在说什么吗？口口声声说**他们**穿什么衣服，**他们**做什么事情。同样肤色的人，互相开种族主义玩笑。没完没了地都是，**他们**做不了这件事，或者懒得做那件事。‘战争刚结束那会儿我们都花不起钱去马略卡，现在**他们**倒马上能成群结队地去了。’‘一半的人指控另一半人是秘密警察，现在好了，全国都是秘密警察。’‘叫我说，墙就该让它继续立着。’‘两个国家不能随随便便就捏成一个，四十年不可能一笔勾销，他们跟我们，不一样！’凡此种种，不一而足。”

“那东德人又怎么说？”

“他们觉得自己被彻底背叛了。谁又能说不是呢？上午才对他们敞开怀抱、每人发了一百马克欢迎费，下午就开始查祖产，让人家把工厂卖给我们，说我们能管得更好。相互仇恨、相互怀疑、相互忌妒，同时又谁都离不开谁——这一切，像烟尘一般无孔不入。你听过你那些早已开了民智的西德朋友怎么说吗？曾经，他们拥有多么完美的世外桃源。要什么，有什么——戏剧的天堂，艺术家的乐土，彻底没有了暴力。而这一切全都过去了。你可以拆掉砖墙，心墙却不会消失。比这更奇怪的是，西德还有一种人，他们自我厌恶，认为应该保持东德的样子——何其美好，何其团结。团结可能是真团结，但只要看看党内高层的私人猎场，看看他们盛装华服的样子，就会知道他们也是追求物质享受的资产阶级。试想在波兰和贪婪的西方中间硬插进一个所谓的独立国家会是什么后果吧。流亡与解体难道不是明摆着的？东德本来就逃不开被殖民的命运。现在这样至少可以让西边也为他们的梦想付一些代价，虽然这代价他们付得咬牙切齿。两边的人对彼此应该做什么都特别有想法，但是不认为自己需要做什么。两边的柜子里都塞满了人命官司——每份报告、每张清单、每场审判都被记录在案，都写满真假难辨的姓名，静待被发掘。你应该花一天时间去坐地铁，一直坐到东德那边的终点站。即使到了今天，那头的景象还挺有震撼力。留神看那些老人，看那些满头刺球和蛛网的老古董。能像他们这样历经了一切还活下来的人，存世的不多了。试想，他们眼中的本世纪跟……比如说……跟美国人眼中的本世纪有什么不同吧，他们的本世纪是帝国，革命，《凡尔赛条约》，魏玛共和国，大萧条，希特勒，战争，武装占领，乌布利希头盔，昂纳克，重新统一，民主。多么跌宕起伏，不是吗？而他们竟然还活在这座城市。疯子与英雄，正确与错误，两次、三次甚至四次重大历史事件劈头盖脸砸下来，每一张脸上都刻着整整一本历史书。俄国战俘集中营，反抗、苟合，失荣、受辱，二次损失，一切被抹去，只剩下博物馆的照片，只剩下往事中挥舞的旗帜。烟尘。什么都没有留下来，唯剩无法理解前朝事的后人。而现在的我们又处在什么地方？你可别告诉我你不喜欢我的这段抒情。”

“那你为什么还要住在这里？”阿图尔问。

“我刚才的话你是一个字都没听懂吗？我住在这里是因为我想住在这里，是因为这里是一切发生的地方。请记住这句话。”然后他用手比框，做了一个阿图尔经常用摄影机做的动作——运镜扫过楼宇、扫过旷地、扫过亚历山大广场上阳具形的电视塔、扫过当中那圈令人作呕的银色凸起。那天傍晚，当阿尔诺加入两人时，阿图尔尝试让维克托把白天的牢骚再发一遍。他想知道阿尔诺会有什么反应。但维克托只要有多于一人旁听，就会变得沉默寡言，很难再重现那天上午的火力攻势，“烟尘”一词更是再也没有被提起。

这时，两个背包客停下来问路。两人拿着翻烂了的地图，上面的世界看起来还没指明方向就会分崩离析。他们带着浓重的西班牙口音，说着蹩脚的德语，当他用西语回答时，对方丝毫不显惊讶。大语种的享有者——这是他给他们起的名字，不论是德语人、英语人还是西语人，似乎都认为那些没有那么幸运、被命运与某个小语种捆绑在一起的人，就合该自己想办法让别人理解，世界没有义务照顾他们的交流障碍。三人站在一起，用冻僵的手指努力拼凑柏林的面貌。阿图尔在地图上指出各个旅游胜地，又在现实中指出它们的方向，好像历史博物馆里的一个以指路为生的保安。两人对他表示了由衷的感谢（“你们德国人真好”），然后离开了，他留在原地，突然想念起西班牙……想念起另一种声音……另一种光。柏林的光受到雪地反射，因此十分晃眼，会把它碰触的一切都变成最易碎的玻璃。

西班牙的光有时也很强，一张照片要拍好几次才能曝光适度。但那里的光是轻盈的，好像只是景观的一部分，不像在这里，光线反客为主，成为凌驾在景观之上的存在，就好像今天这样，光照到的一切都显得不真实。

他原地转了一圈，就像摄影机还开着。奥托·格罗提渥大街上，怪物般的高楼（“只有党内高层能住在离柏林墙这么近的地方。”）在超现实的光照下好像浮在空中。他突然想到，不知这世界上有多少城市自己已经熟悉到能够闭着眼睛穿行？此时，他的身体能真实感受到自己与那些大楼之间的“无”——这片“无”仿佛一种有机体，将自己与大楼连接起来，令自己成为那庞然大物的一部分。但是为什么自己要成为这座城市的一部分？为什么是这座曾经全胜而后惨遭羞辱、曾经狂妄而后备受惩罚、曾经尊贵终究归于平凡、追求法治反而混乱频仍的城市，吸收他成为它的一部分？为什么是这片千疮百孔的土地？柏林好像一个伤兵，一个桎梏在往事中的活体。时间仿佛麻乱的线索，牵挂在楼宇之间，再无解开的希望。一切是非都颠倒了，一切尖声的指责与否认融合在一起——一座不给你片刻安宁的城市。雪上加霜的是近来兴起的“重建热”。到处是诸如御林广场一类起码要再等五十年才不至于令席勒与他的桂冠在年代上显得突兀的重建工程[1]。不，只要住在这里，你就不能免责。柏林会紧紧抓住你，让你难辞其咎。那些众所周知的故事他都听过——废墟、同盟国占领、柏林空投，于是可以说，反复地付出情感劳动，尤其作为一个外国人，是毫无必要的。可一旦落入城市的捕网，要想脱身却也很难。

许多年前，他去堪培拉拍战争博物馆。有一个画面一直挥之不去：一架招致厄运的兰开斯特轰炸机，机身占据一整个展厅，好像一头史前巨物。驾驶舱下方的条纹，标志着每一次任务的顺利完成，也标志着每一次从德国到英国毫发无损的返航。博物馆里还播放一些影像资料：飞行中队在探照灯与曳光弹的诡异的氛围中缓慢飞过，预示厄运将至的引擎声不绝于耳。

他把这件事告诉维克托时，后者立即学引擎发出一种似乎永无休止的低吟。

“我父母以前会抬头看着它们说，‘是去柏林的’。那时还有一首很流行的歌，开头第一句是‘银银月光下，我上柏林去轰炸’。”

---

1 二战期间，御林广场遭到大规模破坏，后得到修复。广场上有一尊德国诗人席勒的雕塑。

许多年前，戈培尔也曾在体育宫以引擎的低吟为“伴奏”，发表过他著名的演讲《你们想要全面战争吗？》（“Do You Want Total War？”）。

“他问得真有礼貌，”维克托说，“虽然演讲时音量有点大。但当时馆内也确实很吵。毕竟有这么大一群人呢。你可以试一下，作为艺术家——号召这么多人，来到同一个屋顶下面。他声音不错，但卖相不好。个性极差。一开始儿女成群，最后都被他自己毒死了。作为艺术家，他真的是一败涂地。就像另外那个半吊子画家[1]一样。”然后他又模仿起了戈培尔，引起路人的警觉。

还有一次，他们散步时走到纳粹空军司令部，（“赫尔曼·戈林［Hermann Göring］最恨兰开斯特轰炸机。”）维克托将手指插进一个弹孔（“我来触痛他的伤口。”）说：“只要想一想就会发现，城市就是建筑与声音的合集，这里面也包含已经不在了的建筑与已经听不到的声音。每个城市都有话要说。”

阿图尔从未忘记这一表述：有话要说。自然，这句话用来描述所有历史悠久的城市都是真理，但不是每个历史悠久的城市都会有人不假思索地、或以书面或以口头或以

---

1 此处指希特勒。

叫嚣的方式问出那个问题。（“你们想要全面战争吗？”）将城市想象成一个存放建筑的仓库或许合理，但保存声音又是另一回事了。仅仅是体量就难以想象。虽然一般而言，早在说话者还没有死以前，话语就已消失在了空中，但在这里的柏林，你会有一种话语没有消失的感觉。它们以最大浓度继续存在，你觉得自己仿佛在看不到也听不到的话语的泥沼中跋涉，仅仅因为这里是它们被说出过的地方——偷偷传开的丑闻，处决令，行动指示，遗言，别离之词，审讯，上传给总部的信息。除此之外，还要加上每座城市每一天都在累积的日常用语。除非花费难以计数的时间，冒着被海量文字压死、淹死、闷死的危险拼死一试，否则不可能将它们再次串连起来。即使是今天，在这冰雪的宫殿里，昔日的话语似乎也还无处不在。你在明亮的、脆利的光线中依然能听到它们，曾经的耳语与呢喃里，混入经过此处的路人说出的新的词句——那是只有最敏锐的耳朵才能听见的白噪声，而这样的耳朵不该为人类所有，因为城市的——尤其这座城市的——不绝的低吟已经让它令人难以忍受了。为了不再去听环境，他开始吹口哨。

“您今天心情不错呀。”一位老先生，牵着一条小牛似的大狗，对他这样说。他突然意识到自己的心情好像真的很不错。今天心情不错，心情不错，他一边想着一边正要走，却听见老先生对他喊：“**危险**[1]！小心滑！”但为时已晚。他已经滑出去了，完成了一个完全不优雅的芭蕾舞单腿旋转，一天里第二次以背触地，怀中抱着摄影机，好想抱着一个婴儿。他望着树梢的积雪与冰蓝的天。天意恐怕想对他传达一些什么信息。老先生走来帮忙，却见他躺着不动，狗的大头伸过来凑近他的脸，他发现自己与一对湿润的大眼睛相对，大眼睛挂着两行冰冷的泪水。

“我叫你小心的呀！”老先生语带责备地说。

阿图尔起身掸去残雪。

“别担心。我很擅长倒地。”

这是真的。有一次，他听一位战地记者的劝告专门去练了倒地技巧。现在看来，那段工夫没有白费。

“在这个世界上的某些国家，懂得如何在瞬间从直立位去到水平位，有时是很有用的，”指导员说，“半秒前还被你占据的空间，半秒后飞过一颗子弹，这种体验相当少有。”阿图尔一生中两度获得这种体验的机会：一次在索马里，一次在里约热内卢的狂欢节（Mardi Gras）上。突发的枪击，人们陆续扑倒，事后当人们纷纷站起来时，有三个人再也没有站起来。倒地课程的最后一课，是一段从

---

1 此处为德语 Achtung。

陡峭楼梯上摔下去的教学。曾经做过伞兵的指导员将这一跤摔成了一场精彩的表演。他先假装彻底失控，从楼梯上端开始往下滚，滚到楼梯底端时，整个人摊开了躺在地上。他一动不动地躺着，一直到所有学员都吓得变了脸色。然后他站起来，掸掸衣服说：“装死也是一项非常有用的技能。有时，它能帮你出其不意。”

你今天的心情真的很不错，装死帮你占到了出其不意的便宜，不，他不允许任何人再占用他今天剩下的时间了。他要去亚历山大广场，在红色市政厅（Rotes Rathaus）稍作停留，接着去往马恩广场，把手在那尊已经无人问津的卡尔·马克思塑像的膝盖上放一放，最后去地铁站拍下楼的脚。他挥别老先生，又拍了拍大狗的大脑袋，然后以更有精神的步伐向东走去。

两小时后，他已经做完了计划中要做的事。马克思与恩格斯依然遥望东方，假装没有注意到电视塔与它的球状凸起，但在马克思的大腿上，不知是谁堆了一个小雪人，这个雪人一下子让马克思有了人味，让他看起来就像一个忘了穿大衣的老爷爷。今天他对脚的兴趣有所减弱，反而是地铁口的声音吸引了他——一种在最高几级楼梯的积雪上持续发出的“噗唧”和“吧唧”，音质越往深处就变得越干、越轻，也越难以收录。人们似乎突然不穿靴子了。

从表面上看，今天的人已不再穿正式的鞋子，人们套着花哨的运动鞋，与身上单调的服装形成对比。世界似乎被放在传送带上，正以每个人的脚步所组成的脚步的集合为动力，一步步地被送往过去。当你拍摄城市中行走的人脚时，会发现那些人真的已经异化得很厉害——他们好像传动的齿轮，在一个看不见脸的工厂里，一天二十四小时不停生产着不知是什么的东西。

“人一出生就该戴个计步器，”埃尔娜曾说，“这样就能知道自己一辈子走了多少路。而在我认识的人里，没有谁走的路像你一样多。”

“我是一个朝圣者。”

“谁又不是呢？”

当然，她又说对了。他目不转睛地看着持续经过的脚，不去关心与脚连接在一起的人是否对他手中摄影机焦灼的目光感到好奇，不知它究竟在这片既不是室内又不是室外的中间地带、在贴近地面的污秽的黄瓷砖上寻找什么。另一方面，路过的人也不去关心他——大概以为他又在为电视台拍什么节目了吧。

衣饰中最容易暴露窘境的是鞋。有些穿得走形了，有些踩湿了，有些沾上了污泥，在沙石黄的霓虹灯光照下显得灰头土脸，载着人们在地下世界的洞穴里前往各自沉闷的目的地，然后被踢到角落，或拨到床下。他应该也去拍一下鞋店的橱窗，索性拍成一个系列，记录鞋子出道时的荣光。那时它们还未开封，没有主人，没有方向，没有上路。

但他很快就把这想法忘到了脑后，因为在众多潦草的鞋子里，他突然看见一双牛皮靴——红白黑三色皮靴，裹住一双极为玲珑的脚。这双靴子令他不由地抬起头，首先就看到了一对裹在牛仔裤里的紧致的腿，正快速移动，再往上是一件黑白格子罩衫，又往上是一条宽大的羊毛围巾，颜色与那面不再飘扬在柏林上空的旗帜一样，又与那对从围巾里冒出的柏柏尔人的眼睛相得益彰，这对眼睛他昨天见过。围巾是红的，目标很大。她乘坐地铁U2线来到乌勒本站，又在三角枢纽站换乘U15线，在选帝侯大街站下车。

他跟着她走上地面，近距离走在她的身后，日光突然进入视野。他知道，或者说他希望自己知道，她要去什么地方。目前为止她的路线都还在他的意料之内。顺着波茨坦大街向北，经过土耳其菜贩——紫的是茄子，黄的是圆椒，全都好像刚从北极运来似的冻得很僵——又经过那个他总是进去买一个洋葱小圆包（Zwiebelbrötchen）吃的面包店。这一带他很熟悉；因为这根本就是他自己日常的路线。国家图书馆（Staatsbibliothek zu Berlin）那幢形状奇特的土黄色大楼已进入视野。她背着一个帆布口袋，一看就装满了书。不，他应该不会搞错。车流渐稀时，她抓紧机会穿过马路，在右侧的人行道继续走，既不等交通灯，也不等斑马线，完全不是德国人的作风。还要再跟下去吗？自己这样到底要干吗？简直是发疯！好像一个暗恋红围巾的中二学生！两人的状态是不平等的，被跟踪的那一位是无辜的。在这个情境中，对方不过是在行路，是在想自己的心事，完全不知道自己与背后的陌生人之间存在着一条看不见的连线。他就这样卑鄙地占有了先机——他对她主动促成了一种关系，而她对他则没有。如果此时他转身走开，她是不会跟着他的。这一点他可以肯定。

他放慢脚步，在横跨兰德韦尔运河的桥上停下来。半透明的灰色冰块一动不动地在黑水上浮着。说不定她也会停下来？然而她没有。跟踪一个人是对其隐私的侵犯。这次他没有看清她的脸。与他擦身而过的只是一个苍白的椭球。他还记得昨天看到的那张脸上的疤痕与凌然的表情。再跟踪下去也没有用。再说，他已经过了玩这种游戏的年纪。他应该放弃，回到生活的正轨，到楼上的餐厅去喝杯咖啡——只要一马克就可以喝到的忘川之水——然后到楼下大厅坐在看得到新国家美术馆（Neue

Nationalgalerie）的巨型玻璃窗边读报纸。总有一些无家可归的人坐在那里的扶手椅中睡觉，大腿上摊着一张皱巴巴的报纸，假装来这里是为了阅读。

他将摄影机与大衣递给衣帽间的工作人员，举起双手让两名负责检查进出人员的女安保看到自己没有藏匿任何东西，然后向楼上走去。自从图书馆开始接待东德学生以后，这里的人越来越多了；毕竟，国家图书馆的环境比洪堡大学要好得多。到处是来自世界各地的女大学生：中国的，北欧的，黑皮肤的，戴头巾的——俨然一群异域的蝴蝶，各自悄无声息地从面前的书中汲取着花蜜。他哪儿都找不到她。

底楼正在展览照片——集中营与饥馑。大家仿佛从没有能力哀悼的状态——德国人称为 Unfähigkeit zu trauern——突然走向了另一个极端：强迫自己天天哀悼。他们可怜的灵魂好像加入了一个沉默的僧团，因为无法为罪恶找到答案而不得不永世背负那罪恶。他定睛细看每一张经过的照片。审视——确切地说。最能表现苦难与饥饿的往往是眼睛。瘦骨嶙峋的头颅从令人看一眼就老一岁的照片里以永远迷惘的眼睛注视你。盖着《先驱论坛报》（*Herald-Tribune*）和《法兰克福汇报》（*Frankfurter Allgemeine*）的流浪汉在一边昏昏欲睡，稍不留神也会被当作展览的一部分，令展览的时间跨度一直拉伸到二十世纪末。想到这里，他突然觉得自己知道她在哪里了。如果要读西班牙《国家报》，就得去隔壁楼的伊比利亚美洲馆（Ibero-Amerikanisches Institut）。有一条空中走廊通向那里，无须下楼就可以直接过去。踏过一道门就到了西班牙，再多走几步就会置身布宜诺斯艾利斯、利马和圣保罗。他看见了古巴《国家格拉玛报》（*Nación Granma*）、墨西哥《至上报》（*Excélsior*）与西班牙《世界报》（*El Mundo*），但没有《国家报》。看来已经被她拿走了。

“你已经读过了，”她突然用西班牙语对他说，“这是昨天的报纸。这里最晚只能读到隔夜的报纸。”她一说完就走开了。黑色毛衣。窄肩。小牙齿。他盯着《至上报》看了又看，但什么都没有看进去。墨西哥出了新的杀人事件。埃内斯托·塞迪略（Ernesto Zedillo）又发表了声明。目击者人间蒸发。死者系毒贩。她没有南美口音，也没有西班牙口音。反而有一种熟悉的感觉，但他说不出来，就像他讲不清楚她的脸。饱满，紧实，好像被狠狠揉过的面，虽然很少有人这样去形容一个人的脸。这么说她昨天也注意到了他；这是个好消息。他远远地观察她的动作：她走到一张书桌前，打开台灯——灯光洒在短小的手指上——拿出书籍，整齐地摆在一边。一个井然有序的人。钢笔。

笔记本。重新走回房间这头，虽然已经十分接近他，但依然目不斜视，好像要表明自己才不会去注意他这样一个人。打开电脑。等待灰色屏幕上出现满屏图文，屏幕离得太远，他看不清。下拉页面，停顿，凝视，填表格。又走向咨询台，排在队伍最末，十分安静肃穆，不像许多人那样手足无措。埋头阅读，一次也没有抬头。手不释卷。小小的牙齿仿佛可以啃下一整本书。

许多年前，他曾与人聊过坠入爱河。聊天对象是埃尔娜——一个经常坠入爱河的人。就像过去许多次那样，这次对话也在他们最喜欢的窗边展开。荷兰的光线洒在荷兰人的脸上。维米尔的脸，维米尔的闪着光的眼睛。神秘画家维米尔，在荷兰女人身上动了手脚。他给原本清醒务实的她们下了一道咒语。他笔下的女人好像掌管着一个绝不对观看者开放的隐蔽世界；她们手中的信仿佛是打开不伦世界的钥匙。埃尔娜曾装裱过一张洛劳弗耶的照片，照片中的她正在读信，那封信是他写的。

“那时你在非洲。”

埃尔娜的头发是金棕色的，洛劳弗耶的头发是浅金色的。两个人都很适合入维米尔的画。荷兰依然看得到这样的女人：既实在，又透明。只有维米尔知道怎么表现这种女人。他洞悉了别人看不见的东西，那东西又通过画纸引诱看画的人，无论在华盛顿、维也纳还是在海牙，它都仿佛要把你吸进去，并关上你身后的门。那是一种消耗一切的亲密。每当有人站在他身边一起看维米尔时，他都清晰地感到自己是个荷兰人。

“但是为什么？”阿尔诺问，“伟大的艺术是属于全人类的。这跟国籍有什么关系？”

“关系在于：假使画中人抬头说话，我能听懂，你则不能。”

他甚至知道维米尔的女人说起话来应该是什么嗓音，虽然他没有这样告诉阿尔诺。洛劳弗耶有一副轻盈纤细的嗓音。埃尔娜的嗓音急促、激烈，但他想，这也可能是因为她活的时间更长。声音会老去。从窗前可以看得到洛劳弗耶的照片。他没有想过要把自己给她写的信再读一遍。他从她那里继承了自己写的信——听起来怪怪的。他还没想好是否将它们烧了。雨丝垂拂运河——白色的针，插在墨绿的水上。

“你说你再也不会爱了，是否因为那是一种背叛？”

“不，我不是这个意思。”

他确实不是这个意思。要说背叛，活着本身就是背叛——幸存者的背叛从他们转身离开坟墓的那一刻起就开始了。无论你回来扫多少次墓，都无法弥补那第一次背叛、那第一刻的分离，除非亲身拜访死者，反复与他们握手言和、呢喃安慰，喝下死者在深夜煮的咖啡，吃下死者在冥府烤的金黄的蛋糕，不然是不能弥合的。她已经被留在了一群穿黑衣的人中，一群陌生的人中，一群既不在乎神、也不在乎她的人中，而就在几百码外，那个本该躺在她身边的人，却任由自己像所有庸人那样感到无所适从。

"那又为什么不能再爱了？"

"无法动情了吧，我猜。"

他本想说"无法忠诚"，但这样说就又绕回了刚才的"背叛"，而"背叛"这个词，就算全世界所有人都有权利说，他也没有权利说。埃尔娜知道他所有的情场冒险，在她面前提忠诚毫无必要。

"可单身不是更危险？你会萎缩、发霉。有一天你可能遇见某个……"

不可能。至少现在不可能。现在的他最不想要的就是亲密关系。

"但有一半的时间，我不在国内。"

"以前你也是啊。"

"我知道，埃尔娜。"

与此同时，那女孩已经排到了队首；轮到她了。简短的商榷。咨询台的员工殷勤接待。在众多文件中找到她说的表格，接着转身在背后摆满智慧的书架上拿下两卷厚厚的智慧。她翻了翻，点点头，回到自己座位上。现在他只能看见她的背影。可以肯定的是，那不是一个维米尔的背影。长着那对眼睛的女人，不会有维米尔笔下的背影。

再说，一个人仅凭外貌能对另一个人有多少了解？她的背影没有泄露丝毫线索。无论他要问什么，所有问题都被那张黑色的长方形驳回。他跟踪到这里，手里拿着一张可怜巴巴的墨西哥报纸，显得十分愚蠢。留在这里有任何正当理由吗？在他的右手边，他听到敲击电脑键盘的声音。他喜欢图书馆。虽然全是人，但大家都忙于各自的事，于是你相当于是在独处。一种修道院式的宁静在阅览室内统摄，过不了多久，你的耳朵就能分辨出各种细小的声音——近乎无声的脚步、翻阅厚重书本的闷响、书页与书页之间的摩擦、压低声音的谈话、短促而反复的复印机扫描声。这里云集着各种学者。每一个学者的手上都有一个有关拉丁美洲或西班牙的课题。除了他不是学者，也没有课题。报纸和杂志是他仅有的掩护。以及，他还会说西语。

楼上的主阅览室他倒是经常去的。馆藏的特种书籍都用封闭形式保存。但还是有一些可供开放阅览的书。法语、德语和英语的名著，荷兰语的杂志，以及各式各样的百科全书——一连待好几个小时都不会闷，他经常这样消磨时间。在别人看来，他可能是个学生。虽然作为学生好像有点老，但还说得过去。仔细一想，他待在西语馆里好像也没有什么不和谐。就说他叫奥拉夫·拉斯穆森，正在研究十九世纪葡萄牙文学，谁会看出破绽呢？他放下报纸，走过桌与桌间狭窄的通道，来到咨询台边，随手抽出一本大部头著作：迭戈·阿瓦德·德·桑蒂连的《阿根廷西语字典》。1911 年为纪念阿根廷政府委员会成立一百周年而出版。手里拿着这本书，身份也要变一变了。可以是菲利普·亨弗里斯，雪城大学助理教授，研究方向：高乔文学。他把墓碑一样重的大书掼在一张桌上，打开台灯，表示此处有人。再次走开时，他又变成了翁伯托·维斯库西，正在为写西班牙民间神话的博士论文而寻找材料。这个虚假的目的，使他走到了存放目录卡的一长排小柜前，开始假装寻找。他找到好多有趣的东西，没过几分钟就忘了自己是在假装。有些卡片是手写的，还有一些是早就化成灰的打字机打出来的。他从不同分区的目录卡上随便抄了几个词，感到了书写的愉悦：哈伊姆·维达尔·萨菲亚（Haïm Vidal Sephiha），《犹太西语之痛》（*L'Agonie des Judéo-Espagnols*）；胡塞·奥兰迪斯（José Orlandis），《西哥特人侧写》（*Semblanzas visigodas*）；胡安·韦尔内（Juan Vernet），《安达卢斯的科学：韦尔塔圣玛利亚修道院档案汇编》(*La Ciencia en Al-Ándalus: Cartulario del Monasterio de Santa María de Huerta*);梅嫩德斯·皮达尔(Menéndez Pidal),《西班牙的诗歌与历史》(*Dichtung und Geschichte in Spanien*)。

这些书间亦有勾连——它们是对同一个世界的文字记录,是存放同一场现实古今之变的汇集。踏入其中是很容易迷路的。他突然想起那些再也没有人问起的书,封印在它们封面与封底间的时代会不会正在某个仓储室内静候有谁重燃兴趣,再次启动那段遥远的时间?十三世纪萨拉戈萨(Zaragoza)的犹太区,中世纪领主间的大小战役,十七世纪的秘鲁殖民政权……所有这一切,都像是芝诺比娅画廊里的沙丘与云图,虽然早已不在人世,但仅仅因为曾经存在,它们就被记录了下来。它们曾是某个活人生命中的现实,也曾一连数年作为现实一隅的折射、作为它不完美的复刻,蛰伏在书本或显微胶片中,像废弃的放射物质一般,静静休眠,不与外界发生反应。世界好像被压进了这些书里,只要打开它们,一个世界就能复活——刀光剑影、密谈磋商、所有的希望与谋略,全被新的、更晚近的书籍压在下面,等待一双眼睛用它的魔法去将它复活。

他看着坐在书桌前的人们,每个人都沉浸在自己的事情里。每个人也都同时与某个曾经切实存在的时空连接在一起，而那个时空，他看不见。图书馆本来就是一个用来存放的地方，他想，它所存放的东西里自然包含“当下”，虽然“当下”正不停地在每一个当下成为过去，但储存这一行为本身有其意义：它是对每一件最琐碎的事物都要巨细靡遗地加以记录的决心与努力。而这与人类不愿死去的求生欲是一脉相承的。放任过去——哪怕是最微小的过去——滑入记忆所不及之处，无异于放任我们自己落入记忆的幽冥。我们对于储存行为如此狂热，其实是因为害怕死亡。至于人们要研究的是十世纪阿拉贡（Aragón）某个不知名的贵族支脉，还是特鲁埃尔（Teruel）的市民记录，抑或是建设圣克鲁斯·德·特内里费（Santa Cruz de Tenerife）港时所用的蓝图，则都不是重点，重点在于保存抵达过去的途径，因为只有这样，过去才永远不会过去。而只有当描述世界的手段消失了，世界才会消失，过去也才会随之消失。

他迅速地瞥了一眼她坐的那张桌子：椅子上没有人。你这个傻瓜，他对自己说，虽然他不知道自己气的是让她跑了，还是自己居然还在玩这种幼稚的游戏。不过，她来这个图书馆又是为了什么呢？卡片目录突然激发了他的兴趣。就跟自己玩个有奖竞猜吧。唔……难道是社会学研究？大概是拉美方向？必然是当代热门主题。从她的背影就能看得出，她的选题不会挂满蜘蛛网，或全是**逝去的时光**，尤其不可能有“云图”类作品的匿名性。恐怕是类似“二十世纪下半叶瓜地马拉女性地位”一类的东西。那张脸，至少在他看来，不是一张对早已消逝的过去会感兴趣的脸。

他走到她坐过的桌前，桌子就在咨询台不远处。他假装掉了东西，弯腰时偷看了一眼摊开在桌上的书：泛黄的书页，西语文本，与旁边红色亚麻封面的《莱昂语档案，1948》（*Archivos Leoneses, 1948*）相同尺寸。啊，原来不是拉美向的社会学。正要起身，他被一样东西惊呆了：她的背包里竟然插着一份荷兰语报纸《绿色阿姆斯特丹》（*De Groene Amsterdammer*）。此时，身后传来短促的脚步声，他赶紧若无其事地走向咨询台，问管理员如何才能借阅非公开的图书。

“是在这里读，还是带回家？”

“我还没想好。”

“如果要带回家，您必须证明自己住在柏林，或至少有合法居留证明。”

你的荷兰口音一下子暴露了你作为外国人的事实。但她说西语时却没有荷兰口音。她能听出他是荷兰人吗？话又说回来，读《绿色阿姆斯特丹》报就一定是荷兰人吗？

"您还需要一封介绍信。"

他谢过管理员，拿起一张表格，在背面写道："请帮我个忙。一点钟时我将在楼上餐厅靠窗位置恭候，有介绍信的问题需要向您咨询。阿图尔·达内"。路过她书桌时，他将字条留在了她的桌上。

两小时后，作为相互试探边界的"去陌生化"过程的一部分，她也报上了姓名。素不相识的人面对面坐下后，首先要彼此明确各自的边界。姓名不是不言自明的；一个人的名字并非是初次见到就能立即知晓的东西。"去陌生化"——他喜欢这个说法的发音。整个过程中对方会越来越接近自己。而一旦开始"去陌生"，就不可能再退回陌生。他在脑中录入对方的声音、手势、姿态、身体语言等此前并不熟悉但恰恰令个体成其为个体的个性特征。边界探测员来回探测着双方的边界；是否出现了激动、兴奋、好奇或愉悦的情绪特征。就目前而言，她的身体语言是防备的。

她来到桌前，但并不坐下。他立即起身。"快请坐。"他说。她没有作自我介绍，但显然已经知道了他的姓名，于是在几秒钟内，对他尚未具名的她占了上风。他不知道为什么这让他感到兴奋——一个没有名字的女人，一具警惕的身体，不耐烦地坐到了面前。

“您要喝咖啡吗？”

“要。”

这意味着他得去排队。他的整个身体一览无余，但她一次也没有看向他，反而一直安心地眺望着窗外的一排吊车。他等着服务员往排在前面的人的盘中打入大份伯克肠（Bockwurst）[1]和土豆沙拉（Kartoffelsalat）[2]，这才端着两大杯咖啡走了回去。等待期间，他在脑中构思了好几个名字，却似乎都与她不相符合。安妮玛丽，克劳迪娅，露西——真可笑，这好像一个家长在给还没出世、素未谋面的孩子起名。而虽然面前这位女性他已经见到面了，却想不出一个适合她的名字。

“我叫艾力克。”

艾力克。不知这名字有什么由来呢？然而自从知道她叫艾力克的那一刻起，她就似乎从没叫过别的名字，只能叫艾力克了。艾力克，当然是艾力克！这个叫艾力克的人，浑身上下每一寸都突然变得艾力克起来——炭灰牛仔裤的粗布料是艾力克的，清澈的深棕色眼眸也是艾力克的。

“女性叫这个名字可不常见哪。”

---

1 一种用小牛肉糜加猪肉糜制成的德国香肠，主要成分为小牛肉糜，与主打猪肉糜的腊肠（bratwurst）有别。

2 德国人十分喜欢土豆。土豆沙拉为经典美食。

“我的母亲一生犯过三个错误。第一个是跟我的父亲上床。第二个是没有去堕胎。第三个就是给我起了这个名字。也不知道她是从哪里听来的，竟以为这是女性的名字。好吧，其实我知道她是从哪里听来的，是从巴尔干。这是一个男姓名称的简称。”

这已经远不是“边界侦查”，而是突然袭击了。原本横陈在桌面中央的分界线，现在突然推进到了他的面前。这个女人有办法以短短几句话涵盖大量信息，再用最若无其事的口吻说出来。他一下子不知如何应对。艾力克。

“是个很美的名字呀。”

沉默。从她在椅子中的坐姿看，他暂时不用再说话了。这很好，她似乎也同意这名字很美。她的手放在桌上，身体一动不动，仿佛雕塑一般坐着。一个比起其他方式来更喜欢偷袭的女人。而“偷袭”，也是一个很美的词。

“噢，天哪，都什么时候了还在咬文嚼字？”这是埃尔娜的声音。

你在柏林生活吗？你在学什么？来这里多久了？我还以为你是西班牙人。这些都是他能说但未说的话。

“你的母亲还活着吗？”

“不，她把自己喝死了。”

那你的父亲，难道把自己吊死了？他本想加上一句，但她无须他的催促。父亲是未知的。一个北非人，来自马格里布（Maghreb），在西班牙酒吧做招待。母亲天天酩酊大醉。艾力克。

母女话题被两人很好地利用着。

“你是不是想问我父亲长什么样子？我对地狱发誓，我真的不记得了。那以后，我很快就搬了出来。”

搬了出来，但还在西班牙。这可以解释她会说西语这个现象。

或许他也该说点什么，但她看起来对他没有一丝好奇。

“我说这些没吓着你吧？”试探，还是嘲讽？

“不，没怎么吓着。我只是不知道怎么回答。我母亲现居卢嫩（Loenen），今年七十多，喜欢园艺。我父亲已经去世了。”

他脑中有一个男人的形象，这个男人长得很像她。一个山村，红土堆成了墙。在里夫山脉，或阿特拉斯山脉。山顶有白雪。空气清澈冷峻。男人有柏柏尔人的眼睛。应该猜得八九不离十。

“你笑什么？”

他描述自己的想象。她的想象则完全不同。一个男人，穿着邋遢的衬衫，用一块咖啡色抹布擦桌子。在丹吉尔（Tangier），或马贝拉（Marbella）。

“你不好奇吗？”

“已经不了。他现在不会肯见我的，除非是为了向我或者我散见于廷吉尔（Tinerhir）、扎戈拉（Zagora）等地的兄弟姐妹要钱，要不就是为了叫我帮他买张去荷兰的单程票。”

扎戈拉，骆驼市场——他拍过那里。骆驼是先倒在地上，再被杀死的。或者说是“坐”在地上？还是“跪”在地上更准确些？总之，骆驼被迫下跪，在干燥的土地上傻乎乎地坐着，高高地昂起头，接着，有人来划开它们的喉咙，鲜血就滴溅在沙地上。这还不是最让人震惊的。真正的震撼，由目睹一个男人从尾至头一刀划过骆驼开始。那一刀划过驼峰，将整只骆驼一分为二，从刀口下面，又冒出一只新的骆驼——一只闪着蓝光的塑料质感的骆驼，一只将脑袋搁在沙地上一动不动的骆驼。现在还不是说这个故事的时候。

“你还要咖啡吗？”这次她的双眼一直跟着走进了队伍里的他。他比队伍里几乎所有的人都要高。

一些她没有看到的事和一些他没有看到的事。正放、倒放、在随机处暂停的影像。看起来习以为常的一切，是隐秘的过去所爆炸出的记忆，一路串联，直至当下这一刻，汇合成这具身体、这个姿态、这些思虑，或者说，汇合成这位坐在柏林某餐厅桌前的女人。许多年前，一段生命历程在西班牙开始，延续至今仍未结束，只在睡眠时暂停。睡着的人离开生活的道路，涉入睡眠的浅滩，梦是滩里的泥与粼粼波光。但旅途不会停止。下一刻，尚未发生的事即将发生。

一些他没有看到的事：一个十岁的女孩，被送到荷兰，由外婆养大。很明显，她喜欢独处。独处可以是被动的，也可以是主动的——啊，这真是语言的妙处。这种从被动到主动的过程，可以从她的人生切片里看到：十二岁，十四岁，十六岁，尚未独立，终于独立，横心一走了之。在那之前，只有八岁，在西班牙有一间薄板房，板壁另一侧总有争执与异响。一开始，她熟悉隔壁的两个声音，一个男声，一个女人一声又一声的号哭，后来，男声变了，变成一个陌生的声音，又一个陌生的声音，更多的陌生的声音，声音与声音之间常常不同。接着有一回，听到的不再是呻吟、轻叹、呢喃、高叫，而是耳光与呜咽，走廊响起脚步声，一个黑影跌在床上，气喘吁吁，有酒气，脑袋很大，一阵揉搓令你瑟缩成一小块，你听见自己的惊叫，邻居在走廊里汇聚。你感到疼痛，这疼痛灼烧着你。母亲的脸与穿制服的人出现在门口，你听见更多的尖叫。那灼烧过你的疼痛再没有消失，它继续灼烧你的脸、你的身体，后来，便有了荷兰，有了阴凉的卧室，静谧的夜晚，挥之不去的画面。这一切汇聚成你，一个与众不同的例外，一张集体照中被划去的脸。这位是艾力克，那边是其他的同学，艾力克总是侧着脸，因为她不要摄影机的镜头对她一览无余。

一些她没有看到的事：一个与众不同的父亲，工作之余喜欢在桌前读书，每遇生词必出声拼读，提到他常言的“不肖子”，曾赴布加勒斯特（Bucharest）、莫斯科、东柏林、莱比锡与哈瓦那参加和平会议，向自己十五岁的儿子灌输“将坦克开进布拉格、将越过柏林墙的人射死是正义之举”，“无论学校怎么说，你都不要听”。有一天，你会明白，那都是谎言，别去管他们说什么。他无法不去想一个画面——一班诱惑的声音，一个绑在桅杆上的人，一群耳中塞有蜂蜡的手下——就像他难以忘怀另一个画面——阿姆斯特丹市阿尔伯特-开普集市的雨中，父亲像一个小丑，站在街角，高举用塑料袋套住的《工人日报》。他从他身边匆匆走过，就像所有路人从他身边匆匆走过，尽量不让自己引起他的注意，这样就不用加入这场笑话，不用向他问好，也不用留下来陪他。在父亲生命的最后几年，他不再说话。他的信仰是真诚的，唯其如此他的痛苦也就更深。“这么说，德国终于得逞了，如此贱买东德，比抢的还便宜。而荷兰又是谁在执政？一群疯子、歹客、基佬，一群从来没有正经参加过劳动的东西……”

背景就介绍到这里，我们先退下了。

所有的牌都摆在桌上了。交易时间现在开始。今天的筹码不多，毕竟今天只是第一天。她所看到的只是他行为的姿势。一个人如果需要隐匿于人群，是有法可循的。而他隐匿的技艺极为高超，即使队伍中杵着这样高的个子，他依然能不引起任何人注意。刻意的不在场。他端着两杯咖啡回来，给了她一杯，但没有去碰自己的那一杯。他将双手搁在桌上，这是两件东西，一件叠在另一件的上面。许多年前她在校外活动时，在巴黎的一个博物馆看过一只铜铸的手。“**哎哟，孩子们**[1]，”法语老师说，“这是巴尔扎克的手！这是他用来写《人间喜剧》的手。”

“对，也是他用来摸女人的手。”她是否说过这句话？“还是他用来擦屁股的手。”她的同学补充道，但是声音有

1 此处为法语 Violà, mes enfants。

点太响。博物馆又一个宁静的下午，就这样被破坏了。一只铜手，一只死去的、不再工作的手，悬在一本摊开的书上。褪色的字母。褪色的字母由这只毫无生气的断手写成：难看的手。她平生第一次意识到手是什么：手是工具，是奴仆，是同谋。无论是善人的手，还是恶人的手。无论是奏乐的手，开刀的手，写作的手，爱人的手，还是杀人的手。而面前这一双手，属于面前这位男人。她将自己的手放在他的手旁边加以观察。他似乎用手摩挲了她的手，又似乎没有；他将手从桌上拿开。在接下来的对话里，他人生第一次听到一个人仅用声调的变化而非语词的排序，就能把话说明白。问号也是可以被说出的吗？

？

“电影摄影。电影学院。对，有时拍。还有纪录片。摄影师。有什么干什么。我自己的东西？有，有时也拍。”

？

“西班牙语。至少有先天优势。博士学位。历史系。课题比较冷门。女王。中世纪。莱昂，阿斯图里亚斯。乌拉卡（Urraca），对，有两个 r。十二世纪。”

每场人类的交锋都带有政治性，无外乎各自说了什么、交换了什么物品与信息。他没有——或者说还没有——用妻亡的事情去交换她母亲酗酒的事情。她住在哪里，统治着何处的房舍、洞穴、地窖或阁楼？别再问了，哪个都不对。

“那介绍信……？”

“只是跟你搭讪的借口。”

她看着他，看不透他还藏了什么。他拍的是什么电影？他想到自己两三个月前的项目。

“嗯，我们非常希望你来拍，”一个声音说着荷兰语，“还缺个摄影师。我就直说了：拍摄条件太苦，要是你不去，我们就找不到人了。来的时候别忘了带个晾衣夹。你从柏林直接飞贝尔格莱德，跟其他人会合。那边我们会替你安排好。准备阿通（Aaton）Super 16 胶片摄影机？好。这是你惯用的胶片对吧？”他没有用到晾衣服的夹子，因为现场的臭气仅仅来自淤泥，尸体则被淤泥沉甸甸地裹住了。到处是各种碎块：一只脚，几只鞋（与穿过它们的瘦削的脚相比，显得大而无当），磨秃的地毯，上面全是刮痕，水一滴一滴缓慢地滴下来，戴手套的手翻检着人类的残骸，有缠着绷带、正在腐烂的手臂，有缠着铁丝、好像戴着两条双层手链的手腕，手腕已被吃掉一部分。他不想去看，想让摄影机像蒙眼布那样挡在眼前，但还是忍不住看了。用肉眼看，这一切更为骇人。他四处搜寻，鞋底吧唧吧唧地踩过坑道边小径上的淤泥，坑道里并排躺着被挖出来的人类尸骸，他看到眼眶，看到因为没有嘴唇覆盖而像马牙一般大到滑稽的牙齿。还有雨，一刻不停的雨，下在灰蒙蒙的丘陵地貌上，下在一个留有人迹的画面中：一幢被战火摧毁的房屋，一张稀烂的床垫，一张生锈的床，一台抛锚的摩托车。有人要看这些东西，于是就有人扛住摄影机缓慢移动去拍这些东西，有人在尸沟边架起三脚架对着同一个场景用更为缓慢、最为缓慢的速度重复拍这些东西；鞋上持续滴下的泥水，沟中持续涌出的死伤。而这些死人，他们没有名字。记忆是一个仓库。存储往事的复刻，在富士200彩色负片胶片上。影像，在一个置于内部的卷轴上，被录下、被播出、被重复播出。整整四百英尺胶片，是可以一遍遍重来、唾手可得、随时能看到的咔嗒咔嗒的发光塑料片。上面是往事的双生子，它不知什么时候就会因为一个姿势、一个眼神或一场噩梦，伴随欢笑或酒精，被开启，被从盒中请出，再次播放，因为有人要看这些东西。但再次开启又有什么意义呢？不过是一场速食的世界末日，被身处俄克拉荷马、阿德莱德、莱昂、奥斯陆和安森诸客厅里的观众们迅速消费，耗时至多两到三分钟，甚至更短。接着就是广告时间，红唇皓齿，脚，青春，滑油轻抹，是的，这些也只是影像罢了。啊，是的，无所不能的影像。

“我得回去干活了。”

“这里天黑得早。”

“阿姆斯特丹的白天要长一点，或者，也可能只是我的想象。”

“是风。风把黑夜吹走了。”

“你熟悉它吗？我是说柏林。”

“还可以。”

说完，他意识到两人心中的柏林，可能不是同一个柏林。

“你叫艾力克。那你姓什么呢？”

“说出来你不会相信的。”

“你说。”

“奥兰涅[1]。”

这是两人第一次发笑。好像房间里吹进一阵风，前门霎时洞开，窗扇发出吱呀声，花突然怒放，色彩喷薄而出。不，并没有这样，这些没有发生，或许因为两人刻意的延宕，这些永远不会发生。但那欢笑里有一种诱惑：于她，是他的双眼；于他，是她微启的唇。

“你要回楼下去了吗？”

1 荷兰语“橘色”。

"嗯，不过时间不长，只是查个东西。"

两人一同下楼，过安检，对着安保人员挥动双手示意手里没有东西，**没有什么**[1]，走过专门铺了岩砖的展区，走过集中营，走过饥馑，走过一对对眼睛。接着她就离开了他的视线。一般来说你都能在这里找到我。除此之外，他不知道任何线索。

他走进存放西班牙百科全书的阅览室，翻到目录U[2]。

家里突然都是男人的声音。他的朋友只布置了几件必不可少的家具，因此与其说眼前的房间是个客厅，不如说更像牢房。至少面积是大的。摄影机还架在那里，看起来像一尊敦实的小雕塑。进家门的例行项目：挂大衣，看树，查邮箱（没有邮件）。一切在沉默中进行，外面的世界逐渐退远。

坐地铁时，他想到自己可以带她去柏林几个名胜转一转（他还不敢直接去想她的名字）。接着又立即打消了这个念头，并对自己加以嘲笑。他买了一份《日报》，又去商店买了腌牛肉、马铃薯和圆葱。腌牛肉与煎马铃薯——

1 此处为德语 schön gut。

2 他要查刚才她提到的西班牙中世纪女王乌拉卡。

“独居者套餐”(埃尔娜语)。这个标签好像一道吉符，连接起所有在自己家里走来走去的独居的人。因为在柏林这样体量的城市里，“独居者”是很多的，而现在，每一个独居者都因为一个秘密而联合起来。马铃薯煮熟备用，圆葱炒熟备用，取少许生姜、少许胡椒、少许黄芥末拌匀。他曾在一些非常“不合时宜”的地方煎过马铃薯。腌牛肉罐头则是全世界各国都随处可见的商品。阿根廷牛肉，配上它的马铃薯姐妹与它的圆葱兄弟。坐在桌前，默默吃下。接着，他为自己做了一杯茶，想起她玫瑰色的唇，想起它发笑时怎样短暂地开启。短到只有一秒。她现在一定也在什么地方吃东西吧？今晚他决定待在家里，不给任何人打电话。也不要再听凯奇。他朋友家有一个橱，里面都是CD唱片。他选出埃德加·瓦雷兹(Edgard Varèse)。《赤道》(*Ecuatorial*)。气氛诡异的合唱，浑厚有力的男声，整个合唱团仿佛就在屋里，就在他面前。接下来的一首比较短，于是他反复放了好几遍。铜管乐，抽鞭子的声音，警笛的声音。每一首结束后，紧接着的寂静都会显得更加寂静。后来，他从收音机上听说，外面的雪已经开始融化，今晚又会再次结冰，明早又会再次融化。如果他现在出门，就可以看到一场步履杂乱的冬季舞会，会看到各种单脚旋转与仰面朝天——就像他今天已经经历过两次的那样——丧失尊严的姿态，会看到谨慎向前滑移的汽车，会看到一反常态的失控与狼狈。柏林怎能失控？柏林是不该失控的。不，这样想不好，这是基于成见的武断。“**危险！**”那位老先生的提醒言犹在耳，虽然来得太晚。他重读从百科全书里复印的有关乌拉卡的章节——极为严肃的书面西语——突然想起西语的 Urraca 不就是英语的“喜鹊”（magpie）吗？他一直觉得这种鸟的名字很好听。西语的发音更是有一种回响，好像子弹打在簧片上发生了反弹，声音更像乌鸦，而不是喜鹊。“Urraca.”。荷语“喜鹊”则是 ekster。艾克斯特女王（Queen Ekster）。艾力克。一个词短小，就会像这样很容易冒出来……喜鹊是贼，爱偷亮晶晶的东西。但乌拉卡的章节里没有提喜鹊的事。乌拉卡，第一个统治西班牙的女人，彼时内战频仍，南有伊斯兰世界进犯（她到底为什么选这个课题？），1109 年至 1125 年在位（这有什么好写的？）。“La reina Urraca, ra, kra.”。他突然又开始想念西班牙——这是今天的第二次——想念那些地方，想念阿拉贡，想念莱昂。

“你就不能在同一个地方待满两个月吗？”

“不能，埃尔娜，我不能。”

他试着——却无法——将她仅仅看成一个写论文的人。一个有伤疤、穿小牛皮靴的博士研究生。一个研究

“喜鹊”的博士研究生。喜鹊，冬鸟，黑质而白章。一如眼下的柏林。这种鸟装饰巢穴时会突然变得喜欢唱歌。其他时候则只会发出刺耳的尖叫，好像在生气。他闭上眼，就能看见喜鹊的样子，就连喜鹊的尾巴都一直在怨怼地指上指下，仿佛在表达怒气。它飞的样子也很奇怪。只是随便扑腾几下，好像对认真飞行没有兴趣，只想应付了事。他要不要重新考虑打电话的事？不，他决定坚持刚才的决定。他打开柜门，拿出几卷片子，逐一看过标签，摆在桌上，片盒叠成了塔，又重新播放瓦雷兹的音乐，想再听一听那些男声。柜子的某处应该存有他和阿尔诺一起拍修道院时录下的声音——那是为德法公共电视台（ARTE）欧洲历史频道拍的一个纪录片。拍以前他对修道院的世界一无所知，拍完后，一直到今天，他依然不懂那个世界。德国修士，法国修士，西班牙修士，无论年老或年少，看起来都只是普通人。博伊龙修道院、克吕尼修道院、维如埃拉修道院、卡图加德修道院。本笃派（Benedictines），特拉普派（Trappists），加尔都西派（Carthusians）——这是早已式微的一支。从修士的衣着你就能看出他们的教派。特拉普派像喜鹊，是黑白两色的，除了唱诗班的修士穿一身白，随着白袍变旧，会越来越酷似上了年纪的天鹅。本笃派像乌鸦——一身黑。加尔都西派则一身白。他没有拍到他们唱诗的时候，只获准拍摄他们各自在寮房中作息。与其他教派的修士不同，加尔都西派修士总是独自进食。这未免寂寥，尤其食物还是从门上一个槽口送进去的。他站在这样一个寮房内向外拍摄，又站在寮房外向内拍摄：房间四壁清净，只有一张折叠式祭台，一尊圣母玛利亚像，一个微型花园，一张靠在槽口边的折叠餐桌。口外有一柄木指针——至今他仍觉得历历在目——指针可以指向三个方向：**一条面包、半条面包、不要面包**。[1] 于是大家都能知道你吃了多少——或者说没吃多少——比起封闭的寮房来，这个指针更让他感到压抑。

当时的音响师，法国人伯特兰，知道这里面的道理。他熟知一天各时段礼仪的意义与名称——它们是强制性的，一成不变的，日复一日的，年复一年，**某种永恒**[2]——他说这句法语时，总是带着一种自豪，好像永恒已经是他的了。事实上，伯特兰确实每年都去修道院踏足一次修士的"永恒"。或者按他自己的话说，"做一回修士"。他总是去诺曼底的本笃派修道院，因为"他们圣赞唱得最好"。阿图尔和阿尔诺不难想象伯特兰修行的样子，因为他逢五

---

1 此处为拉丁语"Un pan, medio pan, no pan."。

2 此处为法语 l'éternité quoi。

必斋，一整天什么都不吃，只喝一点水，十分吓人。

“哦，这个大家都知道，”红发制片人说，“我们都叫他Le Moine，‘修士’，但大家都爱跟他合作，因为他业务好。”

此话不假。阿图尔每隔一段时间都会把那卷录音拿出来听一听。但比起伯特兰的业务能力来说，令他印象更深的是他的肢体对设备的驾驭。他举重若轻地摆弄着那只十五磅的南瓜（Nagra）收音筒——用像死老鼠一样垂在杆头的毛茸茸的圆柱体捕获他的猎物，为了收录修士走进合唱队伍的脚步声，这件捕器几乎触到了他们的拖鞋。已经没有人留意那日复一日的鞋音，但他却给予它一种崇高感，好像它是静默与颂歌之前必不可少的序曲。就这样，伯特兰度假地点的选择对他们来说突然不再显得不可理解。他们见过他像修士一般站在修士中，让圣诗如潮水般将他淹没的样子。

“你为什么不出家，伯特兰？”阿尔诺曾用一口浓重的德语口音问他，这使他听起来好像在审讯。

“因为我结婚了，也有孩子了。”伯特兰回答。

“还有情人和私生子。”红发制片人补刀说，“**是不是，亲爱的伯特兰**[1]？”

---

1 此处为法语 n'est-ce pas, Cher Bertrand。

“情人倒没什么。”伯特兰说，“但我太太是个问题。我们是天主教徒，不能离婚，而身在婚内又不能出家。情人倒无所谓。只需要忏悔、告别就行了。婚姻却是神圣的。”

他的话刚说完，阿尔诺就构思出了一集《梅格雷探案》的剧情，并将单集概要分享了出来：伯特兰杀掉妻子，做为鳏夫皈依。多年以后有人发现真相，到修道院找他。剧集的高潮是警长以三级谋杀罪名将他逮捕归案。

但伯特兰否决了这一提议，认为它过于繁琐。

“我是死也不肯被梅格雷找上门的。要是早点皈依就好了。”

至此，再也没有人提起情人的话题，对伯特兰“家庭困境”的闲话，也没有被录下哪怕只言片语。而格里高利圣咏的录制却是精准无误的。（“啊，古人都是用拉丁文唱圣赞的。用法语唱太阴柔。用西语稍微接近一点。”）为此伯特兰甚至拿到了“罗马奖”（Prix de Rome）。

“不是，不是，获奖不是因为录得精准无误，纯粹是因为这些圣咏曲调已经在教堂里回响了数百年，你所听到的是永恒的气息，是**永恒**[1]。我能在圣咏里听到时间。录音

1 此处为拉丁文 aeternitas。

的精髓就在于此：同时表现时间的‘有’与‘无’。有机会我给你放我以前的录音，你就知道区别了。别笑，用拉丁文唱真的不一样……听。”他鼓起胸膛唱道，“Domine……现在来比较一下：Seigneur……听出区别了吗？用法语吟唱，语尾会逐渐消失，好像老太太说话。”

在博伊龙的修道院里，他又认为德语也不错。

“至少比法语阳刚一些。而且如果他们用拉丁语唱，你能想象那种从喉咙深处呕吐出来的声音吗？”接着他模仿浓重的德语口音唱道：“Procul recedant somnia.”[1]。

“海德格尔经常来博伊龙，”阿尔诺说，“他在天主教家庭长大，小时候还去离此地不远的梅斯基希教堂做过辅祭……纵观他的一生，其实他始终没有彻底脱离宗教性。有一次还在教堂礼拜席上刻过自己名字的首字母缩写。在博伊龙，有人见他用手指蘸取圣水在胸前画十字，问他为什么要这样做，不是已经不信教了吗？‘没错，’海德格尔答道，‘但无数人在这里祈祷过，这地方一定汇聚了很多圣气。’可是，既然不信上帝，还谈什么圣气？”说到这里，阿尔诺透过厚厚的镜片，向他们投来一个“真是无可救药”

---

1 此处为拉丁语，意为“远处，退去，梦境”。拉丁语 r 为大舌音，是舌头弹动发出的声音；而德语对 r 的处理方式则是小舌音，是喉头的腭垂震颤所致，因此阿尔诺说“喉咙深处呕吐出来的声音”。

的眼神。

派给他们领路的修士突然开口道："这也没有那么奇怪。就连不信教的人，在这里也会感到心安。海德格尔的Sein zum Tode，即'向死而身'，这个观念就其本身而言没有多么神秘。在博伊龙，我们同样追问生死。唯一的区别是，海德格尔参的是畏惧，而我们参的是希望。或许有一天，战无不胜的恐惧，也会造访我们让人闻风丧胆的希望，尤其当这希望有圣咏护体时。不管怎么说，恐惧自身是不能滋生礼仪、也便无从践行的。"

"我不能苟同，"阿尔诺回答，"你如何解释纽伦堡的纳粹集会？"

"这正好说明了我的观点，"修士说，"那种集会已经消失了，不是吗？而这个"——他张开双臂，仿佛要将他们站立其间的这个回廊拥入怀中——"却更要持久得多……我每次读海德格尔……"他故意说到这里就不再说下去了。

"这么说，你对每天都有机会进入正殿祈祷十分感恩咯？"阿尔诺说。

"这是原因之一，"修士回答，"或许也因为我知道全世界的人们都在同一时刻诵着同一段祷词。"

"也想着同一件事？"

“可能是，但也不必如此。”

“于是有了一种安全感？”

“完全正确。”

“你不觉得海德格尔来这里沐浴这种他所要摒弃的安全感，这件事很奇怪吗？”

“不奇怪，我觉得这是一种……勇气，如果可以这样说的话。”

“还是说他无缘恩典？这是你们喜欢用的词吧？”

“没错。这是一个套路式的答案……但我似乎无法将海德格尔与恩典一词相提并论。何况其实这个词我本不该想，更别说置喙。”

回程路上，阿尔诺向伯特兰转述了对话的大意，又为阿图尔说清了几个模糊的地方。因为伯特兰一句德语都不懂，阿图尔有时候也不完全明白，尤其是说到“恩典”的那几句。接着阿尔诺哼唱起来，既像格里高利圣咏，又似乎在瞎唱，然后突然喊道：“我有一个想法了！想一想，埃尔弗里德·朔尔茨（Elfriede Scholz）死了，海德格尔在博伊龙皈依了本笃教派。这会引起怎样的舆论喧哗！简直绝了！比伏尔泰的临终遗言还要精彩[1]！但那个修士的话其实离真相不远，虽然他自己可能没有发觉。海德格尔是个在‘观念世界’走钢丝、在哲学马戏团的帐篷里表演空中飞人、在人们悬着的心和张大的嘴上空翻飞摆荡的人。每个人都提心吊胆地看着，因为他们以为他没有保护网。其实他有，只是别人看不见——这一点他当然不会在他的本体论里阐明。因为它与哲学无关，只是一种宗教情感。一个老人，紧紧抓住早年的记忆，抓住梅斯基希与自己的童年，抓住往日的仪式与传统，用那个世界对生死意义的答案来温暖自己，虽然在口头上，他绝不愿承认。其实他跟伯特兰没多大区别，**不是吗**[2]，伯特兰？”

“没多大区别，但是有区别。”伯特兰回答。多年以后，阿图尔身在柏林回想起他说这话的语气，脸上再次浮现了笑容。他关掉电灯，对着其他窗户里走来走去的人影看了好久，一直到他们把灯都关掉。明天，他不准备再去图书馆。

---

1 伏尔泰快死的时候，牧师让他宣誓摒弃撒旦，他却说：“现在，我的好人，现在可不是树敌的好时机。”

2 此处为法语 n'est-ce pas。

而我们——对此我们能做什么吗？即便事态曾经掌控在我们手中，现在的情况也已经变了。我们的视线在冰天雪地的城市上空运行，看到施普雷河，看到疤痕，看到一条长长的深痕，那里曾竖起过一面墙。我们不会忘记。即便恐惧与情绪早已消解，即便一种威胁早已过去数百年，在我们这里，什么都不会被删除，什么也都好像发生在昨天一样新鲜。我们记得佩加蒙祭坛（Pergamon Altar）刚竣工的样子，虽然它现在已经保存在了博物馆里，但前后最多只过了两千年——还是四千年？对我们来说，一切记忆都同时存在于同一时刻。博物馆仿佛是存储它们的蓄电站，而我们，虽然我们自身很轻，但我们知道其中每一件藏品的重量。是的，这是我们全知的傲慢，但事实如此，假谦虚是没有意义的。反过来看，这也是一种负担。一幅克拉纳赫的油画，一块来自新几内亚的盾牌，一卷莎草纸的卷轴，一支拉福格在早已灰飞烟灭的城堡里为奥古斯塔皇后朗诵的录音——对我们来说，全部存在当下。是的，你们想必会因为搞不清我们是谁而感到有些不快，但请不要客气，爱怎么称呼我们都行。如果你们愿意，可以叫我们“纯粹意识的产物”——这既准确，又不准确。起因、经过与结果，同时展现，这看似悖论，但以那边的**纪念教堂**[1]为例就可以说明。我们可以看见它从前未遭轰炸的样子，同时看见它的废墟、坑洞，以及它今时今日站在这里、俨然一尊中空的纪念碑。而你们不必在意我们。我们与我们的负担会永远存在，你们则只需要与我们在这几页纸上、在故事的这一小部分有所交集。既然提到了故事，不妨指出这个故事迄今才只有两天大的事实。现在，也只有现在，当你们正听着我们的声音，或者说读着我们的文字时，我们对你们来说，才是存在的，其他时候，我们对你们来说只是一种可能。此时此刻，在此地的雄鹰广场，在城市虽然还是同一座城市，但却有所不同的更为昏暗、更为破败、更需要修缮、更弱不禁风的地方，有一个长长的阶梯，通往一个房间，一个躺在床上的女人，她没有睡觉，而是睁大双眼看着。是的，我们还知道其他的细

1 此处为德语“Gedächtniskirche”。

节，但它们在此处并不重要；她空洞的凝视比其他的细节所传达的更多。她的手搭在她正在读的书上，书也在向外界发出讯号。它有模糊的故事情节，有穿插其间的感悟，有数据与事实，有建立在有限论据上的推断与假设，因为它所探讨的一切，都发生在很久很久以前。我们知道那一切，而书却不知道。它好像一个考古现场，只挖出了历史的四分之一或更少。但如果你们知道的和我们一样多，你们将不知所措。因为我们没有总结、压缩或抽象能力。对我们来说，一切存储单位的长度与重量都相同。所以还是单刀直入一些吧。毕竟将两个无声的房间用线连起来并不困难。反正后来确实有故事发生了，只不过当我们“妄议”后来时，我们的声音会变得听不见，因为毕竟后来的事现在还不存在。这样解释虽然难以理解，但请大家务必接受。你们能看见她的手吗？虽然她的头静止不动，她的手却一直在动。仿佛某种力量想把那只手从书上扯下来。然而，要把一缕生命、一股力量、一具躯体，从一本书的文字里、从这一时间的这一地点抠出来，怎能不带起一点往事的尘埃呢？

阿图尔·达内或许想着艾力克·奥兰涅，但艾力克·奥兰涅绝没有想他。艾力克·奥兰涅的头一动不动地枕着，满脑子是当天自己上的课。她正在柏林参加由德国学术交流中心（DAAD）承办的为期十周的交换学习。授课教授动不动长篇大论，但他请大家“假想自己坐在一列火车上……”的那席话，成功引起了她的思考。整堂课都在讲黑格尔的历史哲学。她有些心不在焉；对于体系严密、学究气浓的讲课方式，她作为荷兰人抱着一种天生的厌恶，何况这位学究老得都快掉灰，说话还带着浓浓的撒克逊口音，至少一半内容她根本听不清楚。不过有的时候，这声音也会娓娓道来一段趣闻、一桩逸事、一页私人笔记，将她从黑格尔那套曾受像她一样的年轻学子们追捧的“精神拘束衣”里释放出来。

“假想自己坐在一列火车上，”老教授说，“不要去看窗外，而是观察车厢里其他的乘客。基于他们说的话、读的书，也基于他们的衣着与行为动作，你们对他们会形成一些看法。如果你们将这些看法记下来，很可能会以为它们与事实相差无几。因为，你们确实亲眼见到了乘客，甚至还跟他们说过话。现在让我们反过来想，那些乘客也像你们研究他们一样地来研究你们。你们认为，他们的研究结果在多大程度上会与这个真实的你们相差无几，是否能洞悉你们对外界隐瞒了什么、你们被发现又竭力掩藏了什么、你们不为人知且选择不予公开了什么，以及你们自己都不知道的关于自己的一些什么？因为，人对自己也会保守秘密，会否认自己已经知道的，也会回避探究还不知道的。除此之外，每个人都还有大量的记忆，大量生活的经验与阅读的经验，大量隐秘的欲望……一列火车，其实根本装不下这么多东西。然而车上的每一个乘客都以为……这话该怎么说呢？……都以为自己在车厢中见到的，是一次**现实的显现**。问题是，真的是这样吗？”

这引发了一场关于历史记录中的人为构造的讨论。即使写作时已经竭尽全力忠于事实的人，依然难免人为构造。而且归根究底，什么是事实？她的头继续一动不动，只伸手把反扣在肚子上的书拿到面前，好再仔细研究一番。米灰色的书封上印着一条河。前景上，几丛芦苇随风摇摆。天上几乎没有云，但也可能原本有云，设计时抹掉了，因为要给书名《乌拉卡女王统治下的莱昂-卡斯蒂利亚王国，1109—1126》与作者“伯纳德·F.莱利”腾地方。远景上，高楼鳞次栉比，楼上是一扇扇黑洞洞的窗，楼边是黑色的树的剪影、廊柱与巨大的方塔——这是从杜罗河南岸看到的萨莫拉的城堡。

“你怎么想起读博来了？”她的导师问她，好像申请读博是一件见不得人的事。

“因为暂时找不到教职。”她回答，但这不是真话。她代过课，也知道自己不喜欢教书。她感觉讲台不适合自己，讲台对面的课桌才是自己的归处，她喜欢一切尚未解密、尚未定义、尚未成熟、尚未有序的状态。她尤其厌恶教师办公室里那种让人难以忍受的油腻气息、那些人生早已规划停当的同事。她的青春期曾被偷走了一部分，于是她更想尽办法延长剩下的这部分。只要拥有自由与独立，她不惜仅靠一点点钱讨生活，读博是她最好的借口。去学那个爱摆谱的混蛋教的黑格尔也是。黑格尔就黑格尔吧，如果不是黑格尔，她也没有机会来柏林。

“考虑到你的背景，”她的导师继续道，“我可以理解你为什么选择西班牙，但中世纪女王是怎么回事？再说她的执政时期和辖区也不出名啊。”

她决定打安全牌。“首先，因为她是一个女性。”如今谁也不会贸然反驳这句话，“其次，正是因为没有多少人知道她。事实上，这反而让选题更有趣。”

确实如此，一个孤独的女人，和一大堆男人——主教、情人、丈夫、儿子、不断的权力纷争——唯一一个独立执政的西班牙女王。

“但是史料呢？有足够的史料供你研究吗？你刚才说她是几世纪的？”

“十二世纪早期。史料多得很。”

“正史还是野史？必须承认，我对那个时期真的不熟。这个选题不管怎么说都太冷门了。你做它，等于逼我一起研究。”

大可不必，她想说，我会将一切全部盛盘送到你面前，虽然研究时间可能会很长，毕竟我决定要好好利用。但她明智地保持了沉默。这位女王是她通向自由——至少是几年自由——的船票，为此她对她充满感激。喜鹊女王。她有时会对她说话。想象自己是她的御前持盾护卫。她是什么模样的呢？她曾在一本写圣地亚哥大主教迭戈·格尔米雷斯（Diego Gelmírez）的西语书里看过乌拉卡女王的肖像，主教既是女王的朋友，又是她最大的敌人。那是乌拉卡唯一存世的肖像，但对于澄清她的长相毫无帮助，因为肖像的风格类似扑克牌，完全不写实。她右手里拿着一条横幅似的东西，上面写着她的名字，名字里只有一个 r 和一个 k：Uraka Regina，周遭点缀常见的王权标志——王冠、权杖、王座，膝盖微弯，双脚穿着粉红色拖鞋，搁在一排交织的莫扎拉比式拱顶上，天蓝色的衬衣袖上缀着大颗星星，头顶的王冠好像一只揉皱的药盒。头的样子是中世纪画像里典型的女王头，而不像任何一个真正活过、说过、笑过、斗过、爱过的人。这样一个人的生活，要从哪里才能得其门而入？反过来说：如果要她自己对十二世纪的女王介绍自己的生活，她该怎么介绍？那时，世界上还没有柏林。当然，一天到晚舞权弄术的人，大概不难理解权力更迭的机制，要说清这部分恐怕不难，只要注意使用中世纪词语、避开现代意识形态即可：恺撒、战败、举事、战胜者的苛求、舆论煽动、下一场战争……越往后，越复杂。或者，其实不复杂，只是换汤不换药？种族清洗，伊斯兰教，这些都很容易解释，就连原子弹也都可以简要概括为一种带来彻底毁灭的武器，但一个没有宗教的世界……对一个中世纪的人来说却是难以想象的，除非你们聊的是地狱。那么如果过去与现在果真存在这样大的断层，人又怎能奢望自己可以看清——更别说书写——过去的真实？真实的真实，痴人说梦。还是睡觉吧。别想了，睡觉吧。楼下的庭院响起人声——她认出那是朋友的脚步声。这位朋友几乎是让自己白住在这里。他在酒吧工作，她入住的第二天晚上，他喝得烂醉如泥闯入她的卧室，翌日她对他的态度极其轻蔑，于是他放弃了。她熄了灯，这时才想起了白天见过的那个奇怪的荷兰人。电影人，他说过，主要拍纪录片。

通往睡眠的方式有许多——可以通过图像，或文字，或图文交替，或图文重复。或纪录，或纪录片。有人蹑手蹑脚走上楼梯。今晚外面的车不多。寂静。平原正中的城市，向东延伸，在如此黑的夜里……

雪化了许多天，大地解冻，一天，突然有晨光扑进屋来，好像要宣告冬天的结束。一年中的这一刻，地球上的这一地点，白天的自然光一下子就过去了——没有谁比电影人更明白这个道理。阿图尔·达内在地上摊开一张柏林地图——一张割裂时期的地图，但这其实无所谓，因为统一并没有带来多少改变，只要忽视那条分开两个政权的蜿蜒的粉红色粗线，这张地图还像新的一样。世界曾被这座城市气焰嚣张地呼喝过，也掉转头来将它碾成了碎石瓦砾。这里的人民自相残杀后，从地窖与废墟中爬出来的幸存者，却迎来了一群说着外国话的新主子，他们的世界被分为两半，最虚弱的一半靠着空运物资存活下来[1]，柏林在善与恶、负罪与救赎的人事的潮涌中，愈合了它受伤、受罚与受辱的灵魂，它短促名字的两个音节变成了所有在那里发生过的罪恶、反抗与苦难的同义词，就像其中较重的音节与另一个较轻的一起，与所有在这里被听到的声音产生着共鸣。但你无须记得这些事；城市会用纪念碑、用街道、用名字替你记得，所以，与其盯着地图看，他不如将它放大，在那与城市一比一大小的真实的场域行走，他应该带上摄影机，坐计程车去图书馆找她，然后打电话给阿尔诺借车，带她去格利尼克大桥（Glienicker Brücke），去瀚蓝斯湖（Halensee），或孔雀岛（Pfaueninsel）[2]。

如果要为影像配一段体现速度感的音乐，他知道他应该用肖斯塔科维奇的。维克托曾为他弹过一次，他能在音乐里看见运动——水冲刷岩石，群兽奔跑，高速追车。他倒没有拍过很多这样的镜头，只是希望手上有份适配的音乐，以备不时之需。演奏的乐器种类最好不要太多，他在维克托家听过的那一段就很好。但是维克托不肯爽快地拿出来。

1 指柏林空运（Berlin Airlift）。

2 三处均位于曾经的东西柏林分界线沿线。

“《第十一交响曲》?《第十二交响曲》? 前奏曲? 赋格曲? 你到底说哪段?”

“就是你第一次放的那段，听起来有种追着自己尾巴跑的感觉。”

“你说的是B小调《第十一交响曲》。”

“我不懂什么B小调，但好像是十一这个数。”

“准备做电影配乐了? 准备声配画用音乐烘托了? 光是画面不够用了? 加音乐等于承认影像表达的不足，你知道吗?”

“音乐的功能是放大而非补足。或者说，音乐也可以与画面互为对照。”

“贝托尔特·布莱希特就这样。被压抑的大众，天大的悲剧，然而一直都有音乐在鼓噪。”

“我拍的东西里没有什么被压抑的大众。”

维克托没有接茬，只耸耸肩宣布“第十三”，就开始放一段沉静的、带有冥想气质的音乐，直放到最后一个音都消失了，突然暴跳道 :“蠢货! 一个能够写出那种音乐的人，为什么要去写那种怪物般一大坨的交响乐?”好像已经忘了阿图尔还在现场。

他是在拿着摄影机跌撞下楼、冲出门外、急步转上维勒蒙斯道菲尔大街、穿过马路——谢天谢地是绿灯——来到俾斯麦大街上打到一辆计程车的过程中想起这段往事的，彼时，肖斯塔科维奇的《第十二交响曲》正要奏响第一个音符。这意味着，他有一整首《第十二交响曲》外加一整首《第十三交响曲》的时间来重新思考自己这个愚蠢的计划。他已经背熟这些曲子——《第十四交响曲》较短，前后不足半小时，如果在图书馆找到她，则《第十五交响曲》会正好响起，它一顿狂锤的音效或许能让他清醒一点。结果这段音乐却被衣帽间的服务员截断了。

“你不能带摄影机进去。必须寄存。”

“我只进去一小会儿。”

“这在普鲁士人的地盘上可行不通。”维克托的声音。

他只好将摄影机留在柜上。她见到他时的眼神，好像他是一个死人。这个表情他很熟悉，虽然平时与死人同行的往往是他；此时却是她。她的女王被自己所嫁的男人拳打脚踢，几遭抓捕，于是向丈夫发起了战争。时间是永远不会重来的1111年，十月。女王乌拉卡要逃离“斗士”阿方索一世（Alfonso I el Batallador）。Batallador，斗士。喜鹊与斗士——有一天，有人会为他们写一本书。

“当时，乌拉卡究竟身在何处，至今仍是不解之谜。”她读道。这个谜题，她艾力克·奥兰涅愿意去解开。有一派学者认为，当时乌拉卡身在加利西亚（Galícia）山中。

但怎样才能构思出具体发生的事呢？

“目前还不该构思，”她的导师在上一次讨论中说，“你该做的是尽量多挖掘前人所没有挖掘出的史料。西班牙的历史文献非常多。如果有记录断层，你就直说‘不详’。如果叙述脱离文献，那你不过是在虚构。”但这正是她想做的。

“但我不可能完全不在心里形成某种图景吧？”

“这样做不专业。你所看到的所谓‘图景’，只是你想象的产物。信件、契约、证书、报告——这些才是事实。你不是在写小说。历史小说是世界上最荒谬的文学题材。你要做的是起底真相、重现事实，虽然这很困难。当然，如果你喜欢骑士、侍从、宝剑这种东西，随便想想也无妨。只要别想得回不来就行。但是我看你问题不大，因为你似乎不是对儿女情长感兴趣的人。假设你抵挡不了诱惑，那么请记住一件事：那个年代的人身上都很臭。”

不，她对儿女情长没有兴趣。可是为什么她的眼前总能生动地看见一个山里的乌拉卡与一群忠实的追随者呢？一方面，她感觉与自己的研究对象十分投缘，另一方面，她又苦于一手资料的极度匮乏。而在投缘与匮乏之间，有一片广大的想象空间。最难解决的是时间节点问题——两个敌对阵营并不确切知道对方的行动计划，因此，文献中记录的时间常常是不可靠的。那个年代最快的通讯方式是快马加鞭，但就算马快，从自己的军队或胜利攻城或被迫俯首，到这条消息最终被快马送出，这之间也还有一段时间。

“啊，对了，”导师结语道，“永远不要忘了马克·布洛赫（Marc Bloch）的至理名言：‘历史现象一旦脱离它所发生的时空，就不可能再被理解。’”

说得真精彩，但同时，又不许你想象事件所发生的时空，这不是悖论吗？人们劝她谨守地图，不要偏离主要几个人物或真实或推定的事迹：国王攻占了帕伦西亚（Palencia），又向莱昂进发；主教输掉了战役，前往阿斯托加（Astorga）带领难民与伤民一起回到圣地亚哥；女王流离在野，但具体在哪里？令棋局更为复杂的是，有人正在扶植她与前夫所生的儿子在圣地亚哥登基，条件是他必须支持母亲的阵营……接着，突然间，一个男人站在她的面前。一开始她认不出他是谁，能听到他在说话，但却听不明白。她只看见一双铁一样凉的蓝眼睛，虽然不想与他一起离开、不愿接受他的入侵——孔雀岛？为什么去孔雀岛？——却发现自己不由折起了地图，合上了《孔波斯特拉史》（*Historia Compostelana*），将自己的女王丢在了加利西亚（或不知哪里）的山中，跟着这个高得像旗杆一样迎风摇晃的他走到了街上。冬日的阳光照在柏林爱乐乐团的高楼上，反射回来晃入她的眼睛。

艾力克·奥兰涅是阿图尔·达内带去阿尔诺·蒂克家的第一个女人，更出奇的是，阿尔诺想，两人显然刚认识不久。他把那个陌生的荷兰语名字在舌头上滚了几遍，从她那里得到确认：是的，姓氏本意是“橘色”，是的，她与皇室同姓，不，她没有皇室血统。接着是一段短暂的沉默。虽然他早已习惯在四面墙的书里默默工作一整天，但有人在场时，不说话还是令他感到奇怪。于是他把沉默打破了。

他面前的阿图尔是一个害羞的阿图尔，既想逃离，又想听听自己对女伴的看法，虽然有她在场，他应该不会指望自己马上发表看法。但如果她不开口，他就无法对她有任何了解。而她看起来既孤僻又固执，不像会率先开口的样子。

他所不可能知道的是，艾力克也在审视眼前的一切。既然对面前的人毫不了解，她就可以对他做任意的想象。她看着这个人的镜片闪出的“粼粼波光”，看着他头上丛生的光环般的乱发，将他想象成一位魔术大师——一位口若悬河的学者。对方似乎听见了她的心声，突然极为配合地大谈起“橘色”的象征意义来。

阿图尔知道自己这位朋友既不信神，又不信邪，但许多人被他的修辞造诣迷惑，会忍不住觉得他对他所描述的对象深信不疑。他说话很有激情——胖墩墩的身体会随着说理的节奏摇摆，双手会在空中挥舞，似乎要赶走那些可能出现在论述中的谬误，而这些谬误旁人根本无法发觉。无论他聊什么：希特勒的诺斯替情结，几次突然的拼写改革，荣格的《工人》（*Der Arbeiter*）如何伟大，炸鱼时在面糊里放啤酒如何好吃，普鲁斯特不为人知的阴暗面……无论话题是艰深还是幽默、严肃还是肤浅、大众还是冷门，他都用同一个方式来谈论：以达意效果最佳的构句，以似有魔力、闪着灵光的语词，以富有音乐性的流畅的话音，时而急板，时而行板，时而是机关枪般"突突突"的断奏，时而又在最合适的地方祭出修辞的终极武器——沉默。两位原本只是来借车的荷兰人，就这样被歌颂红黄混合色的赞歌所淹没，虽然这种颜色象征的明明是他们自己的国家。在阿尔诺激情澎湃的演说中，两人从天堂的金辉穿梭到地狱的血海，从佛教的赭黄穿梭到酒神的橙红，从忠诚穿梭到背叛，从感官穿梭到精神——简言之，在阿尔诺看来，红黄混合色象征着一切足以对人类构成刺激的事物。

"你忘了海伦的面纱，"艾力克说，"还有圣灵骑士团的十字架。"

阿图尔看到，阿尔诺的眼睛发出光来。

“海伦的面纱？”

“维吉尔的海伦。面纱边有橘黄色装饰。”

“啊……”

一颗石子被丢进水中，很快，阿尔诺发现自己这个完全说不到一起去的朋友竟带了一个能同自己谈得如此投机的荷兰女孩，实在出人意料。历史（Gut![1]），黑格尔（Nein![2]），论文（Ach![3]），中世纪（Herrlich![4]）——对话在疤痕与镜片间你来我往，仿佛一只羽毛球。标题、名称、学说——话题完全将阿图尔弃置在冰天雪地之间，而与此同时，在室外真正的冰天雪地里，光正在一分一秒地消失。阿图尔想离开，又想留下。她说德语时声音似乎更为阴沉——或许那是语言本身的阴沉，似乎变成了另一个人，他尚未抓牢这一个她，她就已经变成了另一个她，他还没能了解这一个她的分毫，她就已经无迹可寻。

学一门外语，模仿发音是不够的。你需要学习动力、观察能力、对口吻与抑扬的把握和会说目标语言的人类环

---

1 德语的“好！”。

2 德语的“不！”。

3 德语的“哎哟！”，一种痛呼。

4 德语的“荣耀！”，一种激赞。

境。学习动力通常与融入的需要有关：来到一地而不显得可疑、不被看作纯然的外来人。在这方面，他与阿尔诺完全相反，让后者说英语和法语简直是让他脱光，德语是阿尔诺最强大的武器，没有德语的阿尔诺赤身露体、手无缚鸡之力。阿尔诺倒从没有为此而沮丧过——他太自信了，沮丧这种情绪对他来说是不存在的。或许她也是这样的人，虽然她这个年纪的人，有这样心性的并不多。

真像一曲交响乐。他看得出她很享受阿尔诺的注视——她自如地浅吟低唱，仿佛一架大提琴。或许正因如此，他停止关注语词的意义，而将面前的声音仅仅当作一种音乐；一场女低音与男高音的演出，作为听众的他，早已放弃了歌词的内容。就在他面前，两人不仅用言语，甚至用身体的动作在唱和，好像马上就要跳起双人芭蕾来，看在上帝的分上，他感到万箭穿心，该让他们停一停了。

他等二人稍停片刻、一起满意地欣赏自己刚才的表演时，尽量缓慢地站起身，拿起一直放在身边的摄影机，示意自己今天还有安排。

“你要去哪里？”阿尔诺问。

“孔雀岛。之前要先去一下格利尼克大桥。”

“啊哈。是去缅怀灰色往事吗？史迈利[1]，东德警察（VoPo），胁迫与恐吓，过不去的另一边？”

“谁知道呢。”

他们来到桥上，他想对阿尔诺的话做出解释，但她居然全都懂。

“我看过电影。”

电影，电影。真的有电影能准确地再现十年前在这同一地点所发生的事吗？有，当然有；但同时又没有。他倚在绿色的栏杆上，向河水俯身。哈弗尔河，依然流向约芬湖（Jungfernsee），没有了边境巡逻的灰色船影。汽车与卡车飞驰在去往波茨坦的路上，好像道路从来没有被封锁过。他努力搜寻正确的词语。

“我在这里拍过一个片子，和……”他说出当时合作的那位荷兰作家的姓名，“他就站在那里，我们请他从东到西走，又从西到东走，来来回回走了十几次，他谈到边检，谈到交换间谍，谈到格利尼克大桥对某些人的意义……拍摄效果很不错，只是……”

“只是过去已成往事？”

---

1 史迈利，即乔治·史迈利（George Smiley），英国作家约翰·勒卡雷塑造的经典特工形象。

"或许吧……有一种……事实成为他人口述的故事时，特有的'假'。某种重要的元素缺失了。"

"这只是因为你亲眼见过事实。"

"那这不就意味着，越是没有亲眼见过、越是隔得远，事实越是偏离事实？"

"这个我不知道……但将过去以其本来面目去认识，这本来就是不可能的。我们甚至不会这样去认知自己的过去。否则，人就要发疯了。想想看，如果我们的记忆总是携带着我们所有的过去，会发生什么事？我们会没有时间生活。这肯定是不对的。我们要继续前行，就必须让往事耗尽。不仅人如此，国家也是这样，"她笑了，"而且，唯其如此我们才需要历史学家，不妨把处理回忆的事让他们来做。"

"所以你就权且满足于那种'假'了？"

"什么'假'？你所不能忍受的，其实是往事的退场。但这不是正确的生活方式。太多往事会杀死你。不过，我又有什么权利说这种话呢！"

她显然不愿再继续这个话题，于是点起一支烟。

"我们怎么去孔雀岛？"

他还来不及回答，她就突然转身面对他问："那个你在这里拍的片子——那是你自己的东西吗？"

他该怎样解释呢？“是为了赚钱才拍的”？听起来好像一个陈旧的借口，而且也不是实话。他喜欢自己拍的那些被他称为“公共作品”的东西，无论是他自己指导，还是替别人执镜。做项目是宝贵的学习机会。他自己的东西则完全不同。但他还不了解她，所以不想聊得太深。

他们驾车回到尼科斯凯（Nikolskoe）的出口。光秃秃的大树下依然有残雪，一小撮一小撮的灰白色残雪，点缀在遍地湿腐的树叶上。他们把车停在摆渡口。万幸，竟然还有船。船上除了一对老夫妻就只有他们两个乘客。他意识到别人可能也会以为他们是夫妻。她刚才说什么来着？我们要继续前行，就必须让往事耗尽。洛劳弗耶与托马斯，他们耗尽了吗？这个词听起来多么吓人——它难道不是用来描述一样东西的吗？他感到洛劳弗耶与托马斯正离他越来越远，虽然只要他们愿意，可以在任何时候回到他的身边。但是他们有理由再回来吗？

渡船的马达愈发激烈地震动起来。她将手放在他的腿上，放得那么轻描淡写，他难以判断她是否意识到那是他的腿。渡程只有几分钟，但也算一段完整的旅程，包含一次离开与一次到达——船行过的地方，波光粼粼，浪花轻柔，冬日的骄阳映照在河面上，所有岛屿，无论多小，都沐浴在神秘的光晕中。

甫一登岸，他们就听到一只孔雀高亢而尖细的叫声，立即停下脚步，静静等待着，想听它是否再叫一次。但第二声雀鸣明显来自很远的地方，是另一只发出的。

“它们的叫声好像永远失去了爱人。”

又一声哀嚎。接着又一声。

她突然毫无征兆地开始跑。他的摄影机太重；有一定概率追不上她。但显然，逃跑不是她的目的。

“我们一会儿见！”她喊道。

他目送她离开，注意到她跑得很快。不过两分钟，她就跑得没影了。好吧，看来他等于是一个人来的。照例又落了单。同船的老夫妇此时也看不见了。摆渡人说末班船四点离岸，这意味着还有两小时可以勾留。

草丛中起了一阵骚动，一只孔雀突然出现在离他几码远的前方。它纹丝不动。接着出现了第二只、第三只。他注意到它们皮革质感的脚踝与奇丑的爪子——与其余部分的华美形成对比。孔雀这种动物总让人觉得哪里不对劲：头面中透着阴毒，眼小如珠，扇形头冠有点蠢，翠色的身上被子一样披挂着黑白羽翎，雄性孔雀身后拖曳的长尾上缀满眼形花纹，不开屏时像扫帚，开屏就是炫耀。此时那些孔雀正在呆若木鸡地啄着地上的枯叶。

他大叫着一跃而起，三只孔雀仓皇而逃。他本想带她去看那座为路易丝王后（明信片上胸如白雪脸如莲的女人）建造的多立克柱式神庙——寒冷北方的一缕希腊气息，十九世纪君主怀古的标配（因为可以在里面放自己的塑像，自诩新雅典人）。但她不在身边。她像个孩子一样撒着欢地跑了。她用她小小的脚，能跑多远就跑多远地离开了他——一个甚至来不及告诉她自己真实工作的男人。**“真实”**——这很关键。是什么使他的工作**“真实”**？他的工作到底**“真实”**在哪里？如果她没有跑掉，他将如何回答这个问题？无疑，他会说自己的眼里有两个世界：一个是公众的世界，它包含人与人们共同——或更确切地说是“对彼此”——做的事；另一个则是本真的世界。这不是说另一个世界里没有人；另一个世界的人只是没有名字也没有声音罢了。这就是为什么他总是只拍他们的局部——只拍他们的手，或者像那天在地铁口那样，只拍他们的脚。总之是要拍成匿名的一群、整体的一堆。迄今没有一个制片人对他的第二个世界感兴趣，不过可能这样反而好，因为反正这是他的世界，是属于他一个人的。在没有找到正确的形式前，他最好继续对外界隐瞒这个世界的存在。阿尔诺曾称他对这个世界的记录为“明细”，他喜欢这个词。这让他觉得自己在记账，且有权决定这份永无休止的明细是否公开。至于第一个世界——那个众生的世界——是否会包含进这第二个世界里，他还不太清楚。他因为不挑工作，总是被支使到世界的各个地方去，无论是“大赦国际”（Amnesty）这样的非政府组织，还是政府部门的寄养项目（Foster Parents），抑或传统电视媒体的节目，只要有活给他，他几乎都不拒绝，反正总能顺手拍一些自己的东西。

“一级灾情专家——我这是夸你。”埃尔娜曾说，“女王陛下的伤亡情报员，你什么时候拍一部真正的电影呀？”

“我不想拍真正的电影。我真正想拍的东西又没有人看。”

“阿图尔，有时我觉得收集素材只是你的借口。用你的措辞说，你用你的‘第一个世界’养活了你的‘第二个世界’。你的第一个世界我们都很熟悉。那是每日新闻里的世界，是我们每天都要服用的苦难。但那第二个世界，那第二个世界嘛……”

“第二个世界是恒常事物的世界，是一直都在那里的事物的世界。人们通常认为它们只是背景，不值得拍摄。虽然它们的存在至关重要，我们对它们却不够重视。”

“因为到处都是？”

“你可以这么说。比如白噪声。它们是一切我们疏于重视的东西。”

“换言之，是世界上所有的东西。救命啊！”接着，“请别介意，我大概知道了你说这些话的用意，但你无法说服我。一方面，你目睹那么多暴行——你可能不知道自己出完任务回来的样子，你自己也说晚上会做噩梦……而且……那件事前你从来没去拍过那些东西。”

“你是说洛劳弗耶和托马斯死前。不是你教我提到他们时要说出姓名吗？你刚才说‘一方面’，那么另一方面呢？”

“另一方面……你只给我看过一点点你所谓的‘收藏’。”

“哦，那么你还记得自己看到的那一点吗？”

“该死，阿图尔，你这是存心刁难我。唔……有一条无人的步道，有脚在步道上行走，镜头缓慢宜人，步道上在下雨，几个树的镜头，第一个是春天，接着是冬天，然后……然后嘛……哦，在这边的运河里用各种垃圾筑巢的白骨顶（coot），用塑料和垃圾筑巢，这鸟得多傻，甚至还用避孕套，然后河开始结冰……”

“正像我说的——一如白噪声。全是我们视而不见的小东西。”

“这就是阿图尔·达内眼中世界的样子。但这个世界包含一切细小事物，而人不可能拍下一切细小的事物。”

“没错，是不能。”对话停在了这里，因为他不善言辞。埃尔娜暂时告一段落。而在那边，在那座愚蠢的白色城堡的城墙上，正坐着艾力克。她已经脱下外套，蜷起双腿，双臂紧紧箍住膝盖。

“对不起，我只是非得跑一跑。”

“我是不是太慢了？”

“慢倒不慢，可你的动静太大了。”

她跳下城墙，学他走路的样子，驼背含胸，靠下巴领路，头在脖子上好像放不稳似的晃悠着。俨然一个上了岁数的人。表演很难，因为她既要让自己显得高大，又要表现步履沉重、不堪忍受的样子。

“我走路真的是这样？像个老人？”

“你自己去想吧。话说，你刚才是去拍东西了吗？我都在这里坐半天了。”

“没有，我只是绕了远路。”

“那你带摄影机是为了什么？要我说，这里没什么好拍的。以及刚才我问你的问题，你也还没有回答我。”

原来曾经那番与埃尔娜的对话，是为这一刻所做的预演。

“你不穿外套会感冒的。我想带你去看一个东西，不过离这个‘迪士尼乐园’有点远。我以前还以为城堡是虚构的，没想到真有。”

两人看看塔楼，看看吊桥，看看粉刷过的立面。

“它造的时候就是按着废墟的样式造的——这肯定是德国特产。凡事都等不及自然发生，必须现在就呈现未来眼中过去的样子。希特勒要施佩尔造的就是这种东西。我要带你去看的可不是这种俗不可耐的城堡，而是那种千年以后真的会化为美丽废墟的宏伟结构。当然，那也是一种俗不可耐。人类为什么不肯让事物按各自本来的步调发展呢？一定是太急躁了。”

“但是……”

他用手指轻触嘴唇，左手仿佛受到启发，自然而然地放到了她肩上。但他感到了某种推拒甚至是抵触，于是立即拿开了，虽然这时他已经将她的身体向着湖水转过了一点点。他手上的力道轻得不能再轻。湖畔的芦苇荡里，浮着两只鸭子和一池阳光，远处，朝着光线的来处漂去的，是一只小船和两个轮廓清晰的人影，整个画面看起来像一张银版摄影作品。

“你看见了什么？”他一边问，一边让摄影机转动起来。

“没什么。非要说的话，我看见了浪漫主义。摇曳的芦苇，成双的鸭子，一只船，一个彼岸。还有我们的脚。

你满意了吗？”

“别动。”

他拍下他们的脚。四只河岸边草丛里的鞋。小牛皮靴。一个平常的画面。

“你想知道我真实的工作吗？”

他花了多久跟这位陌生人解释自己？并不久，因为她听的时候什么都没说，甚至当两人回到栈道等渡船时，她也还是一言不发。此时他们已经冻僵了。而且也落单了。他偷偷看了她一眼，她依然仿佛与外界隔绝。他坐在看得见疤痕的一侧。这是一个标记，他想。是阴暗世界狠狠的一爪，是一个字母，一个卢恩文，一个沉默的见证者，它知道她为什么固执，为什么不说话，也知道她为什么突然从他身边跑开。它是一个按键。当然，或许碳基的我们身上并没有所谓的按键。

他们进入渡口一家安静的咖啡馆里喝热红酒。酒精染红了她的双颊。

“今天就这样了对吗？”她突如其来地问。

“随你啊。我还有别的东西想给你看。”

“为什么？”她仿佛在审讯中做交叉质询。艾力克·奥兰涅不是一个好相处的人。

“你看了就会懂的。如果要去，就得马上动身，趁天还没黑。开车得花一点时间。你去过吕巴斯（Lübars）吗？”

“没有。”

之所以想带她去吕巴斯，是因为她与阿尔诺之间的一段对话。虽然没有听清对话的全部，但他听见阿尔诺说文献学是一门荒诞的学问，而她似乎驳斥说这是典型的男性视角。他不确定她说了什么，也不准备问明白。他只想带她去看一样在柏林俯拾皆是的东西，这种东西或许可以称为“荒诞”；就算不是“荒诞”，至少也与“历史”不无关系。可惜他不是维克托，如果是维克托，一定能把他带她去看的这样东西的前后逻辑说清楚。虽然维克托说话时你永远不知道他是真心实意，还是在嘲讽你。但朋友——无论维克托、阿尔诺还是芝诺比娅——不就应该是那些可以自由嘲讽你的人吗？她可能会觉得他们没什么意思。不过，谁知道呢，今天她与阿尔诺就聊得很好，至少阿尔诺肯定是这样认为的。细细想来，两人其实聊了很久，就像两匹快马，并驾齐驱，越跑越远，完全把他撂在了后面。能说会道的人速度就是快。

“那是什么地方？”

“在柏林城北。其实是个农村。柏林墙还在的时候，它是西柏林唯一的农村，它让整个西柏林城被乡野所包围。”

两人沿着阿瓦斯路，在柏林广播电视塔（Berliner Funkturm）立交桥处转上联邦高速，向北朝汉堡方向、又向东朝魏德曼斯洛斯特大街方向开，突然甩开城市，置身乡村：农舍，马背上的女孩，小石子，乡间咖啡屋，小教堂边的一小撮坟头。城市生活在背后逐渐消失。他常常到吕巴斯来释放柏林的压抑。“以前这里有一个**啤酒园**[1]，”他一边指出方向一边说，“可以坐在那边那棵青柠树下眺望草场。而那边，草场的尽头，就是以前的墙。”照例他感到一种难以言说的触动。哪一个国家会那样对待自己的人民？那样撕开一条伤口——简直是对土地本身的亵渎。然而土地一无所知，就像飞鸟任意来去，无须向谁请示。

他们走出村庄，沿着土路向前，横过一片经历了一周暴雪已变成泥潭的田野。她并无介意之态，只是在他身边一言不发地走着。他们走到一条潺缓蜿蜒的小溪前，腐叶漂在幽深的水上。那东西还在。

“你看到那根木桩了吗？”

水流中躺着一根普普通通的木桩。一件毫不起眼的物品。

“嗯。怎么了？”

1 此处是德语 Biergarten。

“以前，它上面还钉着一块标志，提醒你西德到此结束。就竖在这条溪里。”

“那么墙在哪里？”

“远远不到这里。不过这里是实质上的边界。”

或许是他大惊小怪，但两个世界的分野竟在这样一条无人问津的小溪中，这件事的荒诞程度令他目瞪口呆。在这彻头彻尾的荒诞中，还有一种铁一般的逻辑，木桩就是那逻辑的化身。而且这个化身的面目极为狰狞，因为许多越界的人都被枪打死了。他尽可能地将这一切说给她听。

“你为什么不把它理解为某种喜剧？”她说。他疑惑地皱起眉头。

“怎么是喜剧？”

“一段由某人偶尔促成的故事。在这个故事里，一个国家因为输了一场战争，就挑起了另一场战争，结果第二场它也打输了。卓别林的电影你看过吧，他在电影里总是要什么没什么，总是事与愿违，于是有了喜剧。”

“我还是不懂。你不考虑一下整件事对人的伤害吗？难道那也是好笑的？”

她停下脚步，目光灼灼地迎向他的眼睛。他下意识地后退。

“如果我说这是悲剧，你会感觉好一点，那我随时可以改口。不用说，这当然是悲剧。但荒诞本身是喜剧还是悲剧？两百年后当人们忘了当时的痛，所能记得的就只有当时的疯狂——疯狂的主张、对疯狂主张的疯狂反驳、对疯狂反驳的疯狂辩解。”

两人离开小溪，在一块犁过的田边继续走。天就快黑了。

“这里以前就是你那堵喜剧墙所在的地方。一开始用锁链拉起来。后来用 Todesstreifen……”

“用什么？”

“Todesstreifen，死亡地带。那边现在是树丛的地方，以前有一个瞭望塔。我们现在所站的地方，以前是一条沥青路。那时候，人们常在周日出来，在这条沥青路上散步。只要一停下来，瞭望塔里就有人举起双筒望远镜看。你一停，他的望远镜就举到眼前看，像有根绳子在牵着。不管怎么说，仅就这一点来说，确实有点好笑。”

“我说的喜剧可不是这个意思。”

“不是就不是吧。总之，从我们这里，透过围栏，可以看到对面二百码外的墙。围栏与围栏之间有一条沙土带，沙土带上每隔一段距离设有一座瞭望塔，一条巡逻通道将它们连接起来。那条沙土带，就是 Todesstreifen：所有跨越它的人，都要被枪打死。”

不，他不会再提“喜剧”了。他眺望废弃的土地，想象每一个骑行的女孩经过时都会有一只双筒望远镜举到眼前。当时，瞭望塔里的人想必也闲得发慌吧？他们现在在哪里呢？每次他在东柏林步行或乘地铁时，都忍不住这样想。现在，这一切都看不见了。如果是她自己来到此处，她什么也不会注意到的。除了一段短暂插播的幽默剧，什么都没有发生。历史来过又走了，没有留下任何痕迹。只有一点记忆留在了像他这样的人心里。曾经发生的事真的发生过，但现在它不仅在当下显得不再真实，甚至好像在过去都不曾真实过。有一天，不会有人再记得究竟发生过什么。她说过什么来着？如果保存所有的记忆，世界会被压垮？学历史的会这样想，真是了不起。他记得自己去法国北部拍片时，多次经过索姆河附近，多次经过那些与周遭格格不入的灰坑。这么多年过去了，那另一场战争还有迹可循。他感到她的两个立场互不相容——一方面，文献不容开玩笑，另一方面，单独的事件却可以当作幽默来审视。

她在他前面走着。天快黑了，也更冷了。他想起她的论文选题，不知她做得怎么样了？如果就连他自身都在时间里难以挽回地消失——以至于自己都觉得自己过往的经历仿佛纯粹的虚构——那么几百年前的那个时代，历经十次、二十次入土与出土，应该早已在历史的地平线上消失得无影无踪了，那样的时代要如何去把握？你所读到的文献有多少是真实的？如果没有偶遇她，他永远不会知道乌拉卡与她的战争。即使知道，其中的爱恨情仇也早已消殒，今人听到这段历史再不会有任何触动。当然也许除了她之外。为一个微不足道的历史人物付出几年心血，这大概也算一种喜剧？因为，有什么必要呢？

“因为它发生过。”

“那这里发生过的事也发生过。”

她看着他，好像成年人看着一个不受教的孩子。

“但是我们无须对它一探究竟，因为我们都知道发生了什么。这样的事此刻还有很多。必须先等它们耗尽、成灰。而且我刚才说的喜剧，所指的也不是你认为的事件本身，而是似乎所有事件都白白发生了的那种虚妄性。抱歉我没有表达清楚。”

耗尽。又是这个词。换言之，事件只有在亲身经历过的人全都死光、无法再妨碍史家对它进行任意虚构之后，方始成为历史。这么一来人们不就永远也不能知道任何事实了吗？

“世界上根本就没有‘事实’这种东西。现在没有，以前也没有过。每一个目击者心里都有他或她自己的事实。历史就是否认历史。就好像网上否认毒气室，说它从来就没有存在过。”

“那是法西斯主义者的言论。”

“也是疯子的言论。但这些疯子和法西斯主义者里也有历史学家。民科也是科，也会记录在案。”

“那你到中世纪干什么去？”

“我去找东西。我像饥饿的蚂蚁，在人类的虚构里寻找可食部分。你别再问我为什么去了。我就喜欢翻开石头看看下面有什么爬虫。喜欢搜集拼图把它们拼到一起。但如果我现在就着手对眼下这片土地进行深究，那就得起底一整个国家。可这个国家还活得好好的。再说，这个国家太大了，凭我一个人可翻不过来。”

她重又将目光投向旷野。雾霭，暮色。至多再过几分钟它就会消失了。她转身走开。

“我们走吧。我想喝一杯。”

她在咖啡馆里点了一杯多亨卡特（Doornkaat），一饮而尽后又点了第二杯。

“你不吃点东西吗？”

“不，我得走了。”

他还没反应过来，她就已经从桌前溜走，向门口走去。

“你不需要我开车载你吗？”

“不需要。我刚刚发现这里有22路公交车。”

她是什么时候发现的？他觉得自己像个傻瓜。该死的女人！你怎么能就这样跑了？他看见咖啡馆外，公交车的头灯正绕广场扫过一周。这么说她连时间都计算好了。真是滴水不漏！她匆匆折回，踮脚草草地吻了吻他的嘴唇，手摸到他的颈侧，在那里轻轻按了一下，这额外的一点压力好像爱抚，又好像悄悄话，给这次本来显得过于例行公事的道别附加了一个誓约，没有哪句话比这样的表达更令誓约显得板上钉钉。一直等到旋转门将她搅碎成一个身影，留下门扉扑棱棱闪着金光，那身影冲向栗树下的公交站牌并迅速占到一个座位，她苍白的脸纹丝不动、目不斜视，她笔直的身躯端坐在昏黄的车灯中——决不回头，一直到这个时候，他才反应过来，自己连她的地址和电话号码都还不知道。她也不知道他的。甚至没有问过他。但是对这样一个第一次来吕巴斯就在寒夜的昏黑中找到了返程公交车的人，似乎什么事都可能发生。他推开他的红酒，点了一杯双份多亨卡特。“他想至少这样，他可以知道她双唇的滋味。”

我们又来打扰了。但我们保证，我们打扰的时间会越来越短。是的，我们当然一直跟着她：颠簸的公交车，沿途没完没了的车站，虽然没有人上下车，但车每次到站还是会停一停，因为这是它的规矩，不管有没有乘客。这是秩序森严的国家，人们依据义务而非情绪把握时间。那样说再见似乎太不地道，她在车里想。那样离开仿佛目睹船将灭顶却不顾而去。她穿过一个宽阔平坦的广场：雄鹰广场。那个人，那个知道的太多却不太会说话的人，本该对这个广场也来一番注解。因为他曾拍过这个地方。1990年，东柏林一片无人的空地。心地善良的男女，天真无邪的孩子，甚至东德警察，从四面八方走来，在这里种树。这是一次手法极其业余的尝试，树苗东一棵西一棵，插得千头万绪，人们所抱的愿景却是美好的：希望这里终有一天会出现一片绿地，乃至一片森林。新的森林，在饱受蹂躏的旧地横空出世。住在广场附近的人却没有加入这次狂欢，只在各自居住的斑驳无漆的大楼里，隔着窗户静静地看着。虽然这很扫兴，而且毫无根据，但他们很确定地知道：楼下盛大的美好愿景不会成为将来的现实。她橐橐的鞋跟，领着她走过一排又一排被遗弃的树，那好像一排又一排站得乱七八糟的、着破衣烂衫的孤儿，流露着希望破产的悲哀。但是他不在这里，也就无法对她做出这番解释，于是这景象所包含的历史对她来说也就只能是无形、无影、无踪的。而我们知道，因为我们什么都不会忘记。我们以纯然客观的方式，巨细靡遗地照见世上所有的事——你们有幸不必如此，而我们没有选择，只能在你们称为“历史”、而我们称为“我执、命运、机会、计算、秩序、现象与悼念的迷宫”里徘徊。你们与你们所处的时代牢牢绑在一起，受它的局限，所听到的只能是回响，所见到的只能是镜像。你们不必肩负所有事件加总起来的沉重。但是所有事件都切实发生过，对我们来说，没有一个动作，没有一件无名的蝇头小事，可以不留痕迹。我们之所以搭起了你们所处世界的架构，正是因为我们知道这一切。你们，你们这些无论如何都不可能摆脱自身所处时代与地域的人类，你们对世界的表述，依据你们的年龄与你们的语言而不同。你们所写的每一本书，都是对我们的书的赤裸裸的歪曲。无论你们称它为艺术、学术、幽默还是讽喻，你们所见的，都只是我们所见的九牛一毛的镜像。你们之所以伟大，是因为你们在此基础上竟还不懈地坚持。你们是真正的英雄。而我们的世界连一盎司英雄主义都没有。

她已经睡着了。我们还醒着，我们总是醒着。她的书都摊在她身边。没错，我们熟悉上面所有的内容。加利西亚王加西亚，格拉纳达王“穆罕默德一世”，普瓦捷的贞德，梅厄之子以撒，维德圣母堂堂主艾斯特班。这个活人和那些死人在一起要干吗？她说她在寻找，我们帮不了她。我们也帮不了这些书与其他所有书里的人，他们都在如坐针毡地窃窃私语，为各自眼中的事实忧心忡忡。旧楼梯上有人的响动，她睡着的大楼里有朽木在吱呀，中世纪的西语在柏林的冬夜呢喃，它们想被听见，想说出自己的故事，想破除封印，想做不可能做到的事。风从窗缝里钻进来，掀起了破窗帘。真该有人来替她盖一床被子。

第二天早上，他已经不记得自己是怎么回来的。这种事已经好几年没有发生过。他一喝多就会做噩梦，所以学会了克制。他与失序之间显然只隔着一层薄膜，昨夜，往事渗透过来，将那些他不愿再见到的画面带回到眼前。腐烂至不同程度的熟悉的脸，火海中粉碎为灰烬的飞机，轻描淡写的报丧者，胆怯的靠近，迅速的远离，直到他自己的叫声将他惊醒，他伸手开灯，却只见牢房般光秃秃的四壁，充满着敌意。而窗外，一棵怪物般巨大的栗树，正要把枝条伸进屋来。他是因为被一个女人儿戏一般丢下而喝醉的吗？不全是。她的逃跑不像是针对他，而更像是要逃离自己。不，他不是因为被丢下而喝醉的，他是因为别的事。他知道那是什么事；通常也能很好地预防这件事。他是因为脑力超了负荷才搞成这样的。每次他只要做了太多的思考、观看与总结，脑力就会超负荷。他已经学懂了如何识别初期症状：认不出一个熟人，听不出电话里是谁，听过一千遍的音乐突然带来新的体验。周围一切色彩、声音、面容突然变得过于鲜明。熟悉的事突然变得陌生……这时最好的办法是睡觉，如果睡不着，就看天花板。他会默默地躺在地上，一动不动，好像病了的狗躲在角落里。寂静吵嚷着，从四面包围，威胁要将他吞噬。他唯一能做的就是忍受图像扑面而来，假装不在场，期待它们将他放过。

他记得昨夜回到家的情形，电话像一只甲虫，突兀地瞪着他。不，不要打电话，也不要听留言。连埃尔娜也不打？连埃尔娜也不打。他怕自己认不出她的声音，也怕她说错了什么话。那么，听听国际电台的旅游频道如何？然而突然间，那只探出一根触须的塑料黑匣子显得面目狰狞起来，活像一个靠吃灾难过活的怪物——“泰米尔猛虎组织”（Tamil Tigers）误入地雷阵，十四人身亡，热门金曲，供通宵开车的德国卡车司机消遣提神；公路，雾霭，新闻播报，猛虎，一切都在房间里拥挤着，他心想，不知这些声音在世界的其他地方听起来会怎样，猛虎踩雷的消息在世界各地寻找黑匣子的触须，就像恶灵为了进入人的世界必须要寻找一个灵媒；地球上的某个地方，太阳已经升起，某个经常能见到猛虎的回廊里，飘着早餐的气息，培根与煎蛋发出香味，蓝花楹上有啁啾的鸟鸣，一阵噼里啪啦的声音在去金边的卡车里响起，吵醒了苏拉威西岛上麻风病院里的阿伯拉尔神父，回荡在太平洋上某四季恒温的卧室之中：猛虎组织，股权证明，印度卢比，一小时前美国得克萨斯州一监狱医院中，一名男子以接受治病针剂的方式被注射毒剂而死，罪犯与受害人双方家属共同透过玻璃窗观看了行刑过程。可他不是好几个小时前就已经关掉了收音机吗？这些消息是怎样被他听到的？这些绵绵不绝的外界的声音是怎样传进来的？

维克托说什么来着？“我们是历史中最伟大的英雄。每个人死后都应该受封。没有任何一代人需要像我们这样，知道这么多事、听到这么多事、受这没有解脱的苦难，每一个今天都要拖拽着昨天的可怕的重担。”

“除非我们避而不看。大家都这么做，不是吗？”

“或者视而不见。我们已经炉火纯青。虽然看见，却可以假装没有看见。但世界并不因此就知难而退。它依然汹涌而来，进入我们心中的密档，流入我们电脑的窖藏。你觉得自己拍的影像都去了哪里？你该不会是为了让它们在空气里消失而付出劳动把它们拍出来的吧？而且拍的时候还要兼顾美感，因为你有专业操守嘛。这就是所谓的暴力美学。不过，没有必要聊这个，因为能说的前人都说过了。还不如去听村民的口述：‘很久很久以前，在一个很远很远的地方……’，还更可忍受一些。我每天听那么多人正在受苦的新闻究竟是为什么？它们甚至不押韵，假设写成六步格律体、用红色摩洛哥山羊鞣装订、加插精美鲁本斯彩版油画、请约翰·吉尔古德爵士（Sir John Gielgud）穿天鹅绒吸烟装来朗读也就算了。至于你，如果依着我的意思，就只许你拍池塘里的小鸭戏水，且画面中绝对不能出现老鼠，也不能出现金发、碧眼、背书包、第一天上学的小孩，或者穿崭新袜履的青年情侣。怎么样，摄影男？”

摄影男不知如何作答；只是想了想那些崭新的袜履会是什么样。可能是一双结实的荷兰产布洛克雕花皮鞋，在一个阳光普照、鸭子成群的池塘边。而现在，他躺在房间地板上，努力想要回忆起当时想象中的那双皮鞋——锃光的棕色布洛克雕花皮鞋，无声地沿着人行道走下去、走下去、一直走下去……任由他数着它们慢慢的、慢慢的脚步，一直到看不见为止，或许这样，他就能与睡眠相遇。睡眠会用洁净的面纱，将他的幻觉遮起来，在这冬夜里制造一场一直延续到翌日的黑暗，他会在新的一天里，与城市轻柔的躁动一起醒来。

四点，五点，近郊的快铁转动它的引擎；市内的地铁首班车内，装满还裹在夜梦中的乘客，轰隆隆地碾过铁轨；公交车在各自的线路上出发了。他像死了一样躺着，听着这一切：这个他属于着的世界，它轻柔的躁动和颤抖。

第二次醒来时，光线变成了灰蒙蒙的粉尘。今天的白天又会是柏林冬天特有的样子，仿佛只是在两个夜晚之间加插了一段暮色。“现在不是犹豫的时候”（维克托语），起床，刮须，淋浴，不要打开收音机，今天不要听新闻，去动物园站喝杯咖啡，站在没有座位的齐胸的圆桌边，一边喝，一边正好能观察无家可归的人、卖香烟的越南人、牵狗的巡逻员、木屑与呕吐物、扫街的罗马尼亚人、吸毒的人、乞讨的人、在香肠穿透一切的气味里趿着鞋跟满街喊“《图画报》”的卖报人。匆忙而激昂的新的一天，一切显得那么真实，都市的人们各自走上岗位，而这位他们忠实的仆人、肖像画家、簿记员，正在布尔加科夫的猫[1]身边喝咖啡。猫身高六英尺，用毛茸茸的手臂从身后拥住他，锋利的指甲勒进他的肉，勒出凹痕。他打电话回去听自己的电话答录机。埃尔娜的声音响起来。

---

1 布尔加科夫的《大师与玛格丽特》里撒旦身边的黑猫。

“所以她叫什么名字？一个人五天不给自己最好的朋友打电话，肯定是有女人了。”挂断的声音。

芝诺比娅：“刚收了两张照片，你肯定想来端详一下。”

她竟然用了 spähen 一词。端详。照片大概非常好，好到需要多看几眼。

一想到照片，他的心突然平静下来。现在，往回走吧。清冷的早晨，他又充满活力地快步往家走去。不对，首先要绕道作家书店去给芝诺比娅买本书。再回家做一顿饭。最后是去端详照片。

阿尔诺：“我的车呢！？我今天要用车的啊！”

我的天，车呢？车，车。白色阿尔法·罗密欧。哲学家的车。但是它在哪里？他突然想起来了。他把车停在了残障人士专用的停车位上。“你这样在这里是要判死刑的，”（维克托语）。“腿部残障的人会拄着拐杖追你，死也要追到你。手部残障的人就算戴个钩子也能在十秒钟内拨通报警电话。”

芝诺比娅的书以后再说吧。快去拿车。

荷兰国立广电制作基金（NPS）：“我们需要一个摄影师去俄罗斯——拍黑手党和腐败之类的话题。别忘了穿防弹衣。而且，既然离得不远，你不妨顺道去一次阿布哈兹

(Abkhazia)。”

他留着这些声音继续在口袋里播放，人已经钻进了地铁车厢，四分钟后，他在德意志歌剧院下车，气喘吁吁地来到歌德大街，拔出雨刮器上紧紧夹着的罚单，不去管那个白发残障人士的怒吼（“**无耻，混蛋。**”[1]），赶在拖车拐过街角前，逃离了现场。

在阿尔诺的公寓门外，他突然发现自己一头扎进了中世纪。天籁般美好的女声，伴随着一件乐器几乎没有起伏的独奏，一个持续、稳定的鼻音，在这片女声之上沉浮。他停下脚步倾听。前门洞开着，他穿过宽敞的客厅来到阿尔诺的书房，在他跨过门槛时，乐声扑面而来。他看见这位比自己年长的朋友正俯身往一本书上抄着什么，鼻尖几乎埋进书里，好像一个抄经房里的修士。桌上堆满书，架上塞满书，地上也全是一摞一摞的书——真不知一个人在这里如何转得开身。

“哦，那是希尔德加德·冯·宾根。我现在觉得自己是一个修道院院长。难道不美吗？我在这边埋头工作，一墙之隔的礼拜堂里，一群知性、虔敬的女性唱着“Studium

1 此处为德语“unverschämt, Arschloch.”。

divinitatis[1]"——圣乌苏拉（Saint Ursula）瞻礼节一大清早的第一首歌，唱的时候，玫瑰上的露水还没有退去，河上的雾才刚开始散。都是你那个女朋友不好。"

"跟她有什么关系？"

"她昨天不是在说毕业论文吗？你们走后，我就找了几张那个年代的音乐出来听。"

"你还想得起她来？"

"有问题吗？她给我留下了一点印象。还小小地打动了我一下呢。首先是因为脸——真是一张锐气的脸，充满了怀疑。不过更多还是因为……你看，我认识的年轻人不多。就连你也不怎么年轻了，而你已经是我认识的最年轻的人。当然，我在街上，在地铁里，还有在那个盒子[2]里，还是能看见不少年轻人，成天在搞游行，但是我想，这帮人跟我好像没有什么关系，他们的世界跟我的这个世界……"他挥舞双臂，好像不仅要抱住书房里所有的几千本书，还要抱住扩音器里的那群女歌手，"已经毫无瓜葛

1 这是在圣乌苏拉瞻礼节（每年10月21日）礼拜中唱的第一首对经。对经（antiphon），天主教礼拜时，在圣赞诗前后由教徒合唱的与圣赞诗呼应的短歌，歌词常从圣赞诗中节选，起到与圣赞诗呼应的作用。这七首对经的曲调正由宾根所作。这第一首的标题大致可译为《学神》。

2 指电视。

了。偶尔我也会跟一些学生或者朋友的孩子打交道，每次我都为他们的无知而感到惊讶。他们的知识体系简直千疮百孔。他们生活在一个没有结构、没有形状的无骨的‘当下’。对他们来说‘当下’以前的世界从来没有存在过。他们倒不是懒惰；而是对什么都没有兴趣。所以碰到像她这样的年轻人，我是很欣慰、很欢迎的。接着我又想，蒂克，你这个老学究，看来你错了，年轻人不都是你讨厌的样子。”

“这么说世界还有希望咯？”

“你想笑就笑吧。你看这个……”他在成堆的书里找了半天，找出一本牛皮笔记本，本子当中夹着一只除下笔帽的钢笔，说明这本子他一直还在用。日常做了什么事、读了什么书、去了哪里玩或者只是冒出了什么想法，阿尔诺都会写成文字，保持每两年出一本文集的规律。

“你昨天有些心不在焉。好像急着要走。”

“光线不等人。”

“啊，当然，当然。那你没有认真听我们说话吧。”

“嗯，没认真听。”

“其实我们在聊她的论文。她对黑格尔成见颇深啊。教她的老教授显然是个无聊透顶的家伙，以至于她现在认为黑格尔哲学毫无价值，不过是一堆假哲学、真迷信的扯淡。”

“这个话题我聊不动，阿尔诺，别忘了，我是搞摄影的。”

“我知道，我知道，但是，这个话题其实没有那么艰深。我真希望让她明白，黑格尔远远不是她所想的那样……当然，不能对她说一通抽象的理论，那样就太枯燥了。我要把黑格尔在耶拿（Jena）的书房里、远远听到拿破仑炮声的事告诉她，对黑格尔来说，那一刻多么令人激动。在那一刻，他恐怕相信历史已经走近尾声，或者更彻底，已经完全终结。想象一下，历史即将终结，至少他是这样想的……在那一瞬间，他被递到自由的手中。这就足以证明他的学说是对的，拿破仑的战役开启了全新的世纪，再没有主与奴——再没有从古至今历来如此的不公平……”

“阿尔诺，我只是来还车的。”

“我知道，我知道，她肯定也不想听这些。总之，我不是想说历史真的就像黑格尔所说的那样，真的就结束了。但可以把它当成一种隐喻。想象一下，德国偏远一角接触到《拿破仑法典》（*Napoleonic Code*）的那一刻……当大家知道，每一个公民都是逻辑自足的，都是自由的，那多么令人激动！想象一下，这对过去的人意味着什么！”

“亲爱的朋友，你不如找个箱子再站得高一点吧？”

“对不起。”阿尔诺说着，收起演说的神气，坐了下来。

“你不会真的觉得历史在那时就终结了吧？”

“当然不会。但确实有终结的气氛。世界来到了一个转折点……某种东西不可挽回地结束了，而黑格尔，他意识到了这一点。在那之后，再没有什么能固守不变，谁也没有想到他的学说能造成如此长期的后果。细节我就不深入了。主要是，你还会带她来吗？”

“我连她的地址都没有。”

“唉，我有些东西想给她。与历史哲学方法论有关。具体来说是一些普鲁塔克抨击希罗多德的文章，前者指责后者对历史说了谎。这是所有争议的开始：你的信息从哪里来？有多少是杜撰？她与我稍微聊到一点这个话题。我想她应该正在钻研这方面的书。我还想给她一些琉善的东西，那篇写他‘不愿在复调的年代做唯一没有声部的人’的文章，写得真精彩……当然，我也不知道她会不会感兴趣，毕竟她说过，所有历史都是已经死掉的白人男性写的。这句话或许没错，但对此我无话可说。毕竟我确实也没有见过可与蒙森、米什莱、麦考莱[1]比肩的女史家，对吧？但

---

1 麦考莱，即托马斯·巴宾顿·麦考莱（Thomas Babington Macaulay，1800—1859），英国辉格党历史学家、政治家，被誉为辉格史学鼻祖。

如果你这样说出来，那就更说明了性别偏好问题，因为这就正好说明，男性确实篡夺了整个历史疆域的话语权，然后将历史捏造成了自己想要的样子……”他无奈地耸耸肩，“白种死男人垄断历史的指责，我一直都不知道怎么反驳。”

“那她觉得我们应该怎么做呢？”

“你难道没有跟她聊过这个话题？”

“阿尔诺，我跟她才刚认识。或者说，实际上还不认识。”

“天哪，天哪。你们荷兰人好奇怪啊。你在什么地方认识她的？她走进来的时候，我以为你……我以为你们俩是……”

“但我们不是。”

“唉，可惜……”他突然把手指放在嘴唇上，“嘘……你听到没有？那个音？等等，还会再来……”

阿图尔知道这必定是唱片里的什么。他疑惑地看着朋友。自己听到的依旧是那几个女高音，动听是动听，但似乎不值得大惊小怪。

“又来了！希尔德加德·冯·宾根真是个厉害的作曲家。不仅如此，她还是个哲学家，还是个诗人！‘*Aer enim*

volat[1]……空气稍纵即逝……' 你听，D 调与 E 调之间的切换……第四首是 E 调，现在是第七首，又是 E 调。这些歌体现的是女性原则[2]……第六首和第八首也在呼应。那个时代就是这样，男性要尊严，女性要虔诚，要服从男性权威。[3]毕竟那是中世纪早期。今天再这么说，就是政治不正确。但是你听，她用的调式反差多动人。可惜现代人的耳朵已经听不出这微妙的好处。"

"反正听不出。但你刚才说'可惜'是什么意思？"

"噢，没什么，只是觉得她很特别罢了。正是那种你可能会……唔，总之跟她聊过以后我感觉我反正不是她最喜欢的那一类型。你知道她说我什么吗？她说我是建构主义！然后她还给我解释呢，说'建构主义'就是自己建构一套学说来支持自己观点的主义。说这是一种典型

---

1 这也是一首圣乌苏拉瞻礼节要唱的对经，标题大意为《空气稍纵即逝》。

2 女性原则（feminine principle）是匈牙利精神分析学家费伦齐·山多尔（Ferenczi Sándor）提出的概念，是女性心灵评估外部现实并采取相应行动的原则，费伦齐认为它由"死本能"（即摧毁秩序、回归"前生命"状态的本能）驱动。

3 上述所说这些"对经"，其歌词主要是在规训女性要谨遵上帝的教诲，爱自己的男人、服从自己的男人、照顾自己的男人，就像夏娃一样。比如《空气稍纵即逝》，它使用一种隐喻手法，将女性比作空气，称只有被坚实地围绕（或曰禁锢）、保护，才得永存与生机。

的男性消遣。说她现在偏安一隅挺好的，并不准备从她自己选择的那个小小的选题里出来——就是那个，中世纪女王……”

“所以你才找出这张音乐来听？”

阿尔诺面露赧色，好像被人发现自己做了不该做的事。一瞬间，屋里除了几个女声外再无别的声响。

“嗯。我是想感受一下必须选一个选题——一个时代、一个地点、一个人物——是什么感觉。当然啦，那个时期存世的东西不多了。也就只剩下建筑、教堂和文献。但这个音乐，正是那个时期的音乐。它在一定程度上反映了当时人们的生活状态……”

“但那个时候听起来是这样吗？这难道不是现代人对过去的重构吗？我是说，我们听到的难道不是我们自己对中古世纪的诠释吗？”

“噢，我不知道。我倾向于认为它与原版相去不远。看，就像这张明信片上的画一样。”

他递给阿图尔一张明信片，上面写了几句给艾力克的话。

“你把这个带给她吧。”

“这是什么画？”

“莱昂一所大教堂的湿壁画，只有穹顶部分。圣依西多禄大教堂——他是早期西班牙国王的宗座圣殿。她的乌拉卡大有可能也葬在这里。不管怎么说，大教堂建于十二世纪这一点是肯定的。地点也对。”

阿图尔再次意识到自己有多么喜欢阿尔诺。荷兰必定也有他这样的人，只是他没有遇见过。知识渊博的人多如牛毛，但像他这样说话深入浅出、不倨傲、让你觉得丝毫没有听不明白的地方的人，则很稀缺。其后你再回想，或许会发觉自己很多地方其实也没怎么听明白，但其中的一两个小点会永远留在心里。一年年过去，他不知不觉从阿尔诺那里学到了很多东西。“你什么时候读了这么多书？”他记得自己有一次这样问他。

“你去旅行的时候。但你得明白，旅行也是一种阅读。世界是一本书。”

他知道阿尔诺只是在安慰他。阿图尔看着手中的明信片：一个牧羊人，拿着手杖和某种略方的管乐器，刘海在他的额头上一刀切似的横着，中长袍下摆垂到膝盖，长统靴裹住小腿。完全符合现代人对中世纪牧羊人的想象。看来这想象没有错。在葡萄酒奶酪吧周围扮“游吟诗人”的人也穿成这样。

“是不是很有趣，”阿尔诺说，“你看他们的身体，这些人对人体解剖一无所知。这你以前是不是提过？电子脉冲、脑干、生物酶、血细胞、神经元——这些东西他们完全不懂。生命体验难以想象。唯一能见到人体内部的机会，只有在战场上断手断脚时。等到十六世纪中叶维萨留斯[1]出现后才终于有了人体解剖图，看见了细节。他们的脑结构虽然与我们相同，所想的却完全不同。你准备去见她吗？”

“我得先找到她。”他告诉阿尔诺昨晚的告别惨剧。

“噢，天哪，”阿尔诺听了很震惊，“有时候我觉得自己坐在一个气球上，从上空看着我的同代人。或者说听着我的同代人。泰半时间根本不明白他们在说什么。”

“他们听你说话可能也是这个感觉。”

“棒极了，生活本来只是荒唐，现在更是搞笑了，”他叹道，“你下一步准备怎么做？去找她吗？唔……从哪里找起呢？啊呀，事情开始有点浪漫了啊。”

所以我要对这个主意投反对票，阿图尔想。他试着去恨她，但这很不容易。她脸上的神色，仿佛随时准备从什么东西上咬下一块来。

“我到现在也还是没搞清那个女王是谁，”阿图尔说，

---

1 维萨留斯，即安德烈亚斯·维萨留斯（Andreas Vesalius，1514—1564），比利时医生、解剖学家，近代人体解剖学的创始人，著有《人体构造》（*De humani corporis fabrica*）。

“你呢？如果没猜错的话，你肯定已经做过功课了。”

“你没做功课吗？”

“我没找到多少信息。”

“本来就没有多少信息可找，”阿尔诺说，“只有一些基本事实与日期。比如，她八岁时下嫁勃艮第家族的一名男丁。我记不得他叫什么了，但是，虽然那个年代信息不流通，他们彼此之间却都认识。她还是少女时就生了个儿子，但丈夫死得早，于是她继承了一整个王国。她又再结婚，对方是阿拉贡国王。不仅对她家暴，而且好像在床上不太行。史料当然没有说得这么详细，但大概能猜到，因为这次婚姻没能带来子嗣。这些都是那个时代的文献里可以找到的蛛丝马迹。”

“你对这个话题好像已经很了解了。”

阿尔诺露出一丝羞愧。“呃，昨天你们走后，我只是稍微研究了一下，反正本来就要去趟图书馆，我就随便翻了翻西班牙的早期历史，也没有细看。初步看来，那时的西班牙还未成形。边境时有战乱——想全部搞清楚是要发疯的。当时正是穆斯林教徒与基督教徒势不两立的时候，遍地是数不清的大小王国，每个王都在杀人夺权，合纵连横，最让人头疼的还是他们的名字——都叫阿方索。她的父亲、她第二任丈夫、她的哥哥，全都是国王，全都叫阿方索：阿方索一世，阿方索六世，阿方索七世。不过……”

“不过？”

“不过，我们如何分析历史，终归是看我们如何看待历史，终归是看我们如何裁剪我们所知的信息，是着眼大事，还是小事。这是个古老的问题了，无论是品鉴巴赫的合唱曲，还是厨子的红酒酱，最后涉及的都是这个问题。”

“品鉴什么？”

“巴赫的合唱曲。十六个人在高音部，十六个人在低音部，有一个人病了，你是否能听得出来？乐章是写给十六个人的，走了一个，你却未必听得出来。指挥可能注意到了，你却注意不到。但如果缺了两个人呢？如果缺了三个人呢？从哪一点开始你会发觉缺人了呢？红酒酱我就不细说了——你大体上已经明白要旨。让我们假设你的那位朋友女士是个好学生。假设她的研究进展十分顺利。即便如此，她与她的同道们所做的，无非是填补一段虽然存在、但又可以说不存在的历史空白罢了。”

“虽然存在、但又可以说不存在？救命！”

“你别忙，你先听下去。这不难理解。当下的世界之所以是当下的世界，有赖于一系列事件的发生。每一件事对塑造当下的这个世界来说都是不可或缺的，但虽然它们都切实地发生过，我们其实并不知道它们具体是些什么事。”

“正因为不知道，才更不能忽视它们。”

“我可能没表达清楚。这么说吧：这个世界，这个我们已知的世界，它是过去所有发生过的事件的加总产物，就算我们不总是知道具体发生过的一切，也常常意识到自己曾经认为是这样发生的事，其实是那样发生的。史家所做的，或者说他们理应做的，是发掘未知的事件、修正事件被误读的部分。他们是一群相当古怪的人，会把生命分配给他们的有限时间，投入到一个人物或一个题目上。对我来说那是不可想象的。他们的工作能改变历史进程吗？我想多半不行。然而即便如此，历史上曾有一个时期，西班牙的偏远一角，决定了整个欧洲的历史。如果不是那儿个疯狂的国王誓死抵抗伊斯兰世界，你和我可能都在姓穆罕默德了。”

“这也没什么问题吧。”

“完全没问题。”

阿尔诺略一沉吟。“她看起来有点像阿拉伯人，你注意到了吗？”

阿图尔觉得答案不言自明。与此同时，他的朋友已经离开了房间，旋即带回一瓶红酒与两只酒杯。

“来，这是我们穆罕默德的禁忌。晚摘酒（Beerenauslese）[1]——顶级货色。”

“我就不了，”阿图尔说，“我的宿醉还没醒。现在喝酒的话，今天就算泡汤了。”

“那也比让红酒泡汤的好。来，看看这成色——液体黄金、花中之蜜呐。你还记得图霍尔斯基怎么评说葡萄酒吗？他说一瓶好酒应该能抚摸。绝妙的说法！快来跟我一起见证这不寻常的一天。而且要抓紧，因为薇拉就要回来了，她希望我把时间都花在沉思上。你还记得我们在维克托家喝威廉梨（Poire Williams）[2]那次吗？”

怎么可能忘记？那年，苏黎世美术馆买下一尊维克托的雕塑，于是大家聚在一起庆祝。“先生们，我们今天的任务，是给瓶子里的这个梨以自由。”

喝完第二杯后，梨子的头冒出了液面，一个形而上的问题昭然若揭：它是怎么被放进这个酒瓶的？接着另一个问题接踵而至：如何将它一整个地弄出来？维克托指天发誓，他曾见过酒瓶套在果园梨枝上的情形：“整个果园在瑞士阿尔卑斯山的阳光下发出粼粼波光。”他的话遭

1 一般指知名酒庄晚摘葡萄酿的酒，偏甜。

2 一种用高度酒泡威廉梨制成的酒。

到了大家的质疑。另外两个人想出了更聪明一些的办法，但随着液面逐渐下降，梨身越露越多——整个梨越来越完整地释放出它的光彩，他们假设的办法也越来越荒谬，一直到最后，梨子带着它叫人百思不得其解的体积，可怜地歪斜在空空的瓶底。

“我们现在怎么做？”维克托将酒瓶倒过来，问道。梨应声落向瓶颈，卡在那里，毫无被取出的希望。

“切莫小看工匠的手艺，”维克托说，“不过，在我去拿工具以前，让我们先抽签决定由谁来吃这个梨。不，这样吧，我们来投骰子：点数最大的人吃。”

三人庄严肃穆地投下骰子。“你看，虽然上帝不投骰子，但是我投。”阿尔诺操着爱因斯坦本人的口音说。阿图尔点数最大，这时候，维克托已经离开，回来时，手里拿着一把锤子和一条湿毛巾。接着，他用湿毛巾将瓶子裹了起来。

“来，阿图尔，拿着锤子，狠狠给这瓶子来一锤。会发生奇迹。”

于是，一个人锤瓶子，另一个人解开毛巾，瓶子折成了雨刷器的形状，梨还是完整的。

“你还记得赫尔曼斯[1]那个喜剧吗？”维克托问阿图尔，“就是吃桃那个？”接着，他学着那位举世无双的荷兰喜剧演员，开始表演如何吃一个不存在的桃，假装桃汁流到了下巴上。

阿图尔以仪式般的庄严拿起梨，送到嘴边；另外两人看着他，眼中有妒意。“啊，美味的梨汁。”维克托刚要发出艳羡之辞，阿图尔的脸上就露出了苦相，他的牙齿遇上了一个冷、硬、生涩的梨，感觉不像是他在咬梨，而像是梨在咬他。

“这杯里的酒，肯定比那天的梨更可口。”阿尔诺说着，向阿图尔的方向举杯。

“我还要去芝诺比娅那里。”

“啊，芝诺比娅。娶了双胞胎，就像娶了两个女人。而且还是两个俄罗斯女人，而且还一个擅长艺术、一个擅长科学！阿图尔，要是你跟那位西班牙橘子没有下文，我们总还可以上俄罗斯去，给你找个双胞胎的姐姐或妹妹。我来攒一个纪录片，由你来摄影。就拍舍斯托夫怎么样？你知道他的作品吗？”

---

1 赫尔曼斯，即安东尼·杰拉德·西奥多·赫尔曼斯（Antoine Gerard Theodore Hermans，1916—2000），又叫图恩·赫尔曼斯（Toon Hermans），荷兰喜剧明星、歌手、作家。

“从没听说过。”

“列夫·舍斯托夫啊!《思辨与启示》啊! 被误解的,被误解的……”

“阿尔诺,打住!”

“噢,抱歉抱歉。”

他们一言不发地坐了一会儿。葡萄酒与音乐搭配得相得益彰。女性的歌声萦绕在室内,没有了谈话的必要。阿图尔知道,这就是今天的全部了,今天将一点一滴地流走,已经没有转圜的余地。他想了一会儿要不要打电话给埃尔娜,又想告诉芝诺比娅,自己今天不去画廊了。然而接着,他只是什么也不想地出了一会儿神。直到阿尔诺突然止住口中哼唱的格里高利圣咏,问他:“跟我说说,你觉得你做梦的时候,梦中的人是怎么被构造出来的?不是那些你认识的人,而是那些你根本没见过的人。肯定有某种机制使我们有办法无中生有。但那具体是什么机制?那些人个个都像真的,但其实根本没有真实存在过。”

“想想就烦。”阿图尔说。

“那些‘被存在’的小人们可能也这样觉得。”阿尔诺玩味着。

“想象一下,你根本就不存在,却被突然召去参与一场陌生人的梦。好像受到皇室的钦点,不得不进宫表演……”

电话铃响起。铃声发闷，好像一张被捂住的嘴。

“我把电话放哪儿了？还是你的在响？”

“铃声是从你身上发出来的，”阿图尔说，“看看里面的兜。”

“喂？”阿尔诺接起，“哪位？”

“噢，真巧啊……不，不，也不能算巧，确实不能，哈哈。对……”

电话另一头的声音说了起来。

“不，他不会介意，”阿尔诺说，“赛森海姆大街33号。欢迎啊，欢迎欢迎。我们或许又能见面了。不过你是怎么找到我的号码的？噢，对啊，当然，电话黄页嘛。没错。姓蒂克的确实不多。好的，再见。”

“你刚才报的是我的地址。”阿图尔说。

“对，是你的地址。你不用找她了，她正在找你。我没告诉她你在我这儿，因为我觉得你可能不希望我告诉她。还是说我其实应该告诉她？”

“她没问我的电话吗？”

“没有，但她肯定能找到。”

“我家的电话是我朋友的呀。”

“那可能她会给你写封信吧。”

或者直接来见我，阿图尔想。但他无法想象那会儿是怎样的情形。

“你现在有什么打算？”

他还来不及回答，电话铃又响了。

“啊，芝诺比娅。对，我看到他了。事实上，我正看着他。烂醉如泥。荷兰人喝不了多少……你自己跟他说吧。”

“阿图尔？”她的声音像毛毯一样裹在他身上。有些人找你不问你要任何东西。你什么也不必做。他们送给你温暖，你知道他们会与你甘苦与共。

“你什么时候来看照片？”

“明天，芝诺比娅。我明天来。今天下午？那不行，如果是别人问的话，我就会撒谎了，但对你我要诚实——我有个约会。”

“обманщик！”

“什么意思？”

“我说你是‘海王’。那么，这个幸运的女人是谁呀？你是为了她才喝醉的吗？”

“我又不是只喝了一杯，我喝了好几杯呢。”

“吹牛。所以她是谁？你不会已经忘了我的忠告吧？

难道非得把你绑在桅杆上吗[1]？她是谁？”

“她是头母狮。”

“我也是母狮。”

“我知道，但她真的有利爪。我要去的地方是东柏林动物园。那里有许多雌性动物：有豹猫，有蛇，有草泥马……”

“当然，当然。”

“……有象，有鸮，有鹰……我一个指称阴性动物的名词都想不起来。”

“tigress、vixen、she-wolf[2]……你要去拍片子？”

“今天不拍。我只是不想跟人类待在一起。”

“谢谢。”阿尔诺与芝诺比娅齐声自嘲。三人一起笑了。他挂断电话。他们知道阿图尔的脾气——有时候，比起人来，他更喜欢动物的陪伴。

“要搭车吗？”阿尔诺问，“我正好要去维腾贝格开会，讲一讲马丁·路德。所以才问你要车。反正顺路，可以带你一程。”

“但是你刚才……”阿图尔指着即将见底的酒瓶。

---

1 此处又在影射奥德修斯与海妖塞壬的典故。

2 分别为雌虎、雌狐与雌狼。

“不会影响马丁·路德。你一起走吗？”

“不，不。我去坐双层巴士。在人们的头上颠一会儿。在柏林，没有比乘双层巴士更惬意的事。你都喝成这样了，准备说路德些什么呢？”

“黑暗与光明。还有他文字的品味。没有路德的德语会怎样？没有路德，不会有歌德，不会有托马斯·曼，不会有贝恩。噢，对了……”他突然一动不动地站住，仿佛突然被醍醐灌了顶，“这是我最近的工作内容，权当是恶作剧吧，但是想象一下——把路德请到德里达和鲍德里亚面前，会发生什么事。德、鲍二人的非实战演习肯定不堪一击。路德一拳一个就能把他们打出圈。但如果对面是精通《塔木德》的学者，或耶稣会士的话……”

“我得走了，”阿图尔说，“动物园里的动物还在等我。万幸它们不谈哲学。”

“它们什么都不谈。”

“有道理。”但是事情没有这么简单。

天色果然像早晨所预见的那样，一直是灰色，随着阴云密布的天空所投下的光线多寡，时而像锌盆的灰，时而像人行道的灰，时而像敌军制服的灰。他沿着阿尔诺家所在的涅斯托尔大街一直走到公交站，与一群跟他一样冻得瑟瑟发抖的人一起等车。今天他不再想象公共交通工具上的“血亲”。当双层巴士终于进站时，他径直爬上旋转楼梯来到二楼。前排有空座，整个城市可以尽收眼底。处在这个高度上的人，已不再是城市的一部分——你可以向下俯瞰人头攒动，每一个人都有事要做、有明确的目标可循，当车越过那早已不为人留意的消失的分界线时，你可以清晰地感受到它的存在。车辆穿越那条界线时，他总是不由地屏住呼吸，因为在“无人区”，没有人应该享受到空气。

天更灰了。他还要换乘，这很花时间，但他并不介意，虽然前一天没睡觉，刚才与朋友闲谈后又喝了酒，脑袋还昏昏沉沉的。他曾多次经过东柏林的市郊，但每次还是要为那片景象感到惊讶。一栋又一栋漆工粗糙的大楼上是一扇又一扇眼神空洞的窗户。那么，他想，这就是工人的天堂了。这就是**另一半人**住的地方。虽然政府停运、解体，领袖逃亡后或入狱或被送上法庭，但那另一半人依然住在这里。他总是感到十分怪诞。不是因为游戏终止得突然，也不是因为游戏规则发生了改变，而是因为游戏中的人就这样被从游戏中连根拔起：他们存在方式的每一个面向——报纸、组织、名字、习惯——全部都变了。顷刻之间，四十年的岁月被揉成一团纸，一整代记忆被玷污、被扭曲、被摧残。这里的人，他们能承受这样的负担吗？

他们中的大多数人不过是拿到了一手烂牌。但他们像所有拿到烂牌的人一样，已经在尽其所能地打好手上的牌：身处一场被误以为是真相的巨大误会——一个苟延多年的腐朽的乌托邦——直到历史的钟摆达到高潮、转头下行、最终摆向另一侧；在圈禁中努力自由，也自知被利用、受害的同时，偶尔与罪犯共谋。此时，他们的痛苦并没有改变，唯一的不同是，除了痛苦，他们还要面对多一重傲慢，来自那些抽签时运气比他们更好的另一半人。

除了最年轻的那些人，每一个人的生命里都有一条裂缝——抽屉里的一份密档，屋墙边的一条弹缝，或者只是、也是大多数人都有的，一张塞进抽屉最深处的照片，上面有一个年轻人，穿着现已解散的国家人民军（Nationale Volksarmee）军装，怀中搂着如今已经老了十岁、当时尚年轻的弗里达或阿姆加德。他们如何自处？他惊讶于自己的西德朋友多么的不了解、也不想去了解东德的过去。光是消化自己的过去，他们就已筋疲力尽，不能再承受更多了，东德的过去与他们无关。

卡尔·马克思大道，法兰克福大道。一排排立方体公寓楼，在这样的天色里显得加倍消沉。他看见里面时而有人走动：穿着艳俗花衣的女人，失业的男人，在房中漫无目的地踱步。车开到腓特烈斯菲尔德。前方出现了动物园的大树。他买了张票——票价比过去贵了十倍——沿园中小径走去。他知道自己会看见什么。父亲们依然带着孩子前来，而他曾对这些父亲产生过许多想象：被压抑的诗人，休假中的军官，停薪留职的教师，执政党内的官员……从他们的外表，照例看不出什么支持他猜想的蛛丝马迹。他们则可以从他的穿着上立即看出，此人从西边来，或是东边为数不多享有出国旅游权的人，但大体上，他们都不怎么注意他。他们有更要紧的事。他们要抱起孩子，好让他们看到棕绿色水塘那一边的北极熊，而当孩子们看着北极熊时，他则在观察孩子们。那些小脑袋里在生发怎样的思想？他记得有个孩子看一条巨蛇，好像怎么也看不够。墨绿色的蛇身，就静静地盘在盆景灯箱底部，而他的目光则一寸寸地挪动着，在那鼓胀、阴森的一圈又一圈蛇身里，寻找蛇的脑袋——突然，它就在那里了，那么小得不成比例，上面有一对闭着的眼睛——你可以看到，他似乎与这条一动不动的蛇有某种潜意识的亲近。他的父亲已经失去耐心，却无法将他拖走。他不能相信，一个活物，怎么可能好像死了一样纹丝不动，于是他决定等下去，一定要等到这场骗局的终结。

而托马斯，自从他在阿姆斯特丹动物园看见一只有圆圆眼睛的大猫头鹰，将头转动一百八十度，那对赭色的圆盘眼和凶狠的眼眸，不再直视托马斯的双眼后，他就彻底爱上了猫头鹰这种动物。你能有多了解一个孩子？托马斯将他看见的猫头鹰的凝视，存在了脑海里，以备未来回忆，然而他的未来呢？还是不要想了吧。他曾经哭闹过一次，要回去再看（“猫头鹰！猫头鹰！”），但那以后他再也没有提这件事了，好像要细细咀嚼记忆中的影像，独自品尝，不让别人再去打扰他。而在柏林动物园里，猫头鹰被罢黜到角落的位置，与游客之间，还隔着一座乏味的、献给“十六国被虐待、被胁迫参与兵工厂劳动并被杀害的法西斯秘密警察（盖世太保）乌海德集中营遇难者”的纪念碑。

那是几只土库曼猫头鹰，头很大，米色的羽毛看起来很轻盈，眼神仿佛能看穿你。它们从来不显出正在观察你的样子。好像站在它们面前的你其实并不存在。或许这就是托马斯为它们着迷的理由吧？阿图尔突然很想看那些猫头鹰飞翔的样子，他想象它们发出的声音：那不祥的、鞭梢划过空气的“呼——”“哗——”。土库曼斯坦的傍晚，一座山边的森林，沉重的身体在翅膀的“扑棱”中落在地上，接着是遇难者的悲声。

他有一种感觉：动物知道的比人类更多，它们只是不说话罢了。豹留神不与你对视，狮子总是绕开你看着旁边的什么，蛇根本不在乎你在什么地方，骆驼越过你头顶看向别处，大象则只关心鼻尖上那颗不许它吃到的花生。它们全体对你的存在表示忽视，或许是为了报复，更或许是出于理解，因为它们知道，眼神的接触会让双方尴尬。但这也是它们吸引人的原因之一：这些生命都在羽翎、壳甲、犄角、鳞片之后寻求庇护；用鳍棘、皮毛与钳足武装；无论声线沙哑的巨嘴鸟，还是沙石黄色的小爬虫，都懂得往岩石下躲藏——这群造物，它们与我们十分接近，比世界上任何别的东西都更为接近，因为在它们或短或长的一生中，它们要遵循的法则，与我们没有不同。

仿佛要呼应他的想法，远处几只鬣狗呼号起来——刺耳的高音夹杂着粗哑的轻咳，好像表达对人的轻蔑，接着呼号声再起。听起来好像一只可以被随意开关的警笛。这一次，他不再对塞壬的诱惑做出反应。他抬头看天，看见夜色初现。该回家了。他已经抖落了满身的人味与人声——虽然他们在其他时候对他来说是那么亲爱的同类——如果现在乘快铁，他还来得及在家附近的几家店关门以前买点东西当作晚饭。

“对孤独的饥渴，”维克托总是这样形容他的这种情绪，“这可能是身处大城市的人才会有的感受。只与自己的十指、双耳与双眼独处。在四壁间的私密空间里，轻轻地吹着口哨，周遭环绕着千万种看不见的东西，独处在都市中——这是无上的享受。”

但事情并不像他想象的那样发展。就在他登上公寓楼梯时，黑暗中隐约有一个女人的身影——艾力克·奥兰涅。他在锁孔中转动钥匙时，她站了起来。两人都没有说话。他打开灯，让她先于他进了房间。她穿着一件藏青色华达呢大衣。他未加任何思考，仅仅是接受了所发生的事。她径直走到窗前，就好像她以前也来过，看了一眼树，接着在他打电话时常坐的板凳上坐了下来。她没有脱掉大衣。他则将自己的大衣挂进衣橱，然后开始烧水。我不认识这个女人，他心想，而现在她却坐在我的客厅里。她没有脱掉大衣，神色闭关却扫，仿佛一本合上的书。那么昨天呢？昨天的旋转门、玻璃后苍蓝的人影、突如其来的告别，昨天的又算怎么回事呢？

她本来不准备再去想他了。他说了太多话，而她无意让他进入自己的世界。她本来是准备忘记他的。可能并不是因为他说过的话，而是因为他激起的意象——那条溪，那片旷野，那段不可挽回的历史。它们被他召唤出来，立即又消失不见，重新回到早已消失的历史尘埃中，直到再次被唤起。回家的路上，车程漫长，她一直在思考，偶尔瞥一眼沉睡的城市。一个醉汉跌在她身上，她狠狠地甩给他一记耳光。他缩进车厢一角不再骚扰她，但嘴里一直低声咒骂。车里没有其他乘客。司机目睹了整件事，但没有采取任何行动。

从近在眼前的景象里，我都看不出历史，车开过一条又一条城市街道时，她这样想。又怎么可能看清一千年前的事？

她告诉他自己在“寻找”，但那究竟指什么？

有关她的女王，至今尚留存于世的只有少量文件记录。无法再去知道她曾经想过什么，感受过什么。没错，她的同代人还留下了一些旁证——大部分是野史——而且也都只谈事件，不牵涉她的内心世界。终于回到家时（呵，垃圾堆一般的家！）她没有开灯。楼梯井里的霉湿气味跟随她飘进了房间。她脱掉衣服，把床拍拢成窝的样子，像个孩子似的把被子一直拉到下巴颏，心里想着很多很多事：无论怎么找，也阻止不了史料之间相互矛盾。但乌拉卡是真正掌过权的。她一个人统治了十七年。与阿拉贡国王结婚时，她是莱昂与卡斯蒂利亚的女王，是二十七岁的遗孀、两个孩子的母亲。国王，女王——令人发疯的主题。一个女人躺在柏林的床上，思考这两副在另一张难以想象的床上将三个王国联系到一起的身体。不，她唯一有望获知的，只有人们业已发掘与正待发掘的一切，那张床并未产生任何子嗣。难道真的是他不行？因为她已经有过孩子，而他没有理由不为自己争取一个继承人。有消息称，他曾家暴她。这或许是事实，或许是千年以前的流言，又或许事实比这更糟糕。他们的婚姻是一场灾难。她予以反击；直接调动了军队。任何更多的想象都只能是添油加醋，只能是错觉。

“其实我能猜到你为什么要做这个选题，”她的导师说，“是不是因为最近大家都在骂历史性别问题？”

他露出自鸣得意的微笑。一种自豪的表情，一个以为自己拿了满分的男人。她没有指出他的错误——以后有的是机会。

她很晚才睡着，当中醒了几次。租房子给她的朋友擂过她的门，对她吼了一通什么，她叫他走开了。而现在，她坐在另一个男人的面前。他将沸水浇在咖啡上，给她倒了一杯。他不会问她为什么来。别人会问，但他不会。他只是从口袋里拿出一样东西递给她：“喏，阿尔诺·蒂克给你的。”

一张明信片。她点点头，开始看上面的画。现在还没有必要看背面的文字。她认出了那画里的内容——她对这个领域已经相当熟悉。她曾在这座鸦雀无声的大教堂里站过，见过那些石棺上几乎难以辨认的铭文，试图想象自己的女王就躺在其中一尊石棺里。这种猜想，与其他许多同样天马行空的猜想一样，很快受到了值班人员的否定。那人像石头一样聋，于是她的提问与他的回答是以喊话的形式进行的，回声响亮地回荡在低低的罗马式拱廊里。

“拿破仑的军队去那里安营扎寨，”她对阿图尔说，“开棺弃尸，捣毁了铭文。现在所有坟冢其实都是空的。”

“他在反面写了东西。”他说。

现在她必须读一读。于是她翻过卡片。普鲁塔克；琉善。某人显然对她的话过于认真了。那个顶着一头乱发、戴着如可乐瓶底的眼镜、满脸古埃及文字的男人。黑格尔，拿破仑，历史的终结，因为某种原因被刨坟掘墓的女王。她看着那个重新在自己对面坐下的男人。这个人与那个人之间，究竟有什么共同语言？一个满脑子是挂网落灰的陈年旧事，另一个八杆子打不出一句话来。不过，他昨天的话倒是很多。

“你干吗不放点音乐？”她说。于是他起身去找 CD，她又说：“别特意找。就放唱机里你上一回正在听的那张。”

潘德列茨基[1]的《圣母悼歌》(*Stabat Mater*)。陌生语言

1 潘德列茨基，即克里斯托弗·潘德列茨基 (Krzysztof Penderecki，1933—2020)，波兰作曲家、指挥家。

的歌词。拖长调的男声——中音与低音，好像在祈求什么的高亢女声。女声的音源在稍远的地方，它飘近男声、覆盖男声，像令人不安的耳语。

“阴间的音乐，”她说，“幽灵的歌。”

突然的尖叫，仿佛皮鞭抽打，然后是神秘莫测的呢喃。

“你什么时候听这张的？昨晚到家后吗？”

“我到家时已经醉了。”

“哦。”

“你不脱大衣？”

她起身脱掉大衣，接着，就在他面前，在他的张口结舌中，又继续脱掉了毛衣和鞋。一件一件地，她除去身上的衣物，一点一点将它们汇成一堆，一直到身上一件衣服也没有。她站在窗前。她一动不动地站了很久。接着，她转身面对他。

“这就是我。”

灯光下，她的疤痕近乎紫色，但那并非他难以呼吸的原因。她的裸体使疤痕变了个模样，在她雪花石膏般的肤色映衬下，它变成了一个字母、一个铭文，催促他走上去碰触。她没有移动，也没有伸出双臂，任由他用一根手指探索那道凹痕——她的伤，任由他的手指缓缓勾勒它的轮廓，移向她的嘴唇。她的一只手掌紧紧贴住他的胸膛，直到他也静静地、无言地除下衣衫，又是同一只手，沉默而坚定地将他带向床榻，好像他没有人带着就无法走路。还是那只手，将他推向床垫，由他去体会自己如何向床垫缓慢、流畅地倒去，观察她如何出现在自己上方，如何匍匐在自己身上，让她的伤痕与他的眼睛近在咫尺，如何舒展、再舒展，直到她的身体完全覆盖他的身体。一直到事情结束，他才开始对自己的感受有所认识：那是一种诧异，一种难以置信。因为这个女人对他的亲吻与爱抚都是不可能发生的，她滑向他的下体，占有了他，而他彻底地陷落在她的指掌中，这些都是不可能发生的。也许那张紧绷的脸、那副愈来愈反弓的身体，已经将他忘记了吧？但不可否认的是，一个女人确实在自己身上骑跨着，发出咒语似的呢喃，她的声音混合了背景中丧葬音乐般的合唱，仿佛随时会提高，随时会尖叫，终于也真的叫了出来，与此同时，他仿佛获得了进入高潮的许可，那高潮伴随着痛苦，而当她的身体倒进他的身体时，那痛苦又被一种汹涌的什么灭了顶、不见了——仿佛它注定要不见。她躺在他身边，把头枕在他的枕头上，依旧呢喃着，依旧好像在咒骂着。

她躺了很久才起身去了洗手间。她回来时，他示意她回到床上，但她摇了摇头。于是他从床上下来，搂住她纤瘦的身体。那身体在战栗。她慢慢地剥离自己，穿上衣服。于是他也穿上衣服。这里依旧是他原来的住所。为什么突然这样想？因为他知道，虽然依旧是原来的住所，但它已经永远地改变了。她走回窗前坐下，好像要从刚才暂停的地方重新开始。几分钟后，她又再次除掉衣衫，他又再次目睹自己可怕的软弱，再次屈服，再次被推倒、占有。音乐放完了。她起身在房间里走来走去。她的手指划过这样东西与那样东西。

他听到她的声音从自己的书桌前传来。房间是 L 形的，从这个角度，他看不见她。

"这是谁？"

不用问，他知道她问的是什么。她看见了洛劳弗耶和托马斯。埃尔娜的窗前也有这张照片，只是小一点。

"我的妻子。"

"这小孩是……？"

"我的儿子。"

"他们在阿姆斯特丹吗？"

"不，他们死了。"他想不出除此还有什么更好的办法可以描述他们的现状。顷刻间，房里出现了别人。（别人？）

他等待她提出更多问题，但房间的那一头就此鸦雀无声。他慢慢走向她站立的地方，看到她正将照片举到光下，凑到眼前。她不只是看，而是在研究。他轻轻地将照片从她手中抽出，放回桌上它原来的位置。

“你要吃点东西吗？”

“不，我得走了。不过现在的告别与昨天的告别不同。虽然我是告别大赛的世界冠军，但面对你，我不用编什么借口，”她略一踌躇，“你会在柏林待多久？”

“直到接下一个活。”

话音刚落，他想起荷兰国立广电制作基金的电话留言。他得给他们回电话。俄罗斯。黑手党。

“在那之前，我一直在柏林。”

“很好，”她说，“回头见。”

她用手指勾起大衣，夺门而去。告别大赛的世界冠军。他听罢她下楼的脚步声与前门的开合。她又融入了城市，成为城市的一份子，一个不起眼的过客。虽然这样说很奇怪，但他仿佛看见自己房间的脸上（如果房间也有脸）现出了惊愕的表情。不只是他自己，就连椅子、窗帘、照片、卧床，以及他的老朋友栗树，也都惊讶不已、目瞪口呆。他必须到外面待一会儿。

城市里有两家他与朋友常去的餐馆：一家是舒尔茨先生开的，另一家的店东是他们共同的朋友菲利普。维克托将这里描述成他的“第二个家”，因为他几乎天天在那里搭伙。

“菲利普的雷达很敏锐，”有一次，维克托说，“他能察觉我不愿说话的时候。对一个海盗而言，这是难能可贵的。”

此话在两个层面上不假。第一，维克托沉思时，周身确实围绕着一种看不见的谢绝打扰的气氛。第二，菲利普也确实很像圣马洛（Saint Malo）来的海盗。

“不对不对，”有一次，薇拉说，“他明明是大仲马的三个火枪手。”

就此她补充道：“他眼神忧郁，是因为失散了另外两个朋友。”

不过今天晚上的菲利普很快乐。他拥抱了阿图尔，虽然阿图尔对大多数人的拥抱感到厌恶，然后说：“维克托就坐在里面，”又立即补充道，“你怎么了？看起来像刚见了飞碟。”

啊，原来是飞碟，阿图尔想。原来她是天外来物。他走到店的尽里。维克托总是先假装没看到他，把眯眯小的眼睛眯得更小些，成为两条缝，仿佛近视得厉害，好等他走近了以后再带着揶揄的惊讶突然睁大。他在读一本书，阿图尔看见他把书签插进书里，又把书藏到了报纸下面。

“啊，你来了。”

他总是如此。虽然两人都没有明说，但阿图尔知道，他们喜欢见到彼此，因为终于有机会说荷兰语了。

“这是一种很美的语言，”有一次，维克托对阿尔诺说，“其实荷兰语和德语是一对远亲，只是走了不同的路。当初你们实在是应该跟我们走的。结果德语发展成了一种在我们荷兰人的耳朵里听起来极为古怪的语言。而且有时候非常聒噪。这是因为你们的国家丘壑太多，声音总在回响中被放大。荷兰则是平的，所以一切都摆在明面上。我们虽然缺乏纵深，但一眼就能看穿，什么事都清清楚楚。你们德国人却要随时警惕隐秘的洞穴、幽暗的森林、阴险的沟堑和看起来像平地其实是陡峭斜坡的树丛——难怪你们国家到处都是瓦格纳式的迷雾、德鲁伊教徒似的作家和传道士般的诗人。我们则不用担心这些。荷兰圩田上的风，把所有的迷雾都吹散了。就拿女孩来说吧。我是说‘女孩’这个词。虽然‘女孩’指涉的对象是人类，但在表达所有格时，德语用的却是动物‘它’。Das Mädchen hat seine Puppe verloren.（女孩丢失了它的玩偶。）这毫无疑问是非常奇怪的。让人感觉这个女孩身上发生了什么可怕的事。在我们一马平川的圩田上，这种事情不可想象——首先，玩偶根本就不会弄丢。荷兰曾经是海，我们围海造田，再在田上造房子。现在你透过窗户，尽可以往外看，我们没有什么可以掩饰的东西——没有迷雾，没有秘密，只有一个女孩，抱着**她的**玩偶。在我们那儿，‘女孩’是阴性的。你听过荷兰语的歌德吗？”

然后他用德语背诵了一段歌德。

“如果你听荷兰语的版本，就会知道荷兰语有多美。”

今晚维克托的兴致也很好。

“我是从家里被赶出来的，”他说，“可你怎么也来这儿了呢？你赖在柏林，不去跑新闻，让我们上哪儿获取每天所需的苦难呢？”

“我马上就走，”阿图尔说，“下周就去阿布哈兹。你说被赶出来是什么意思？”

因为维克托一个人住，理论上不应该有人从家里把他赶出来。阿图尔把手伸向报纸，摸索着下面的书。

“干吗把书藏起来？”

“写得不够好。”

“我能看看吗？”

“它已经睡着啦。”

“谁的书？”

“我的。”

“不是，我是说谁写的。”

"啊哈。你猜。"

"我认识这个人吗?"

"不知道,但他认识你。"

阿图尔将手伸进报纸,取出一本《圣经》[1]。他翻到插着明信片的一页。

"你还真不客气,"维克托说,"但既然已经翻到这里了,不如就来帮我解个谜吧。"在这一页上的一个小节旁边,标注了一个小小的 ×。"当将你的粮食撒在水面:[a]因为日久必能得着。你要分给七[b],或分给八[c]:[d]因为你不知道将来有什么灾祸临到地上。"

"我理解第一句和最后一句,"阿图尔说,"但'七'和'八'是什么?分给人吗?以及,为什么有这些上标?对不起,我小时候没有受过《圣经》教育。"

"睁大眼睛好好看。这是交叉引证。出处一般都列在页边上:[a]2 Cor. 9:8-10([a]《哥林多后书》9:8-10)。"

"所以呢?"

"你这代人真是没救了。我可真是要发火了。你难道没有听说过使徒保罗?偶尔听到一耳朵总有吧?"

---

1 《圣经》包含《旧约》(《约伯记》《诗篇》《箴言》等)和《新约》(《约翰福音》《哥林多后书》等)。本章中涉及《圣经》内容的部分,均采用和合本的译文。

“名字听过。”

“好，这说的是使徒保罗写给哥林多教会的信。信在《新约》近尾处。下回你生日，我送你一本《圣经》。”

阿图尔查到书信第二段，默默读完，还想读第一段。他疑惑地看着维克托：“我怎么找第一段？”

“《传道书》11:1-2。”

他依言找去，读完第一节，却找不到这封信的第一、第二节之间的联系。再往下看，那一页下方，有几行字被画了出来。

“[e]风从何道来，骨头在怀孕妇人的胎中[f]如何长成，你尚且不得知道；这样，行万事之神的行为，你更不得知道。[e]John 3:8 [f]PS. 139:15-16（[e]《约翰福音》3:8，[f]《诗篇》139:15-16）。”

“现在你知道怎么查了，”维克托说，“‘胎中’的后面是什么？”

“是上标 f。”

“很好。那它指向何处？”

“《诗篇》139:15-16。”

“《诗篇》，”维克托说，“在《约伯记》之后，《箴言》之前。这年头他们什么都不教你了吗？在以前，《圣经》这本书我们是要通篇背诵的。”

阿图尔开始读。

“请读出声音来。”维克托说。

“我在暗中受造，在地的深处被联络；那时，我的形体并不向你隐藏。我未成形的体质，你的眼早已看见了；你所定的日子，我尚未度一日，你都写在你的册子上了。”

维克托靠向椅背。

“现在你想问：我为什么要读这个？我则准备问菲利普要一杯红酒，这样就可以不用回答你的问题。”

“你不用回答我的问题。而且我根本就没问。我不会问的；胆子没这么大。但是这个骨头……还有形体……”

他刚才顺手抽出的那张被当作书签的明信片，此时还拿在手上。维克托收回去插到了刚才的同一个位置。

“让我看看。是霍普的画，对吗？”

“对。你这个人不通文学，一说图画倒很灵。”

阿图尔对那幅画很熟悉。五个人，坐在院里晒太阳。《阳光下的人》。画中可以看到房子的一部分，上面有两扇窗户。窗户关着，窗板漆成黄色，与院子外面的麦田呼应。麦田对面是连绵的丘陵或山脉。整幅画气氛静谧。前面四个人眼望前方，唯独最后一人在低头读书。阿图尔觉得他们看起来都不太好相处。画中最靠前的那一位脚上穿着白袜子，浅棕色皮鞋，背靠躺椅，“地中海”的发型，枕着一个枕头。他旁边的女人戴着宽檐帽，脖子上挂着一条红丝巾。再往边上去，又是一个男人，挡住了他身边一位蓝衣金发女人的一部分，于是我们看不见她的脸。后排读书的男人戴着蓝围巾——而维克托此时也正戴着相同颜色的围巾。

“这个人就是我，”维克托说，“你看到我们投在地上的影子了吗？”

阿图尔此时才注意到。影子是从鞋子开始的，它们向左流出画外（如果影子可以流）。当然，影子并不会流动。它们只匍匐在地上，它们是平的，它们是一维的[1]。

“其实仔细想想，影子这种东西很诡异。”阿图尔说。

“确实。”

“所以画中的这个你，在读什么？”

“哈哈！”他把眯成一条缝的眼睛睁开了一点，“这幅画是表现永恒的画作里最好的一幅。画里的这个我已经把这本书读了一万遍了。”

门开了，一个大胡子青年走进来喊：“《柏林报》（*Berliner Zeitung*）！”

“这么晚了吗？”维克托一边示意青年过来，一边问。

---

1 点是零维的，线是一维的。影子是面，应该是二维的。此处应是有误。

他买了两份报纸。“这下你的耳根可以清静一阵子了。”

两人刚开始研究股票牛市与人口失业率的天书，门口就又进来一个人，以及这个人的影子。那是画家奥托·海兰和他的代理商——一个总是垂头丧气、好像刚从沼泽里打捞出来的人。他身上似乎总是在滴水。“那不是人脸，那是钟乳洞，”（维克托语）。“眉毛、眼睛都挂下来了，唉，代理商看着像艺术家，这可不是好兆头啊。何况现在，连艺术家都不这样打扮了。现在的艺术家成天都穿得像星期天下午的银行家似的。”

阿图尔对银行家星期天下午穿成什么样一无所知，但光从外表看奥托·海兰这位画家，没有人能知道他是干什么的。或许可以说他穿得有点“波澜不惊”。他外表的自持与他画作中那些总在折磨中挣扎的神秘生物毫无联系。

维克托认识奥托好多年了。“你能相信吗？我俩从来没有提过‘艺术’这个词。而且依我看，他让那个代理商代理他，只是出于同情。”

“我亲爱的朋友们，现在是最后一次点单了，主厨要下班了。”

阿图尔突然意识到自己很饿。今天已经过得太长了。

“我让他专门为你做点什么吧，”菲利普说，“你看起来很累。”

“而且还心神不宁呢，”维克托说，“他的心在别的地方，正透过库克（Cooke）镜头看着别的东西呢，根本看不见我们。”库克是个颇具知名度的品牌，生产长焦镜头、广角镜头、变焦镜头。有一回，维克托问他要了一个库克看，看完之后说：“所以，这就是你们用来骗人的工具？”

“我们不骗人；只是借给他们不同的‘眼睛’。”

“就像阿尔戈斯？”

“他有多少眼睛？”

“几百个。可能上千个。浑身都是眼睛。但这个人结局不太好。”

代理商抓过报纸，呻吟道：“啊，股指又涨了。如果我是失业工人，一定会去砸证交所。”

“你有什么好抱怨的？”维克托说，“这里面的有些盈利，是会进入艺术市场的呀。最近这个国家真是怨声载道。自从墙倒了以后，你们就一直哭爹喊娘的，好像德国马上就要破产了。”

“你动动嘴多容易啊。你的国家小得跟绿豆似的。”

“越小越好，不是吗？”

“哎哟，真是国家越小，国民越傲。荷兰人老以为自己什么都懂。”

“不得不说我国国民确实有这个毛病。但依我看，虽然种不出有果香的六月柿来，我国在其他方面干得还都不错。”

“贵国这么好，你怎么上这儿来了呢？”

“你瞧瞧，我就说嘛，你们总是上手就赶外国人：**外国人滚出去**[1]。态度还这么凶。好啦好啦，我们都知道你们是全欧洲最富有的国家。”

“你们还都忌妒得脸色发青呢。”

“对对对。所以，你最近在忙什么？”阿图尔转向奥托，后者冲他夸张地眨眨眼。他总是很喜欢听维克托戏弄自己的代理商。

“你觉得点什么好，菲利普？”维克托转向菲利普。

“别问我呀。我这儿有法式蹄脚、德式膝盖……”

“啧啧啧。”

“……还有一个法式口条。这个，尝尝吧？不收你钱。新堡酒庄（Châteauneuf）的干白，”他转向代理商，“您不会恰好知道多少欧元一瓶吧？”

“欧洲还没有全面统一货币呢。而且要我说，它就根本不该统一货币。我们辛苦赚来的存款，即将被浪费在那些穷疯了的希腊人和意大利人身上。还有波兰人和捷克

1 此处为德语 Ausländer raus。

人。一个个全都找上门来啦……”

“但是想一想，五十年前，不是你们自己要急着争取人家吗？”

“先生们，先生们，给你们喝免费的美酒，可不是要听你们聊这些的呀。”

“再说他也没有多少存款。”奥托补刀说。

菲利普为大家满上酒。阿图尔知道接下来会发生什么事。很快，菲利普就会露出虎克船长（Captain Hook）的表情。他会再开一瓶酒。两小时后，大家会像土匪围着船上满载的黄金一样、傻呼呼地围坐在打烊的餐厅里。维克托与菲利普会高歌《瑟堡的雨伞》（*The Umbrellas of Cherbourg*）的插曲，代理商会泪眼朦胧，就连奥托也会跟着哼起歌来。

“那么，”阿图尔说着站起身，“我得走了。”

“真扫兴！”

“他谈恋爱啦，”维克托说，“他这把年纪谈恋爱是很危险的。但人各有命。”

外面的风比刚才强劲了许多。有一瞬间，他甚至觉得自己可能会被风刮得飞起来。乘风飞过这些高楼大厦会是什么感觉呢？不会像飞鸟，应该更像某件没有自己意志的死物，比如一张被狂风卷起的纸，投入城市的旋涡，抖落今晚的话语，回到早前那古怪而寂静的时空，那里曾有人站在他宁谧静止的房间里，站在他的面前，不仅在力量上压倒他，而且像狂风一般刮进他的记忆，吹乱了往事。这竟然是可能发生的事吗？它竟能在如此短暂的时间里发生吗？它有可能成为一个新篇章的开始吗？

在莱布尼茨大街的拐角，他感到自己就要被风吹倒了。风或许是从波罗的海刮来的，又或许来自遥远东方的某片可以噬人于无形的草原。风把枝丫变成鞭梢，它们相互抽打、各自呻吟——那是他将要聆听一整夜的声音。

雄鹰广场上的风也发出类似的声音，但有些微不同。它先从曾是“死亡地带”的空地掠过，积聚到足够的动能，形成更刺耳的呼啸，然后才向手无缚鸡之力的敌人刮去：那些贫瘠的树，东德市民最后的美好愿景。风在树中稀释成毒蛇吐信的咝咝声。等吹到艾力克·奥兰涅房间那唯一的窗户上时，已经变成了一种阴森的低语，好像一个未卜先知的丑恶老妇在预示吉凶。为了集中精力，艾力克·奥兰涅在拥挤的房子中结起跏趺坐，但这样做的用处不大。她的思绪好像房顶上的风向标，一圈又一圈地打着转，围绕着三个迥异的难题，每一个都亟待她去解决：1）她的女王是否真的有过那些情人和那几次流产；2）今天的黑格尔哲学课；3）那个用了比做爱本身更为亲密的方式抚触她疤痕的男人。

“这样下去不行。”她出声自语道，而事实也的确如此。她像拆毛衣一样对每一团思绪抽丝剥茧，又像转经轮般一遍又一遍绕回原处。那条伤疤是属于她的，只属于她；那道试炼她的火、那阵灼痛、那肉体烧焦的气味、男人在她身上捻灭的香烟、压迫她的沉重的身体、下体的撕裂、囫囵咒骂的嘴里涌出的酒臭、她的尖叫、赶来目睹一切后不得不双手扶门才不致摔倒的母亲——这些都是属于她的。我的！我的！都是我的！没有任何人有资格谈论！所有往事都会过去，但这一件不会。它会永远在那里。从这件事里，诞生了她的抗拒。但是她抗拒什么？如今，另一个男人也碰触了她的伤口，他用温柔的指尖勾勒它的边缘，好像它还可以被治好。不，不要管它被谁碰过了吧。“温柔”——她的世界早已经将这个词取缔了。但他的手指毕竟曾在那里，他的样子仿佛他明白一切；而这，这可能吗？

再说另一个问题，不知道为什么，她感觉这个问题与他和她的伤疤不无关系：她越研究乌拉卡，对她知道的就越少；每一件史实都会勾连出新的疑问。她称她为“曾经存在的女人”，认为自己的命运与她的命运有所联系，虽然这在学术研究中是一种禁忌，因为你绝对不能——打死也不能——与自己的研究对象共情。但是已经晚了。这当然是不容许的行为。她必须留意在行文中隐瞒。历史研究不是个人情感的抒发，也不是个人意趣的体现。但她读的文献越多，听到相互矛盾的声音越多，看到史料缺失的地方越多，就越忍不住往那些不确定的空白里填补自己动情的想象，仿佛是她在捍卫自己的疆土，仿佛是她挨了打、受了辱、被迫出逃、被迫反抗、被迫向别的男人求援。她好像在写小说，好像在写一部虚构作品，为了一己之私，她在作品中扭曲事实，写下诸如“在那一刻，乌拉卡心想……”这样毫无根据的话，因为你绝对不可能知道乌拉卡曾经想过什么。纵使去读几十本描写中世纪宫廷生活的书，你也绝对找不到自己想要的东西——他们是什么气味？他们如何交谈、做爱？无论你写什么，都只能是推想。在一本小说里，你可以让你的中世纪女王抵达性高潮，但过去的性高潮与现在的性高潮是不是同样的性高潮？古人与今人相比究竟在多大程度上有所不同？或者反过来说，究竟在多大程度上大同小异？他们的太阳是绕着地球转的，他们的地球是宇宙的中心，他们的宇宙是由上帝守护的；一切都按部就班，世界遵循神圣的法则，每个人各安其位——这与今天的现实完全不一样，今人很难真正理解，更别说去共情。但反过来说，人类基因里又似乎有与生俱来的一种能力，令我们可以去想象一切。就拿教堂讨伐肉体罪恶来说，她就见过许多罗马石柱，对纵欲者将得到什么惩罚刻画得极为生动具体，令她至今想来仍感到反胃。又比如吟游诗人的吟唱，若非以音韵格律掩饰之，其中对性爱的压抑的渴求，就会昭然若揭。她前后摇晃着身体。她的硕士论文写的是克里斯托弗·波曼（Krzysztof Pomian）的《历史与虚构》（*Histoire et Fiction*），在标题页上，她曾援引马克·布洛赫的一句阿拉伯谚语："人从自身所处时代继承来的特征，比从自己父辈那里继承来的要多。"

"这种老话，不听也罢，"她的导师拿到论文时说，"不过，引用先贤的话对增加论文专业性还是有帮助的。"说完还不忘把手放在她的肩上，"目的单纯"地捏了捏。她像掸一件异物一样掸走他的手，任其落下，招致了对方语带嘲讽的一句"Noli me tangere[1]"，语气仿佛逗弄一个小孩。

"这么说也行。"

"好吧，不碰就不碰。但是不管怎么说，起点又高又

1 拉丁语，意为"别碰我"。

飘的引言不是我喜欢的风格。我们在这里的主要任务是研究历史。如果我是你，就把怀疑的事留给大男人们去做。”

从他这样的人嘴里说出“大男人”再正常不过，因此她没有费神纠正。男人是受不了反驳的。今天的黑格尔哲学课上得也很不顺利。阿尔诺·蒂克热情的引介（“啊！你要是听过科耶夫[1]讲的黑格尔就好了！”）虽然开启了她对黑格尔的兴趣，却并未使哲学大师艰深的用语与构句更容易理解一些，而柏林大学的这位老教授带着鼻音的德语也对她的学习毫无助益。

她的同学说他“讲话好像乌布利希”。她不知道这是不是真的。但他绝对很像一根穿着三件套西装的胡萝卜。她提出了一个教授明显感到愚蠢的问题，因为他的回答是：“我知道荷兰大学轻忽哲学已久，德国哲学可能更是只字不提，但我怎么也没想到，人类竟然可以无知到这个地步。不过话又说回来，这不是你的错。正如海涅曾说的那样，在荷兰，一切事情都要比别的地方晚发生五十年。”

“难怪贵国的美因茨、汉堡与杜塞尔多夫不肯在市内摆放海涅的雕塑，难怪一直到1965年，贵国多所大学的

1 科耶夫，即亚历山大·科耶夫（Alexandre Kojève，1902—1968），法国哲学家、外交家。

理事会与占压倒性多数的学生都还拒绝用海涅的名字命名自己的学校。”

“我想这是因为海涅是犹太人吧？”

“这是您说的，不是我说的。我倒觉得这是因为他太爱开玩笑。虽然，一百年过去了——请注意，这是两个五十年——贵国人依然不善于开玩笑。与此同时，海涅却被纽约欣然接受，并放在了布朗克斯区。在那里，他可能更适得其所。另外据我所知，海涅根本没有说过那句有关‘五十年’的话。”

由于太激动，她已经忘掉了自己原来的问题。教授（在这里依然要尊称他教授先生）狠狠地看了她一眼。没有一个同学为她仗义执言，教授又重新开始了他天书般的讲解。她对阿尔诺·蒂克的态度也很冲，嘴上一点也不肯吃亏。但现在独处一室，她对自己产生了怀疑。

黑格尔。一个人该如何面对黑格尔？没错，他偶尔会迸出一个鲜活的词，惹动你的兴趣，但他总是很快又回到教条中，回到他几乎宗教般虔诚的、对体系完整的追求中。在那个体系中，理想国的风琴演奏着未证成的预言，世界的“绝对精神”——先不管那是个什么玩意儿吧——终将觉醒，如果她的理解没错，这就是说世界终将达成自体自由，接着，一切从古至今为祸地球的大小矛盾，都将得到化解。

这听起来耸人听闻。她对黑格尔动辄数英里长、连篇累牍的阐述，有一种天然的抗拒，但不可否认的是，他的推演确实精彩。他既像一个魔术大师，又像一个萨满教的术士——你或许听不懂他的咒语，但你难以拒绝他的帮助。她听那位“教授先生”讲课时，倒没有这种体会；必须等回家或去图书馆反刍黑格尔冗长的文本架构、画出其中的重点段落时，她才能有零星的感悟。画线令她产生一种“自己懂了”的错觉，但没过几小时，她就一个字也不记得了。唯一的印象只有“黑格尔很有见地”和“黑格尔对自己的学术孜孜以求”这两点。但是怎么会有人竟然觉得“拿破仑是一个完人，其成就标志了人类发展最高、也是最后的形态”？什么是最高、最后的形态？她知道，问题不在于黑格尔的术语，自己不是因为文本而对他感到抵触，自己抵触黑格尔是因为自己缺乏一种特质。阿尔诺是怎么说的？“难道你感觉不到？黑格尔是他那个年代唯一理解‘自由’的人。在这个意义上，那真是一个时代的终结——一个无人理解‘自由’的时代的终结。”

或许吧，但这并不意味着那一刻就是历史的转折，不是吗？因为，如果那是人类首次理解“自由”的时刻，如果在那一刻，传统的主奴角色真的集体从历史舞台退场，就像演员从哥尔多尼[1]的戏里退场，那么当我们看到，在这个“主奴辩证”被首次提出的城市里，在这个所有奴仆都已经成为自己的主人的地方，人们却又被套上了新的枷锁、变成了新的奴隶，这难道不更骇人听闻？奴仆“自由地”选出了自己的主子，好让主子奴役自己，而他们与主子唯一平等的地方，仅仅是他们各自的称谓——是怎样的白痴才想得出这样的体制？而这样的疯狂，如野火燎原，亿万人为它献出生命。

“这不是他的错。”

她在对谁说话？难道专注于她的女王不好吗？把注意力放在正史、注疏、原始文献上，换言之，顾好自己的一亩三分地，难道不好吗？然而她发现，原本为自己找的那一小块天地，如今正在日益扩大。才跨过一道坎，又落入一个坑；刚啃完一篇教皇儿赴圣地亚哥传道的论文，又要研究对穆罕默德的国土合纵连横的论述，或本笃会在当时所具有的影响。重新编织那段早已被磨损得面目全非的历史——那段她既熟稔又陌生的历史——到底有什么意义？面对那宏大、高渺、信众甚多的理论，她这样不厌其

1 哥尔多尼，即卡洛·哥尔多尼（Carlo Goldoni，1707—1793），意大利剧作家，被誉为“现代喜剧创始人”。

详、不厌其烦地纠结一小撮微不足道的史实，目的何在？这一年又一年的努力，难道只是为了捡起一粒在超凡入圣的伟大时刻落下的尘埃？

她站起来伸了个懒腰，再一次听见时而低语时而哭号的风。啊，孤独的滋味——谁也无法完全解释。人在孤独中得以彻底自在，得以在自己制造的纹丝不动、浸染一切且足以抚慰人心的寂静中，对周遭做出彻底的无视。

阿姆斯特丹人喜欢成群结队地去泡咖啡馆。不知道他们在那里是会看书，还是只读报呢？再说那报纸，它的版面日益增大，它的新闻却越来越无聊。柏林则让你觉得自己——不知是否因为它比荷兰大得多？——可以湮没于人群。每一次回家，她都感到家乡正在变得幼稚。人们养成了一种危险的肤浅，丧失了独立的觉知，笑同一个笑话，解同一个字谜、买——但通常不读——同一本书，以此彰显个性。而这一切，都在一种令人窒息的自满中进行。她认识的每个人都做瑜伽，都去巴厘岛，都热衷于指压按摩。他们同时忙碌着上百件事，每一件都需要他们出门。很少有人能满足于独处。

“不用这么‘卷’！”

如果这不是她的声音，又是谁在说话？她走到裂缝的镜子前，审视自己。不，最好不要审视。她的眼睛会说什么？它们会说，它们并不来自她的母亲。两颗炭一般黑的炽热的眼珠——由一位未知的父亲贡献给她。她去过一次梅利利亚（Melilla），在城里逛了两天。那是个极其污糟的地方。既不像西班牙，又不像摩洛哥，也不像伊斯兰。她仔细看过那里的男人，决定不与他们认亲。她看到几千对与自己相同的眼睛，却没有一对眼睛以父亲看待女儿的方式看待她。女儿。她突然迟疑地将手伸向伤疤，轻轻触摸着。她从来没有这样做过。突然，她的整个身体凝固了，仿佛遭到了呵斥。她真的做了那件事吗？她站在那里，人偶一般僵硬，甚至眼神都变得不一样了。一条禁忌之线已被跨越。

又是我们。我们似乎总是在晚上出现。索福克勒斯喜欢在剧中安排合唱团对情节置评。我们不置评。《亨利五世》中的合唱团吵嚷着要求审判。我们不要求审判。我们选择晚上来，因为这是你们休息的时间。这是你们沉思、总结或仅仅是睡眠的时间，这时候的你们最接近死人，虽然，其实还没有死。此时，演员都已就位。受艾力克的影响，阿尔诺正在读古早时期的历史。确切地说，他正在读波利比乌斯。波老的洞察力和作品浓浓的学术气息，令阿尔诺感到惊喜。他饶有兴味地发觉，自己与波利比乌斯一见如故，仿佛同时代人。他听着窗外呼啸的狂风，阅读不同文化间彼此的吞噬与融合。两千年前就有人提出，历史是"一种组成有机世界的基本单位"。身处柏林的这个人搁下手中的书，无法决定自己是否能认同这个看法。接着他又翻开书，一直读到睡意将他淹没。芝诺比娅的耐力要差一些。她本该正在研究“勘测者”号探测器——它将在今年九月结束耗时三百零九天、长度四亿六千六百万英里的旅程，抵达火星表面——但却已经睡着了。不，我们不能告诉你们探测器最终是否真能抵达，正如我们不能告诉你们2012年3月人类是否能第一次登陆火星一样。如果那时你们还活着，自然就会知道。眼下你们需要知道的仅仅是：人与人之间行为的联结，可以用一张空间图表来表示。阿图尔睡着了，世界暂时失去了他，但维克托还坐在工作室里，凝视一件至少一亿年前的骨头化石残片。“风从何道来，骨头在怀孕妇人的胎中如何长成，你尚且不得知道。”那骨头，以及我们所不知道的一切，将会是他下一件作品的主题。他不会对别人说出这个主题。此时的他安静地坐着。他要与他即将塑造但还一无所知的一切进行融合。“一切都写在这本书里”——它在未来还未到来之前，就已经把未来写好了。在阿尔诺与书桌上扣人心弦的波利比乌斯、芝诺比娅与人类落在火星上的第一步、艾力克与乌拉卡的战争、维克托与骨骼化石还是活体的那一年、《传道书》、阿图尔与他暂时的缺席之间，串联着许多丝一般的线索，我们看得见那些线索。正是我们将一切联系在一起。你们在时间中存在的能力有限，可你们思考时间的能力却是无限的。光之纪年、人之纪年、波利比乌斯、乌拉卡、“勘测者”号、史前骸骨，千头万绪的线索，四维空间的图表，将五个人联系起来，汇成一团终会瓦解、但尚未瓦解的星云。你们将不必再耐住性子听我们说话。我们只会再说几句话，然后会减少到几个词。确切地说，是四个词。

他醒来时，正赶上风势逐渐减弱。在他听觉复苏的时候，最后一阵劲风正好刮过栗树的每一层枝丫，从高到低，直抵地面，完成了一串只有最高超的打击乐手才能模仿的音效。最后一次掀起院里的枯叶，留下最后一阵窸窣、最后一句呢喃的遗言，接着归于死寂。几分钟后，落下微雨。雨滴历历可数。

他苦于需要思考的事太多，因此迟迟不愿开始。还是快起床刮须，灌一杯咖啡就上街去吧。履行今天的第一件事务：拍片。告别大赛的世界冠军。如何用影像诠释“告别”？院中的落叶或许可以。虽然树叶落下不是出于自愿，它们是必须放手，它们是“被落下”的。所以落叶不能表现“告别”，必须找一样主动放手的东西。主动离开的那一个总是比被动离开的那一个占有先机。

他抓起摄影机、南瓜录音机（今天他需要高质量的收音）、防风罩、话筒杆和耳机。以他目前的构思来说，音画无须同步。他三步并作两步下了楼——像一匹负责货运的人头马。这次照例又会不堪重负了。我真是一个堂吉诃德，他对自己说，何况也想不出其他可供自比的名人了。因为有雨，他把所有器材包在塑料纸里。告别，车轮，车胎碾压沥青地的辘辘声。早高峰时段，这很合适。他从维尔默斯多夫大街拐上康德大街，一直走到利岑湖公园（Lietzenseepark）。公园此时空无一人，但因为就在街边，他可以在那里拍摄川流不息的车轮。只是贴近地面拍摄车轮，而不包含车身。因为没有人需要看到车子的品牌。他只想记录车流的动态：车轮与泥泞，旋转与飞溅。他知道整个画面会呈现什么样的气氛：灰暗、阴沉——体积上碾压其他车轮的卡车与巴士，速度上碾压其他车轮的小轿车，被迫停下的车，超车插队的车，再次启动的车，向前冲刺的车，被堵在后面的车。拍够了车后，他来到马路边，将话筒尽量靠近车轮的洪流，开始收音。从耳机里，他听到上千只橡胶车轮的"嘶嗖"与"唧溜"，声音像烈马飞驰过脑际，淹没了对那个第二次突然离去的女人的思念。眼下唯一重要的是橡胶在沥青上发出的声音，这是由机械说出的悄悄话，只有机械自己懂得，倘若那是某种警告，他决定不去在意。直到浑身湿透，他才往家走去。几小时后，他按响芝诺比娅的门铃。

“谁？要干吗？”布莱布特罗伊大街上，一只对讲机传出她的声音。

“我是阿图尔！”

“啊哈，原来是汉森！”

“对！如假包换的我！只要你别让我叫你白雪公主或者睡美人，随你叫我什么！”

“敢这么叫我你就惨了！我可是花了好几年才养出这一身肥肉的！”

她在门前的楼道里等他。

“我还以为你永远不来了呢。阿尔诺说什么来着？噢，对了，说她很惊艳。”

他还没有放任自己去这么细想她。此时他想了想她的头发，蛛丝般柔韧的细发编成一缕缕麻花。软韧到好像手摸上去会被弹回来。手摸上去完全感觉不到颅骨，好像戴了一顶头发编的盔。

“你还是拿不准她的心？”

“嗯。”

“那她挺特别呀。”

“我能进来吗？”

屋里空荡而阴凉。只有几件最基本的木质家具和四面白墙。

“墙上不该挂装饰品。要看什么东西的话，应该放在那边的讲台上，以便细细研究。”

讲台本身就作为纯粹的装饰品摆在一个有些年份的瓷砖壁炉前，距离壁炉十英尺。

“这是我个人的上帝。你喜欢吗？”

“我更想知道那上面放着什么。”

讲台上放着一张火星的照片。

“来点高见吧。你看到了什么？”

他看着照片。坑洼的表面，像肿块，像痘痕，是光与影的斑点。神秘倒是神秘的，但是要怎么描述呢？

“像碑文？”

“这想法不错。但这碑文还需要解码。啊，我等不及了！”

“等不及什么？”

她对他的疑问深表惊讶。

“阿图尔！我们就快到了呀！就在你和我说话的此时，一架宇宙飞船正只身前往照片上的这个地方啊！”

她用一根手指点着照片中荒瘠的球体。

“多美好的事。如果一切按照计划进行，宇航器将在火星表面借助气球达成软着陆，接着放出一辆探测车去游历火星。探测车看起来好像玩具，但它的引擎真的可以轰哦！虽然不是很大，大概这么大，”她说着用手比画，手与手之间的距离，与渔夫要比画自己捕了多大的鱼时取相反方向，彼此靠得很近。“只有这么小！但它可以帮我们解开所有这些密码。”

她把一叠电脑里拉出来的数据塞给他。他一个字也看不懂。

“开始函数分析吧。这是 APXS 测绘。”

“APXS 什么？”

“阿尔法粒子 X 射线光谱仪测绘。一种或许可行的手段。用来对土壤进行分析。”

土壤！听起来有些荒诞。

“会可行吗？”

“当然会！7月5日那天，小破车就会在火星表面跑起来，然后将大小岩石与各种物质的数据发回地球。你看。”她从抽屉里掏出一张照片，几粒岩石，散见在一片荒芜间。光线好像是铅做的，岩体上的暗影更加深了寂寞的质感。

“这就是火星？”

“当然不是咯，你是傻子吗？我手上还没有火星的照片呢。这是月球，但火星应该长得差不多。也是寸草不生的。”

“看起来好寂寞啊。很适合造一个公交站台。”

“给我们点时间，肯定能造出来。”

“怎么？人类要进军火星了吗？”

“当然。我们要搬到火星上去！十到十五年后，人类会第一次踏足火星表面。美中不足的是我们每二十六个月才能向火星发送一次任务。因为火地轨道至近点每二十六个月才出现一回。这回的这个小破车是回不来了。但再给我们八九年吧，就会有飞船带回第一块火星上的岩石。看，这就是小破车本车。”

她给他看了一张照片，上面有一个小玩具似的东西。

“这是一个女人设计的哟！你要喝茶吗？俄罗斯茶。喝起来像火药。”

“要喝，谢谢。”他坐下来。

“俄罗斯茶。俄罗斯人的 Begeisterung[1]。多可爱的词。德语有时候真的好美。‘饱满的精神’比‘洋溢的热情’听起来高级多了。我知道你在想什么。你在想为什么这个傻子为一辆小破车就激动成这样。”

“胡说。我根本没这么想。”

“听着，咱们说点正经的。我没有要煽情的意思，但

---

1 此处为德语，意为“充满兴致”。

在我还很小的时候，在列宁格勒那个可怕的冬天[1]，我身边的人一个个都饿死了，没有饿死的也快饿死了——你根本不知道饿成那样是什么感觉——那时候，在我的身上发生了两件事。第一件是，我心想，如果能走出去，我此生就要不停地吃……你也看到了，这方面我落实得很好。另一件是，我想，我不要在这个世界生活了，我要抛弃它，到别的地方去。我发誓，虽然当时我还很小，但我真的是那样想的。我不要再生活在这个地方了；我就一直这么想着，然后在一个黑暗的冬夜——我们没有灯——我看着天上的星星，又想：就去那里吧，就去那些星星上，这个世界不可能是唯一的世界啊，一定还有别的世界的，说这就是唯一的世界肯定是随便乱说的，因为它肯定不是……这么丑，这么多死人，这么冷，怎么会是唯一的世界呢？噢，对了，如果你想对丑陋、死亡、阴冷的感觉大致有一个概念，可以看看薇拉的画……我们是双胞胎，她是那个所谓的悲观主义者……她是阴阳中的阴，光影中的影……但在一开始，我们不是这样的。我就是因为她画中的那种暗无天日，而皈依了物理学的……也是因为那种暗无天日，我……反正，“斯普特尼克”号进入环地轨道的那一天，是

1 指1941年到1942年间的冬天，纳粹围困列宁格勒期间。

我这辈子最快乐的一天，因为在那一天我看到了可能性，我想的事真的会发生……我相信我们的使命在太空，而不在这个屎一样的地方，对此我坚信不移。你有过这种感觉吗？我们生活的这个世界，它太老了；我们已经恬不知耻地把它耗尽了——它肯定是要报复我们的。我们拖拽着的一层又一层的回忆已经千疮百孔，所有能被污染的都已经被污染了。啊，芝诺比娅，别说了，快把茶送给这个可怜人吧。但我是认真的，阿图尔。你看看那架飞船，再看看这个污浊湿臭的世界……唉，算了，算了。但是不知道为什么，年轻人好像对星际探索没什么兴趣了。我看得出你在笑我……"

"我没有。所以，全程要飞多久呢——我是说到第一次登陆？"

"全程四亿六千六百万英里。"

"谢谢。"

"需要三百零九天。"

"是不是有一个人必须一直待在飞船里？"

"我愿意明天就出发。但他们不会让我去。因为我太胖了。"

"芝诺比娅……？"

"你尽管问。但在提问以前，麻烦你替我做一件事。

麻烦你把眼睛闭上，好好体会一下，所有的飞船，正在各自飞向它们的目的地。就在此刻，就在我们说话的这一分钟！‘旅行者’号，‘探路者’号……很快还有‘勘测者’号……”

“嗯嗯，它们都在前往各个荒芜岩体的路上。但这难道就只是因为，反正有这么多星星，不如去一去？”

“我的天哪！你这个没有信仰的人！这是因为我们必须去！你的后代会看到一切成真的。”

“我没有后代。”

“哎哟，**傻姑娘**[1]！抱歉。”

“你不用道歉。我不该这么说。让我看看你打电话叫我来看的那些照片吧。”

“啊，”她的脸上重新浮现笑容，“有点像火星，但是有水。”

她拿来一本文件。每一张照片都被一张薄纸保护着。

“都是手冲的。你干吗不到桌子那边去坐。这两张是沃尔斯（Wols）的。”

他小心翼翼地揭开第一张照片上的薄纸。底衬上用铅笔写着“沃尔斯，**无题（水）**”。但那真的是水吗？这张看

1 此处为俄语 глупая девчонка。

起来像是冷凝岩浆一样的东西，真的是水吗？黑灰相间的鱼鳞状光斑，几乎像抛过光一般油亮表面上的谷与沟，虽然不平，但看起来很光滑。那段水，在这世上的某时某地曾经流动过。他想用手去摸，但是及时止住了。这正是他要找的——一个无人问津的、非人造物的、尚未命名的世界里的自然现象，用来对抗那积重难返的人类社会的名词与事件。我想保存那些其存在无人留意、亦无人想要留意的事物。我想拍下最普通的一切，好让它们不会消失。

"你怎么了，阿图尔？怎么不看了？"

"我已经看到很多了。"

"那看看这几张吧。这几张是阿尔弗雷德·埃尔哈特（Alfred Ehrhardt）的。这个系列叫'潮滩'（"Das Watt"）。海边泥滩。"

在他面前的是一派无序却呈现某种结构的图景。一切未经打理——线条突然分岔，四下延伸后又莫名会合。但他不愿用"无序"与"结构"去描述它。语词听起来十分多余。

"我想知道他是怎么拍的。从有些照片看，他似乎就悬在景物上方，但这又不太可能。他对光线的把握真是妙极了……但是……"

"但是？"

这是个老问题。自然景物，未经任何设计，当它释放美的时候，到底是人类问世前早已令它存在的自然界的功劳，还是感应到其美感与戏剧性、努力将其重现的摄影师的功劳。埃尔哈特捕捉到了无序现实中的秩序，但本质上，现实对此并不关心。

“作品有一种‘不介入’的意图。作者选择拍摄这张照片，但不要这张照片成为他的构造。他欣赏这片风景，或至少是风景的一部分，但不进入这片风景。作品的艺术性依赖于对这种‘不介入’的意图的呈现。风景是自足的，他只是把它单纯地保存下来即可。湿地上的这些线条早已被海水冲刷过千百万次，但如果我明天去看，大概会看到相同的东西，只是在细节上略有差别。”

芝诺比娅点点头。

“就这样了？”

“当然不是。接下来就是你我介入的时候了。但无论我们怎么做——放大照片也好，挂到墙上也好——都改变不了它作为一张某人在1921年1月21日拍摄的照片的事实。”

芝诺比娅将手放在他头上。

“我感觉这里面有东西在酝酿。是什么大事吗？”

“很可能恰恰相反。”

他突然感到必须马上结束这场对话。有没有一个词，可以用来形容自己的身体被劫夺、被享用，而享受的一方根本不关心自己是谁？一定有这样的词，但在被劫夺的过程中，纯粹的感觉主导了一切。生理愉悦令过程不需要名字。这可能吗？或者说，他们之间所发生的，有可能就是这样的过程吗？一股暖流淹没了他，他不由地站了起来。

“一共多少钱？”他胡乱指了指所有的照片，“不对，应该说，一张多少钱？我就买得起一张。”

他眼前浮现她纤弱的、象牙白的身体。那样的身体……该怎样留住那样的身体？

“我怎么会收你的钱？喜欢的话你就拿一张好了。”

“很难选。我要再想想。我改天再来拿吧。”

他急着要去图书馆。

“他们要我去俄罗斯，”他说，“照例又是拍新闻。”

“啊，好极了。绝不能让世界忘了俄罗斯的混乱，对不对？”

“可能是这个目的。我只是去扛摄影机。”

“去吧去吧。反正没有人能理解我们。”

沉默。

“阿图尔？”

“嗯？”

“你不用自己选。我会选一张我喜欢的送给你，但不是今天。我看得出你现在坐立不安。你去你急着要去的地方吧，不管那是什么地方，我也要回火星去了。或者去土星，反正下一站就是它。说不定我可以报名登上飞船呢。他们准备放一个超棒的探测器上去，正好能装得下我。是以你们国家一个男人命名的，叫‘惠更斯’。”

“所以你什么时候走？”

“10月15日。到达日期是2004年。也就几步路的事。然后‘惠更斯’和我会搭上‘卡西尼’号，到‘泰坦’卫星上转一转，在土星上空飘两年。再有九个月就能启程。我已经等不及了。”

“行了，别闹了。”

“想跟俄罗斯人交朋友，就得学会忍受我们随时起兴的毛病。土星，它可比火星美太多了；与土星相比，火星不过是光秃秃的溜冰场。一颗土星可以容纳七百五十五颗地球，它由好看得不得了的发光气体构成，轻得如果我们有一片足够大的海，它就可以在里面漂。你有没有很想被什么东西吞下去、很希望自己消失的时候？这些数字就可以让你消失。你无法想象这么多零放在一起对我这样的人来说有多么诱惑。”

“我还以为科学家不讲情感。”

“我不是一个典型的例子。我是一个失败的科学家，一个靠边站的‘文员’。据我想，科学家无非是研发新机器或制造新谜题的人。你说呢？”

“我想科学家大概都是专门制造谜题的俄罗斯式抒情主义机器吧。而且我得走了。”

去拿大衣时，他经过她的电脑，看到蓝色屏幕上密密麻麻的数学公式。

“这是什么？”

“这是诗。”

他凑近观看。如果这是诗，那么这首诗来自与他远隔千里的世界。那是一个纯洁得可怕的、与他毫无瓜葛的世界。

“这首诗和普通意义上的诗有什么区别？”

“区别在于，它不是由悲情、爱情甚或污泥浊水写就的，而普通意义上的诗都是那样写就的。它不由语言写就，也就没有煽情的成分。但它更凶猛得多，因为使它如此美好的纯粹，也正催生出了这世界上最可怕的一些发明。”

她看着那段公式。如果能将她的行为描述为“阅读”，他很想知道她读到了什么。她的脸上露出微笑。

“数学家就像鬼魂，”她说，“他们在真空里居住，彼此用代码通信。那是一个既现实又超现实的世界。你拍不到那个世界。所以还是快去俄罗斯吧，同时，别忘了我跟你说的有关塞壬的事。”

“好。”

他根本不记得她就塞壬说过什么，但他此时不愿深究。他突然觉得，自己如果抓紧时间，就一定能及时赶到图书馆。而她一定会坐在那里看书，就在他初次见她时的那张桌子前。然而当他赶到阅览室时，在她桌子前坐着的却是一个男人，他有一张如假包换的印度脸，令他觉得自己被传送回了入口的咨询台。在全面搜查了所有阅览室与走廊后，他知道自己不得不面对她不在这里的事实，同时也知道，今天的自己将无法摆脱这份乞讨的卑微了。下一步，他将去爱因斯坦咖啡馆，而她一定也不在那里。他觉得自己又回到了特意骑车经过女孩门前、心里却害怕被她看见的中学年代。他像阅兵式中的军人那样，笔直后转离开。图书馆前正好有一辆计程车在徘徊——这一定是某种讯号。当司机问他去哪里时，他意识到自己并没有一个可以说得出的地址。阅兵式……军人……有了。

“去 Neue Wache——新岗哨。”他说。

许多年前，他在那里拍过交接仪式，见过军靴震魂的场面。在铿锵的步点伴奏下，所有卫兵整齐划一，好像那不是一群人，而是一只庞大的动物。当时岗前为纳粹遇难者点长明灯的位置，现在竖立着一件凯绥·柯勒惠支（Käthe Kollwitz）的雕塑作品——新时代“圣母怜子”：一个丧子的母亲，搂着自己死去的儿子，母亲苦，儿子也苦，两个人的苦最终融合成了一个大大的苦。他钻出计程车。现在已经看不见交接的人了——他们突然地人间蒸发，再也无法踢正步，再也无法猛地将靴尖抬到腰带的位置。他记得当时观礼的人们仿佛被摄走魂魄般久久地凝视着，是什么让队列这一行为如此令人着迷？是因为动作完美划一吗？是因为它剥夺了个体的独特、令大家降格为机器了吗？很难想象这个机器的任何一个组成部分，会去爱抚一个女人，但这景象中却又有一种激发情欲的东西，只有上帝知道为什么。或许因为军靴与军盔令人想起死亡与毁灭。他走向以前是议会大厦的共和国宫（Palast der Republik），他在那里看过人群声讨埃贡·克伦茨（Egon Krenz）——一个最终被时代潮流冲进下水道的人。那以后过了不到一年，大楼对面的博物馆就摆出各种与前任领袖有关的物品——格罗提渥的眼镜，乌布利希的勋章——入口还守着一尊锌质的列宁塑像。比真人更大的列宁，面带不服不愤的神色，双手插在口袋里，做一览众山小状，仿佛从他头上飞越的导弹全部都是他本人造的。一段还来不及陈年就被草草掩埋的往事。一段每次提起就被抨击嗤笑的往事。但无论是在当时，还是在现在，从参观者的脸上，你都看不出这段往事：每个人都参与了那段历史，然而悖谬的是，没有人愿意承认。

然后呢？然后他无计可施，决定不再找她，而是等待。等到第四天尾声，他听到门上有指甲刮擦的声音。他打开门，她像猫一样闪身进入。他关好门回过头，她已经在椅子上坐下，抬眼望着他。他没有告诉她自己找过她，也没有对她提出任何问题，她对他也不说一句话。她避免使用他的名字，于是他也不去称呼她的姓名。就好像双方有过协议。她在沉默中除下衣衫，就像第一次那样。他轻声提到避孕药或避孕套，但是她摆摆手，告诉他没有必要。“你没有艾滋病，我也没有艾滋病，我也不会有孩子。”

他问她为什么那么肯定自己不会有孩子，她说因为不想要。他很想就此再聊一聊，但她已经又压到他身上。当他正要把她从自己身上摘下来，轻轻地放在一边加以爱抚时，她激烈拒绝，好像已经开始大快朵颐，所以不愿再受打扰。不，不，不！他明白，如果不顺着她，她会立即离开。于是，一切都像第一次一样发生，唯一不同的是，这一次他放任自己沉溺，而两厢的烈火又再一次在沉默的离去中陡然熄灭——她就像来拿一样东西，拿到后就走了。

自那以后的几周里，她一直重复这个模式。他已经放弃思考自己究竟在扮演什么角色。也无法回答埃尔娜的问题。

“不自信了？”

“不是这个问题。”

“那你为什么不说话？我们以前不都是无话不说的吗？我这不是要窥探你的生活，只是想知道你过得好不好。听起来你奇奇怪怪的，好像出了什么事。阿图尔？”

“嗯？”

“昨天是3月18日。”

3月18日是飞机失事的日子。

“而我第一次没有给你打电话。可难道不是你说我总有一天会走出来的吗？”

“我是说过。可是……”

她这一手真是防不胜防。突然之间，房间里就不止他一个人了，虽然另外两个人不会说话，虽然他们离他比以往任何时候都更遥远。这一定跟他们的年纪也有关系吧？他们也拗不过岁月，也会黯然老去的吧？

“你该离开柏林了。那个城市对你没有好处。你需要多出去转转，做些事情。”

“我在这里有很多要做的事情。”

“我是说务实的事情。”

“比利时广播电台要派我去爱沙尼亚。荷兰人要我去俄罗斯，比利时人却要我去爱沙尼亚。那里也有俄罗斯人。以你的标准，我算够忙了吗？”

他挂断电话，久久地、一动不动地坐着。有什么办法可以把自己要离开一周的事情通知给一个你既不知道她的地址和电话，她也从不向你提出任何问题的人？答案是：没有办法。除了勉强可以在门上贴一张字条。

他问过她为什么不能告知她的地址。

“我没有别的男人。如果你疑虑的是这个的话。”

他告诉她，或许出人意料，但他根本没往那里想。

“你现在就会往那里想了。不请自来的否认等于承认，对吧，弗洛伊德大夫。”

“这我不知道，我只知道你总是不请自来，又不请自去……我还知道我们几乎没有机会好好说话。除了那两次在孔雀岛和吕巴斯……”

他还来不及说别的。

“我不喜欢被占有。”她已经后退一步，抬起手，好像要格挡他。两人这样僵持着。她看起来好像还有话说，却什么也没说。终于，她转过身去。“如果你希望，我也可以不再来……”她说，“反正我习惯一个人了。”

“你现在不是一个人了。”他想将她收束进自己的怀里，但他知道这不可能。寂寞，苦涩——这让他害怕。一个将自己牢牢封闭的人。全副武装，永远地置身事外。

“希望你别想太多。”她说出这样的话。

“最好赶紧脱身。”维克托曾告诫。他没有对他说过他与她之间的任何一次会面，他就已经做出了这样的忠告。赶紧脱身。但是，如何脱身？他出外景时倒常能做到。因为不知什么时候就会陷入危机四伏的境地。接着，人会起一种本能的惶恐，直到重新回到安全之中才会放下。迄今为止他还没有失手过。但这一次是否能回到安全之中，他不知道。

去塔林（Tallinn）的渡轮还没有离开赫尔辛基港，船上的芬兰人就都已经醉了。他站在甲板上瑟瑟发抖，拍摄撇出去的两股浪花。

“你的手指是不是冻在摄影机上了？”比利时导演躲进船舱里对他喊道。阿图尔和雨果·奥普萨默认识很多年了——已经是无须多言的交情。他知道雨果欣赏他的作品，也感谢他从不问自己为什么只肯扛摄影机。每次临时缺人，雨果就会找他。大制作也好，小制作也罢——对阿图尔来说没有区别。他喜欢与瑞士人合作。他们不会假热闹，他们的距离感是出于礼貌，出于对他人的尊重，而非大多数荷兰人所认为的那样，是出于冷漠。每一次与荷兰团队合作，他都深深地体会到自己真的太常离开也太久不回荷兰了——他不知道最近的热门人物是谁，听不懂时下流行的笑话，也不知道被玩梗的是哪一位公众人物。这让他既属于荷兰帮，又不完全属于荷兰帮。尽管如此，比利时人还是把他的一切不可理解的行为归因于他是荷兰人。

渡船彻底离港后，海面更颠簸了。他看着冰灰色的浪花反复涌动又反复崩碎。冰灰色，或灰绿色。不管是什么颜色吧，总之看起来很苦、很冷。那艘载着八百人的渡船，也是在同样的海水中沉没的吧。[1]轰动一时的新闻，如今没有人记得。他与死之间只隔着薄薄的一层——要从地球上消失只需要区区一小时。新闻快报了几个表现恐惧与毁灭的画面，直升机在白浪上空盘旋，白浪对事故显得毫不知情。那以后，遇难者就在世界的震天的喧闹声中被遗忘了，好像从来没有存在过。

爱沙尼亚。他以前去过一次。看过路德宗教堂里波罗的海贵族的纹章，浸润过那里的俄罗斯东正教教堂的香

---

1 指1994年9月28日芬兰渡轮“爱沙尼亚”号在爱沙尼亚去斯德哥尔摩途中于波罗的海遇难一事。

烛，也听过那里教堂中诵的拜占庭经。那里有千年老路的坑洼，也有簇新高速的便捷，刚走过一片经年无人打理的地方，就可能会突然出现一幢新落成的办公大楼。穿皮衣的皮条客，一个人拿着好几个手机，管理着一群俄罗斯妓女。苏联盛极一时，曾驱散此地一半国民，让俄罗斯族裔来殖民。即使到了现在，这片纸屑一样小的疆域依然笼罩在邻国庞大的阴影中。走在街上，说俄罗斯语的人跟说爱沙尼亚语的人一样多。爱沙尼亚语是一种谜一样的语言，其中没有一个让人耳熟的音节。或许正因如此，他才同意来这里一趟。当然，摄制组内部仍用荷兰语交流，但在其余时间，他得以卸下理解人际交谈的负担。在她连续几天的销声匿迹后，他甫一听说奥普萨默需要救场，就推掉NPS的俄罗斯之行，答应跟他去爱沙尼亚。被迫等待令他精疲力竭。即将启程之前，她又来找过他，但作为报复，他没有告诉她自己要出门的事。“雪耻”可能是一种愚蠢的说法，但某种程度上他确实感觉到了痛快。

喝醉的人群突然起了一阵喧哗；有人到甲板上来了。

“我们很担心你，”雨果·奥普萨默说，“一个冻死了的摄影师就派不上用场了。天哪，你看起来好像……”但他没有说下去，喻体似乎被狂风吹走了。休息室太闷热了。到处是扯闲篇的声音，老虎机的声音，电视震天响的声音。

要怎样做才能摆脱人世间的庸俗?

“来喝杯伏特加吧，到我们活人的世界来待一会儿。”

但他无法停止思念她。这个世上，是否有人还在爱?我们常听说人们出于忌妒偷偷跟踪，用刀、用枪彼此伤害——但是爱?这不是一个可以用在她身上的字;她会嗤之以鼻。但如果不用这个字，又怎样解释你一次又一次在柏林的深夜苦等门上响起那阵刮擦声?而且，为什么是她?为什么是这个对他几乎不发一言，同别人却聊得很热络的人?为什么是这个眼神烫得几乎要穿透他内心的人?为什么是这个他此时此地身处烂醉如泥者间，却仍能看见她拒人于千里的脸与雪白的身体的人?虽然他甫一想要抓住这副身体，它就要将自己剥离，虽然这副身体迫使他臣服，对待他像对待种马，好像它有权利这么做，而他却乐在其中，不仅乐在其中，还恰恰因此而焦灼地渴望她回来，再回来的人?他在沉默中中了她的蛊，他沉默，因为他不能说，他不能说，因为一旦说出，他就背叛了过去那段自己还不知道这世界上有如此滚烫的爱的人生。

“所以，明天先做什么?”

雨果·奥普萨默从包里拿出一本书，给他看了一张斯大林像。塑像仰面躺在空地上的杂草丛里。他盯着照片看了很久，总觉得哪里不对劲。终于，他明白了。

“是帽子吧？”他说。

“当然。一般都会掉下来的不是吗？但这张照片里，帽子却还好端端地戴在头上。”

“希望他们没有把像立回去。不然这张图我们就用不上了。”

“别担心，连常驻塔林的俄罗斯人都不愿去管这闲事。”

他说得没错。爱沙尼亚及周边诸国经历了什么，都可以从这尊塑像里看出来。不仅因为它塑的是斯大林，还因为它本该屹立不倒，现在却倒下了。这是一个世界的颠倒。由于摔倒后帽子还端正地戴在头上，图中学拿破仑把手插在大衣前襟两颗铜扣之间的这个人，看起来很滑稽。对最基本的自然法则的违背，暴露出了他作为偶像只是虚有其表、实则无能的事实。他躺在杂草与垃圾间；杂草与垃圾，就像他攻占后暴虐过的每一个地方。专政的噩梦会逐渐消散，一切会被遗忘，最后除了咒骂，什么都不会剩下。俄罗斯熊跳完了它最后的一支舞。数百万人死去；数百万人被残杀、被处决、被活活饿死。现在土地吞没了他们，就像海吞没渡船上的乘客，一样决绝，一样无影无踪。

接下来的两周，他就要去拍摄那些或许希望记住一切、又或许希望彻底遗忘的人了。他们是幸存的人与他们的后代，还有更小的、只能从课本中、作业里、课堂上获悉这段历史的孩子。虽然在那里，这段历史将像眼前海面的涡旋一样混沌，再也看不清那下面埋藏了多少死亡。

艾力克·达内已经像猫一样去阿图尔·达内的家前试探过两次，两次家里都一点声音也没有，这说明他不在。她想过打电话给阿尔诺·蒂克，但决定再等等。

现在她回到了家，不许自己再去想这次无功而返的旅程。她盯着面前《西班牙国王阿方索七世档案》（*Die Urkunden Kaiser Alfons VII. von Spanien*）上的哥特字体，试图平静下来。真是乱七八糟！史料记载，乌拉卡执政期间，她的儿子只称过一次王；除此之外没有证据表明他在死前还使用过“国王”的称号。而这唯一一次称王的证据，仅仅是一份由某位萨哈贡的修士出具的公证书；这位修士显然是乌拉卡的近人。托莱多与莱昂的两位主教，萨拉曼卡、奥维耶多、阿斯托加的三个领主及其他几位大人一起，在1117年12月联名签署了这份公证书。这个日期在她眼里显得有点滑稽，因为“公证书”总令她想到办公室、文秘、电子邮件和计算机。她尝试想象一份印有1117年12月9日的日历。一个人如何面对这么离谱的日期？然而，历史上真的有这一天。在这一天里，一群要员来到萨哈贡的一所修道院内，笔走龙蛇地将各自的签名署在了一份由一位修士辛苦抄就的文件后面。虽然毫无真实感，但这件事真的发生过。她的导师曾忠告或更确切地说苦劝过她："我得再提醒你一次，这种课题就像泥沼，踏进去就出不来了。我翻了翻你那本莱利的书，光看参考书目我就想逃。你确定要做这个课题吗？当然，你会西班牙语，读西语文献应该不成问题，但我还是要说……很多文本的脚注比文本还长，当然，我不是鼓励你畏难，但大部分文献你在这里根本找不到，连百科辞源里都没有。你得去克吕尼找，去圣地亚哥找，去波尔图找，去马德里的西班牙国立档案馆[1]找……我还没算上那些阿拉伯语文献。要读那些文献，你还需要请教一位阿拉伯语学者。你也看到了，这方面我帮不上忙。于是我就要再去给你找别的导师来代替我——鲁汶倒是有一位教授，这方面比我渊博很多——但正像我

1 西班牙国立档案馆是由西班牙文化部档案局管理的国立档案馆和国立档案中心体系，由数家机构组成，包括西曼卡斯综合档案馆、印度群岛综合档案馆、国立历史档案馆等。此处是概述，具体所指不详。根据后文推断，应是国立历史档案馆，位于马德里的塞拉诺大街。

一开始跟你说的那样，我的研究领域不在这里，也不想花太多时间在这上面。我怎么也得先构思我自己的书，对吧……但是既然你这么想做，我还是允许你做这个课题的。但是有一天，你会发现自己面对一大堆故纸，不知道自己究竟在做什么。不知道做这一切究竟是否有意义。蒙森，”——她知道他要说什么，这是他最喜欢的一句蒙森，“曾说：‘写历史的人必须首先从政治上规训自己的读者。’但在这个课题上，你显然做不到。我的意思是，你必须考虑你的论文如何或能否造成影响。既然要回溯那么久远以前的历史，你就必须重新思考每一件东西的含义。路在那时可能就不是路，对距离的把握也可能与现在不同。当你说‘路’的时候，你的脑子里想的是窗外那条东西。当你把握距离时，你所使用的可能是一段时间，而时间又完全是人为的构造……让我来举例说明吧。1118 年底，教皇哲拉修二世（Gelasius Ⅱ）派一位代表出使西班牙，这位代表是红衣主教狄乌迪弟（Deusdedit[1]）——多好的名字。你能想象整个过程花了多久吗？首先，他得邀请伊比利亚的各位主教到奥弗涅（Auvergne）开会。同时，他还得努力防止阿方索与乌拉卡当着自己的面打起来——换言之，确

1 可直译为“上帝已赐予”。

保阿拉贡和卡斯蒂利亚之间的和平，好为阿方索争取到驱逐穆斯林、平定萨拉戈萨的时间。与此同时，他还要给圣地亚哥主教迭戈·格尔米雷斯送信，而这个人隶属乌拉卡的阵营。格尔米雷斯本该去参加主教会议，但没有阿方索的通行证，他便去不成。他听说主教会议的时候，人还在……呃……”

“萨哈贡。”

“自然，这些事情你都已经知道了。不过，我举这个例子只是想说明自己的观点。反正不管怎么说，萨哈贡的格尔米雷斯还没等到阿方索的通行证，教皇就在克吕尼去世了。当时，时间已经来到了1119年，这就是我想说的‘过去的时间和距离与今日的区别’……何况你还要对史料做核实，因为很多文献彼此之间是矛盾的，质疑的空间很大。”

“那些发生在几百年后的事情不是也差不多吗？神圣罗马帝国的查理五世要知道一艘去智利的船能不能安全抵港，不是也要一年吗？这种时间跨度对历史学家来说应该不算什么新鲜事啊？”

“那是因为我们对晚近一些的历史所知更多。”

“我做这个课题就是要让大家对更早的历史也知道的多一些啊。除了莱利以外，没有人写过乌拉卡。”

“啊哈！你的抱负不小啊！”

“你说它是抱负也行。”

“但是这种抱负很虚幻。反正有一天你淹没在故纸堆里时，千万别来跟我诉苦就行。这个课题，你至少得做十年；你的十年，某种程度上也是我的十年。真没想到你这代人的眼光还能放得这么长。到时候，我大概都快退休了。”这个人显然非常在意时间。时间对他来说不是太长了就是太短了，总之，你永远也不知道什么样的时间长度以他的标准来说算不长不短、正合适。

她掰开揉碎地把这个问题想透了以后，才允许自己去想一想阿图尔·达内。她为自己的心神不宁感到羞耻，于是干脆给阿尔诺·蒂克打了个电话。这位阿图尔的朋友说，他“不是野到芬兰，就是野到爱沙尼亚，或者两个地方都野过去了，要一个礼拜之后才回来”。他没有看见，艾力克·奥兰涅挂断电话后，拿起《阿斯图里亚斯诸王纪事》（*Crónica de los príncipes de Asturias*）、《图西法尔侯爵宗族谱》（*Relaciones genealógicas de la Casa de los Marqueses de Trocifal*）和彼得·拉素（Peter Rassow）的《西班牙国王阿方索七世档案》，一本本地向对面的墙壁扔了过去，然后关掉灯，在黑暗里一动不动地坐了很久。

阿图尔·达内回到柏林那一天，空气已兀自有了春意。由赫尔辛基启程的芬兰航空飞越东西柏林间依然醒目的伤疤——新大楼、新街道、新绿地缓慢填补着昔日那道无人区。他甚至似乎看到了勃兰登堡门上的战车（时隔五十年又再向西出发，好像急着要进军大西洋）和那块人们在水枪的雨雾中狂舞的空地。

两小时后，他已经在对维克托重提那个铭刻在历史中的夜晚。两人对历史的了解差不多，但都喜欢重新拿出来咀嚼，尤其是在菲利普的面前，因为菲利普总是瞪着一对孩童般的大眼睛，好像可以把同一个故事听上一百遍。

在那个历史性的晚上，维克托因为要去东边拜访一位朋友，不得不“像条孤独的精虫”，逆人流而上，经历了一次“反历史潮流的体验”。那位雕塑家朋友——因为心脏病发作而导致偏瘫——坐在工作室里的一张轮椅上，“像一位骑士团长，虽然已经没有了有力的步伐”，两人一起在电视上收看人群逃出东柏林、涌向西柏林。

“想想看，去年五月，这些人还在为戈尔巴乔夫和昂纳克摇旗子。”

“大概不是同一批人吧？”

“都一样。总是同一批人。人是可以两边倒的。你只需要告诉他们往哪边倒即可。你看这一张张脸上，这喜悦多么真诚！他们根本不知道自己要面临的是什么。可惜贝托尔特·布莱希特没有活着看到这一天。但也庆幸他已经在永恒中安睡了。所以，你来这里干吗？你这样可是逆历史的潮流而行！”

这位朋友曾为柏林剧团设计过舞台。

“我？我只是出来走走。不管是谁，今天晚上都要回家。”

“到时候这些人应该能想明白自己还能有家可回多久了。不过，我还是希望现在这个政权能撑到我蹬腿的那一天。”

“原来你这么喜欢这个政权。你不是总叫他们‘这帮混蛋’吗？”

“对。但他们是我这边的混蛋呀。我已经习惯这帮混蛋了。再说这里的生活没有你想象的那么糟。”

“对你来说当然不那么糟。”

“嘁，用自己认识的垃圾，去换自己不认识的垃圾——这难道是活着唯一的选择吗？这种事我已经做过三次了。魏玛共和国一次，希特勒一次，乌布利希一次。现在又来一次。我只想安静地待着，为什么就这么难？你看这帮白痴，排队领香蕉，好像动物园里的猴子。”

“你不排队是因为你已经有香蕉吃了。”

“我根本就不喜欢吃香蕉。造型这么滑稽，还有一层黄衣要剥。如果是立方体的倒还……啊，你看！”

电视上，一个胖乎乎的女人正将一根香蕉塞进嘴里。

“完全是色情片。某些镜头根本应该是违法的。需要我给你拿一杯白兰地吗？”

回家的路上，维克托经过查理检查站，有人给了他一根香蕉和一包口香糖。

“这是历史的馈赠。”他说。他对着电视镜头挥动手中的馈赠，希望电视机前的朋友能看见。

阿尔萨斯小馆里一片死寂。

“天哪，一点生意也没有吗？”

“有球赛，”菲利普说，“你是刚从外星球回来吗？但凡有重要赛事，万人空巷不是很正常？没有车流，没有顾客，没有犯罪。所以，你的感情路顺吗？那位你藏着不让我们认识的女士怎么样了？”

“我也不知道。”

“偶尔可以带她来一来。”

“菲利普，我连她住在哪里都不知道。”

“别担心，”维克托雀跃地说，“想见她的话，晚上跟我一起去舒尔茨的馆子吧，她应该是把阿尔诺当精神导师或学术对练了。两个人经常辩论一些高深莫测的话题。什么作为历史的历史或作为宗教的历史一类的话题。渺小事件与伟大思想，数据与观念，布罗代尔与黑格尔。虽然没什么用，但很有意思。她总是指责他有男性偏见。但阿尔诺很受用。终于有人能让他低头认错了。而她总是能据理力争，又全身而退。”

“那你觉得她怎么样？”他在他的声音里听到急切。

“美。是个真性情的人。希望你不介意我这样评价。或者说，其实你更希望我没见过她？”

维克托真是洞若观火，某种程度上，也是一语中的。她那么出众，这令他恼火。因为一个从不响应你的思念、只在晚上像幽灵一样突然出现的人，你是不会希望她对别人如此热情的。

“你要小心哪。”

这一次，维克托说得很认真。阿图尔感到生气，好像有人置喙了本该只有他自己才能说的事。但他也知道，维克托这样说纯粹是出于朋友的关心。

他看着自己的两位朋友：维克托已经垂下了眼睛，而菲利普则根本没听明白他与维克托在说什么，只知道是在谈女人，而谈女人总是很带劲的。一个是1930年代生人，另一个则仿佛来自十八世纪的老古董。菲利普起身去点其他桌上的蜡烛。烛光令他的心情更糟糕了。“一个失群的火枪手。”薇拉曾说。气质忧郁，行为上却总是乐呵呵的。

“如果你想去舒尔茨那里，我们最好现在就走。”维克托说。

“你刚才不是还叫我小心？”

“但你不会真的听劝吧。毕竟，我们都得成全……”

“……我们的命运。”另外两人齐声替他补完。

“瞧瞧，词都很熟嘛。”

“在你们去我竞争对手那里以前，让我请你们喝一杯香槟吧，”菲利普说，“来个香槟小瀑布。”

他叠起三只矮胖的香槟杯，高高举起酒瓶，令香槟成一条直线快速倾入上层的杯子。美酒泛着泡沫流进下面两只杯子里。即将满溢时，他放回酒瓶，分开三杯递给众人。

“**致吾爱**。”[1]他说。大家纷纷啜饮。

“致春天。”

“你什么时候再出发？”菲利普问阿图尔。

“他这才刚回来呀！”

“后天。”阿图尔说。拍摄的最后一天，奥普萨默给他看了一封传真。

“软磨硬泡两年，这个老选题总算通过了！我一直想拍这个。”

“什么选题？”

“四国八十八所[2]巡礼。我可以指定摄影师哟。”

他立即答应又立即后悔了。但如果他没有答应，恐怕也是要后悔的。

“八十八所啊……”菲利普向往地说，“要离开多久呢？”

“两周或更久。还不确定。”

“等你回来，岂不是脱胎换骨了？”

“谁知道。”

---

1 此处为法语“À nos amours.”。

2 日本四国岛与弘法大师空海有渊源的八十八所佛教寺院。

说完，二人离开饭馆。

走到康德大街时，维克托停下脚步。

“你还记得我们在那边的奥迪超市门口看到很多波兰人批发电视机、录像机那次吗？那是多久以前来着——大概七年？那些人现在肯定都发财了。想想也怪，就因为戈尔巴乔夫跑过来亲了一下昂纳克，整个政权就要推倒重来。结果呢？波兰人回到波兰，开始造他们自己的电视机，而我们则围在一张历史性的病床前，床上的病人看起来正处于深度昏迷状态——而且直到现在还没醒。”

“病人是谁？”

“是我们。是你，是我。是每一个人。所有人都在打瞌睡——你没有感觉到吗？诚然，社会有一定程度的复苏，经济有一定程度的起色，民主、选举、信托机制也都初步成形。但与此同时，大家似乎都还在发呆，好像还不能相信事情已经发生了，还在等什么后续。我想我宁可不知道是什么后续。总体上，社会似乎处在一种微染小恙的状态。既然是‘小恙’，那应该是不大要紧，却又没有人觉得不要紧，尤其这里人更是不会这么觉得。原本，我们安稳地生活在一幢大房子里，突然整个后墙掀了，狂风倒灌进来，各种人进进出出。而国家还在做梦，还像候诊室里的病人，坐立不安地等待着……在所有举措、所有建树背后，在所有奔驰、所有奥迪背后，总有一个疑虑挥之不去：一切似乎进展得很好，一切又可以说进展得很糟，在这好与糟之间，我们到底做错了什么？”

“你是不是在这里待得太久了？”

“可能。城市的气质是会传染的。不过我本来就一直感觉活在世界上很累。”

他还能说什么呢？此时的他自己也感到疲倦。造成这种疲倦的原因可能是今天起得太早，可能是去赫尔辛基的舟车劳顿，可能是飞机上喝的芬兰伏特加，可能是过于突然的日本之行，也可能是想到今晚会在红酒吧见到她。他注意到自己依然不愿意想起她的名字。埃尔娜曾劝他多以一个人的名字称呼这个人。因为……因为什么？因为不然的话，他就无法与人拉近距离。也许这就是他不去想她名字的原因？他究竟希不希望她出现在舒尔茨的店里？他不希望，不希望在今晚，不希望在众目睽睽之下。然而，当他发现她真的不在时，又不禁失望起来。

“汉塞尔！”芝诺比娅喊道，“过来，坐在我身边。告诉我，你看到多少俄罗斯人。”

“我给你带了东西。”

芝诺比娅研究着他给她买的两张明信片。第一张上面是个小男孩，面颊红润，樱唇欲滴，有一张稚气的脸，头上歪戴着一顶毛皮大帽。沙皇俄国的末代皇储。她悠悠地叹了口气。第二张是圣彼得堡的第一辆有轨电车。可以看见尼瓦河上的一座桥，几个司官在骑自行车。

“Da capo ad infinitum.”。[1]可怜的俄罗斯人。又得从头再来一遍。沙皇在公墓里不声不响地躺了七十年，现在又被挖出来了。不过，很快又会把他埋回去的，这次的葬礼可能会有叶利钦出席。再请来各路罗曼诺夫王族、拉斯普京、东正教主、祭祀香烛、陀思妥耶夫斯基——慢慢把老东西再恢复起来。最后呢，最后不过是又一排男人在同一个阳台上挥手眺望。舒尔茨先生，请给我一杯伏特加。你至少看见了几个漂亮的俄罗斯女人吧？”

“他马上要去日本了。”维克托说。

舒尔茨先生来到他们桌前，对阿尔诺鞠了一躬。

“蒂克阁下，”他说，“我在报上读到您写的有关我们伟大的哲学家黑格尔的书，已经有西语译本了。”

“天哪，又是黑格尔。”维克托低声抱怨。但舒尔茨不为所动。

“为此我想请大家喝一杯晚摘酒，”他转向阿图尔，“荷兰朋友或许对这种酒不大熟悉。”

1 尼采提出的“永劫回归”。

“不熟悉，荷兰话里 Beeren 是‘熊’的意思。”维克托嘟哝道。

“每季藤上最后一批葡萄——Beeren——由人工一颗一颗地采下。法国人叫它 Pourriture Noble……在高枝养尊处优的、熟烂的葡萄。我想以此聊表对您的祝贺。同时佐以我店特制的鹅肝酱。怎么样？分量很小，因为接着，我还有一道大菜，适合由大家一起来点。权且作为对冬季、对暗夜、对寒冷的告别——香肠圣殿！与此相配的饮料就不能是晚摘酒了，而应该是……”

“你就说一共多少钱吧。”

“先说好了，我说完您可不准骂人。”

他们吃了，他们也喝了。

“西语版的黑格尔？”芝诺比娅狐疑道。

阿尔诺红了脸。“很久以前写的。我也没读过西语版。感觉像逼一只雄鹰唱小曲。”

“明明是乌鸦，”芝诺比娅说，“康德才是雄鹰。”

“不不不，康德是长颈鹿。”

“长颈鹿？康德怎么是长颈鹿？”

“加塞特[1]说过——”阿尔诺什么都知道——“他二十

---

1 加塞特，即何塞·奥尔特加·伊·加塞特（José Ortega y Gasset，1883—1955），西班牙哲学家、思想家、作家。

年如一日地拥护康德，但后来只偶尔读他，‘就像你偶尔去动物园看长劲鹿’。”

“很神奇的动物，”一向闷声不响的薇拉说，“你能想象从它那个高度看到的其他动物吗？”

香肠圣殿极其壮观。肥满的烟白色香肠，绛紫香肠，精致细弱的小圆白肠，血色欲滴的蝴蝶肠，各种形状各种品类的香肠，层层叠叠，彼此拥挤，彼此拥抱，形成一个热气腾腾的宗座圣殿，有扶壁，有钟楼，有中门，有耳堂，颤颤巍巍地坐落在一大盘或嫩黄、或墨绿、或绛紫、或光滑、或多褶的刨丝包菜上。

“然而我是一个无神论者。”维克托说。

“那就更好了，”阿尔诺说，“那就更要带着反宗教狂热来大吃一顿了。”

半小时后，圣殿化为废墟。众人看着它一点点颓败，垣墙微颤后，在自身肥油的润滑中缓缓倾崩。中殿的配色混淆在一起，化作一摊冷凝的血、成渣的肉、掏空的皮囊与所剩无几的菜丝。

“这是殉道者的血。”芝诺比娅说，“阿图尔！醒醒！你们年轻人真是一点耐力都没有。一根香肠都比你撑得久些。”

真的是这样。这烛光，这暗室，这人声，这粗陶盘上饕餮后的狼藉，这一杯杯德国本土的莱茵葡萄酒——一切的一切，都在他的周遭忽忽悠悠地晃了起来。他感觉自己回到了清晨的渡船上，船载着自己，在波罗的海上航行，他感到精疲力竭，或许是因为几周来拍了太多的行人、马路与风景，此时又加上一道香肠圣殿，造成了双重意义上的消化不良。他知道再过几天这些画面就会开始一点一滴地流走，但在那之前，他得先把它们压埋进胶片的扁盒，令其寿终正寝，交给编导任其鱼肉，并将大部分内容淘汰进垃圾堆。到那时，他应该已经在日本。他突然产生了一种情绪，同时也知道，干自己这行最怕有这种情绪——他感到恶心。因为焦虑与惶恐而产生的恶心，对即将面临的陌生事物、对瞬间跨越半个地球的荒诞、对自己要将灵魂撇在数千英里的身后所产生的抗拒。（“每次不都是你自找的吗。”埃尔娜说。）但他知道，这种情绪、这种抗拒会消失，很快，他即将悠游在庙宇的静谧之间，眼下的空间与共坐的朋友，都将变得十分遥远。他一次又一次地抛弃现在的生活，是因为另一份生活正在另一个不知何处的地方等他，他只需要进入那生活，就可以变成另一个人，同时又仍是他自己，只要变更他的世界、变更他周遭的环境，他就永远无须寻求自身的改变。这种变迁有时痛苦，但痛苦只是一时的，接着他就会融入新环境，重新成为那对除了旁观、记录、收集以外什么也不做的眼睛——作为旧的自己，同时又是周遭环境中的一个新人，顺势而为，于他人生活中毫不张扬地穿行。

“哟，这下他总该能醒酒了。”

那是阿尔诺的声音，声音中带着少见的兴奋。

他能感觉大家的眼睛都集中在自己身上，众人的脸中出现了一张新面孔，这个前一刻还不在的人，此时也同大家一样看着自己。

后来，他还会反复在脑海中重播这件事。每次播放的情节都会有所改变——画面十分吊诡，人物形象十分模糊，晃眼的过度曝光后是直接怼到脸上的特写，以及一系列没有任何前因后果的画面。她的脸在众人之中，但卓尔不群，仿佛有追光灯一直打着她，而其他人则只能满足于在突然打开的门扉、突然做出的动作所造成的气流中摇曳不定的烛火的照明。

接着是舒尔茨先生的声音，众人作别，维克托凝视的双眼，阿尔诺镜片的反光，还有双生子薇拉与芝诺比娅惊人的相似，就连奥托·海兰都在镜头里出现了——这一刻属于他，同时也属于他们，虽然它早已过去，但他们一定都还会记得。他们会记得，一个刚刚回到柏林的他，原本已经醉倒在桌前，甚至可能已经在做梦，却突如其来地，不是被语词、也不是被谁的命令所驱使，就莫名其妙地受到了召唤，一个年轻女人出现在他们中间（“就像他的命来了。”后来，薇拉说。），只用眼睛就对他下了命令，使他从一桌朋友里站起来。大家感到，他和他的这条命之间一定命悬一线（人与命之间总是这样），虽然没有证据，但大家知道他的身上一定发生了离奇的事，因为，不然的话，一个男人为什么会向一个看起来——此处大家的看法不能统一——芝诺比娅认为“冷酷无情”、维克托认为“摄人心魄”、阿尔诺认为“孤苦无依”、薇拉认为“命中注定”、奥托认为“惊艳绝伦”（后来，他还在作品中使用了她的伤疤）的女人蹒跚着走去，只为了抱紧她？他的背影令大家瞬间明白，他已经不在这里，已经离开了大家，已经消失在了城市空洞的黑暗里——在门口短暂地停留后，这个高大的身影，跟随一个小小的、收束的身影，走进了一片——根据大家共同确认的记忆——春意荡然无存的黑夜。他放进来的一阵风吹灭了蜡烛、吹进了户外的人声与车声，然后，一切又被关在了外面，屋里安静了，一个人离开了，几下椅子的拖拽后，谈话重新开始，但话题迥然不同了。

然而，在他自己心里，整个故事是从他出门之后才开始的，故事开始前，他只来得及最后看了一眼朋友们（这最后一眼的记忆又随他一起飞越了西伯利亚上空，穿过北国的风景、溪流与旷野，游历了四国岛上丰隆的佛寺）。在他的故事里，也有一扇门关上的样子，然后，他开始行走，遵循她设定的步伐，她穿的皮靴与她去乘快铁时穿的相同：黑白相间，小牛皮。所不同的是，这一次的画面是倍速播放，这一次的背景里伴有鞋音快速的“橐橐”声。从她的方向不时传来几句话、一些想法，有关于她的世界，虽然他还不知道这世界是在引诱还是在驱逐自己，因为她的一张嘴仿佛正说着两个人的话，一个人渴望，或至少承认自己曾经渴望，另一个人抗拒、谢绝、隔断、退守，间或回顾一些记忆里阴暗、危险的往事，或快进到当下，滔滔不绝地讲她的西班牙女王。他感到诧异，因为这个人活在自己的过去，却将别人的过去当成自己的未来。他努力想象那个过去与自己无关、将来也不会跟他有什么瓜葛的世界，那里有许多主教、许多战役、许多穆斯林、许多朝圣的人，同时，他以双眼代替镜头，拍摄她的脸，当她的嘴里吐露与她有关的内容时，他将镜头推上去，给那张嘴以特写：哨兵似的银牙间，被囚禁的语词纷纷出逃；需要强调某一些发音时，双唇会进行扭曲。他巨细靡遗地记下一切，记下行走间不断爬上又滑下她脸庞的路灯的灯光，记下曾经当一个女人要抢走他手中的报纸时，他匆忙中看过的那对眼睛——那时，他还以为她是柏柏尔人。而每一条片、每一场戏、每一次淡出，都早已在那匆匆的一瞥里决定了下来。

他在贝勒维宫（Schloss Bellevue）停下，无法再走下去。此时，涛涛不绝的她才终于停了下来。他靠住一根柱子半晌，对方好像才突然想起了他的存在，开始问他的旅途，问有没有难忘的见闻。这个无聊的问题常在访谈类节目中听到，体现出采访者兴趣的虚假。他记得自己放慢语速，好像对方是一个儿童，或一个不太聪明的访谈主持人，慢慢地、再慢慢地给她介绍（同时也供自己回顾）一位摄制组拍的老妇，她说的语言是乌戈尔语的一支，已经——或几乎——绝迹。诡异的是，这支语言很快将再没有任何一张嘴能够说出，而她咽气的一刻也即是人类最后一次用这支语言思想的一刻。再没有人会听到或记下这支语言。

他们继续走下去，这一次，两人都放慢了脚步，好像两只钟步履嘀嗒地记录着相同的时间。菩提树下大街，腓特烈大街，图霍尔斯基大街，犹太教教堂的金顶，扛着机枪、一身军装的男人，冷颤，仿佛能抽出银丝的清冷的静寂。他在心里转过身，将所有影像回顾一遍，要记住它们，可她只是不住地走，不住地说，不住地吸引着他，辗转，曲折，蜿蜒，沙哑，气喘吁吁，话锋一转，山村中的对话，道路边的柏柏尔女人，蒙碧悠大街，哈克施市场……他早已放弃听她说话，只专心看着一路空阔的庭院与斜影斑驳的高楼，街灯昏暗，她要去哪里，他不知道，只知道似乎就快到了。一扇门，一个剃光头的人，一张可疑的脸，地下传来电子节奏音，地洞的门打开，释放出光线，吧台边光怪陆离的人——他认为他们 Gegenmenschen[1]，是一种新的人类品种。他们说话与他的朋友不同，会拖拽阴邪恶毒的语尾，使用阴曹地府的语言。

她好像认识他们，说话的声音也变了，为了盖过音乐，她吼叫起来，那音乐是重金属，好像来自工厂，那工厂除了噪声什么也不生产，舞池中人影憧憧、地动山摇，人们仿佛劳工，用尽全力生产着某种不存在的产品，附和着无情的节奏，好像被皮鞭抽打着，抽搐、扭摆身体，跟着他们似乎认为是语言的歌词尖叫。一支地狱来的德国乐队，发出仿佛刮擦粗粝生铁、敲打剧毒金属的原始的声音。

Gegenmenschen——仇视安宁的人类。他们是可卡因上头、兴奋剂成瘾的冰毒怪胎。表情醉生梦死，身板瘦骨嶙峋，着装时髦松垮。她突然把外套塞进他怀里，说了句听不清的话，接着，那个几分钟前还在振翅翱翔的女

---

1 此处为德语，意为“反人类”。

人，一头扎进女巫熬煮的大杂烩，留他一个人端着一杯由鬼侍塞进他手里的常温啤酒，退避一角。他不想看任何东西，尤其不想看她在插满球灯发射的橙紫光剑的舞池中扭摆、旋转的样子。好像她是疯狂追随酒神的迈纳德，一个他认不出来的疯女人。直到某光头酒徒鬼鬼祟祟欺上来，对他指了指她后，他才又朝她的方向看去。她一个人在扫射的灯光下独舞，好像有一百条手臂同时伸向四面八方，时而如正弦波流动，时而如羊癫疯痉挛。一场沙漠部落的舞蹈。舞池中的人围成一个圈，对她笑着、瞄着，直到此时，他才反应过来，那位有口臭的光头男说的原来是Ausländer，Ausländer，外国人，以仿佛就要呕吐的喉音。接着，突然起了一场争斗，有人一拳抡在他下巴上，把他击倒在地，又迅速地在他肋骨上踢了一脚，此时争斗已成混战，所有人开始殴打所有人，动作几乎依然与音乐的节奏保持融洽，他看到她一个手刀将某大汉劈倒在地，从缠斗的人群中脱身，向他走来，拖他离开现场。门口的安保举手拦阻，但看了她一眼后就走到一边不再多管。远处传来警笛声。

“Scheiße.”。保安骂声刚落，两人已经逃远。她带他躲到一堵墙后，从那里观看警察进酒吧抓人。

“你出血了。”她说，但他知道，血出得不厉害。她想替他擦血，这次却是他将她推开了。她耸耸肩，走向公交站。他查看站牌，想知道车什么时候来，但因为不知道、也不想问要去哪里，看也没有用。站上除了他们没有别人。他像不认识她似的退开几步，仔细端详她。啊，所以这位就是自己睡过——或者应该说是睡过自己——的女人了。虽然这种事，外人从外表是看不出来的。外人看起来，他们只是两个隔开几英尺等车的陌生人。一个双手狠狠插在华达呢大衣里、双臂紧紧夹住身体两侧，好像冻僵了；一个又往后退了一步，令这位冻僵的女士显得更孤单。不可能知道她在想什么事。谁也猜不到，十五分钟前她才刚刚用手刀劈倒了一个大汉，三十分钟前她还在舞池里好像被下了降头一样疯舞。他走到路口去看路牌。卢森塔勒大街。这是什么地方？卢森塔勒大街，苏菲恩大街，发音很熟悉，但他想不起来其他信息。他转身往回走，看到一辆公交车正好靠站，而她正在上车。怎么回事？为什么他总是比所有人都慢半拍？他一边挥手一边跑向公交车，在它离开站台前赶上。司机踩住刹车，开门放行，接着又一脚油门，令阿图尔一个趔趄，摔倒在中间的过道上。人生第一次，他如此靠近那双小牛皮靴。

“喝多了？”司机喊道。

“没有，只是起得太早。”他还想解释自己刚从爱沙尼亚回来，但意识到这样未免愚蠢。

“我刚从爱沙尼亚回来。”这句话对公交车司机说并不合适，却似乎可以用来搭讪空车上这位面无表情地盯着窗外、好像正要去某个地方的女人，虽然他还不知道那是什么地方。要不是司机让他上车，此时的他可能还站在公交站台上。他隔着走廊坐在她对面。空手道高手，酒神的女信徒，历史系学生，告别比赛的世界冠军。而他呢？他在那一天里又成就了多少头衔？在塔林刮了胡子，在冷风抽打的码头等了船，在船舷上依靠，坐了飞机，与朋友吃了饭，跟一个女人在柏林走了好几英里，此时正在公交车里看女人。没有人能看到电影的全貌，每个人都只能看到一连串剪辑而成的镜头。他静静地坐在座位上，看着她向车门走去。他应该下车吗？她一直等到车子停稳，走出车厢，才回头说“到站了”。车门在她身后闭合。

“等一下！”他对司机说。

“绝对是喝多了。”司机抱怨归抱怨，还是打开了车门。

这一次她在等他，就在刚下车的位置，以至于他险些撞进她的怀里。

“你还在出血，”她说，“别动。”

她拿出手绢，轻轻按住他的伤口。接着将手绢一角放在嘴唇上润湿，擦拭伤口上的血迹。他这才感觉到疼。

“只是一条口子。”他说。

“你运气很好。那家伙拿着一只碎酒杯，他只是没扎到你眼睛罢了。”

伤口接近他的右眼。否则，他会成为一个独眼的摄影师。当然，这并没有发生。

“你为什么去那种地方？”

“恰恰因为它不欢迎我。你听不懂那里的歌词吗？”

不，他没有听懂歌词。他只听到音乐撕肝裂胆、撕心裂肺。

“你听得懂？你的德语不会这么好吧？”

怎会有人能从那阵嘶吼中听出意义？

“我的德语够用了。尤其还有人不辞辛劳，专门给我解释过。”

“看来他们很喜欢说教。”

“没错。但他们从没有找过我的麻烦。”

“直到刚才。”

“因为我从来都是一个人去。”

“那么是我不对了。”

“当然不是。是我挑拨的。”

“但你去那种地方究竟为什么？”

“第一次去只是因为好奇。后来去是为了抬杠。我爱听仇恨我的音乐。尤其还能跟着它跳舞呢。”

“那是跳舞？那只是在泄愤吧。”

她突然打住话头看着他。

“你好像开始明白了。”她说。

他不知自己是否想去明白，所以什么都没有说。

米拉大街，高迪大街。路名都很熟悉，但他想不起为什么这么熟悉。沿街房墙坑洼、木皮剥落、墙粉斑驳。他们来到一块空旷的区域，那里立着一个体育场似的建筑，里面的手球场灯光昏暗，空无一人，门口立着三根在风中呼呼作响的旗杆。他突然明白自己在哪里了。她右转向一个公园走去。四下一片漆黑，但她认得路。这里是雄鹰广场，举办植树活动的地方。体育场是植树活动之后建造的。他好奇那些树长得怎么样了，但在这样的光线里，他看不清。

她穿过马路，拐过街角，打开一扇厚重的大门。他们走过一条走廊，走廊里有报纸受潮的气味，东西发霉的气味，以及上帝才知道是什么的气味——这些气味他将铭刻在他的记忆中。后来，他每每想起这些气味，都感到不可思议。在那晚发生的一切里，在所有印象、影像与声音里，首先浮现的，竟总是那股湿腐的气味——仿佛来自时间的霉烂。那些原本要诉说、要昭告、要记录世事的报纸，在潮湿中粘连在一起，墨迹变得模糊，非但没有反映世界的繁荣，反而悬一悬就要自身难保。摘要、社论、时评——化为腐败发臭的灰浆。

一段楼梯，通往一扇没有上漆的门，门上用荷兰语写着“不得擅入”（Verboden Toegang）。门后的地上，书本堆成一个圆圈，圆圈里有一块空地。她捡起书本，好让他有地方可以下脚。她本可以说些这时候人们都会说的话——对不起，房间太乱，太小，或者太挤，然而她什么也没有说，只是将大衣挂进衣橱，又接过他的大衣，整齐叠好，放在门边一个角落里。

要喝咖啡吗？

不，她没有这样说。她也没有告诉他，这是她第一次在这里接待别人。她什么也没有说，他什么也没有问。他们只是站着，相互看着。他这时才知道，两个人在一起竟然可以一点声音也不发。整件事里有一种精准无误的气氛。沉默是这场双人舞的一部分，箭就在弦上，只等待紧绷到不可忍受的一刻，等待她伸出手、碰到他的衬衣、轻轻地扽一扽——这个动作很小，但已经足够表达两人都应该除下衣服的意愿。被除下的衣衫窸窣着落到地面，又被小心地叠好。她躺到床上，看着他，伸出手。小心翼翼，犹豫不决，甚至有些娇羞——这是维克托很久以前在夏洛滕堡宫中描述过的一种绝迹已久的气质。原来它是这样的。原来它是一种迟疑。他知道接下来要发生的事不是没有后果的，这个女人已经下定了决心，不再回避，也不会再溜走，他知道在这场关系中，原来不只他一个人动了情，同时也知道，自己已经进入了一个危险的地带，行动起来必须异常小心。他已获得进入的许可，她要他主动，而自己得以被动，她要完全彻底地忘情，一丝一毫的缺欠都是不行的，他必须等她先忘乎所以、等两副身体同时抛却了人格属性，等稍后那一刻、当男人从女人肩上抬起头、看着身下女人的脸——而那张脸偏过一边、上面有泪、伤疤在发光——时，才能让自己松懈。她的身体会缩成小小的一团，好像要永远睡下去，而翌日他醒来时，她却会早已离开，柏林灰色的晨曦也会从没有窗帘的窗户洒进来，他会观察屋内的寂静与书籍，观察这仿佛地牢般阴沉的房间。一开始他觉得她可能会回来，后来他知道她不会回来了。他站起来，裸体，高大，好像一头误入他人领地的大型动物。他在水池里洗脸，可无论他做什么，发出的声音似乎都太响，每一个动作似乎都是僭越。尽管如此，他还是把书一本本翻开，去看她的笔迹。结果如他所想：笔记好像她的头发一样，粗硬，厚重。不需要的句子由利剑般的直线狠狠画去。那些名字、日期与词句，令他感到自己是个十足的局外人，实在应该离开。临走前，他在床边的窗台上瞥见一张照片。一个上了年纪的女人，表情生硬，像荷兰人。除了锐利的眼神外，与房间的主人没有多少相似之处。他走下楼梯，但身为摄影师，他有时会以倒放的方式去想象这个镜头。

“这样的话你不就倒着走路了吗？”很久以前，埃尔娜说。埃尔娜比他认识的任何人都更急着放下过去。

“过去有什么呢？你已经去过那里了，如果你一直留在那里，就永远也无法来到这里。”

“但我无法回避它。”

“不是要你回避它。但你不能总是忙着把现在变成过去吧？你活在完全错误的时态里，等于是既不在这里，也不在那里，彻底地不在任何地方。”

他知道自己又将再次经过那些发霉的报纸，于是加快了脚步。他在街上来回张望，希望能见到她，希望能从昨晚落下的地方捡起来再继续聊。雄鹰广场。他在街角的咖啡店喝下一杯苦得能杀人的咖啡，再次向体育馆走去。透过玻璃窗，他看到几个小孩在打手球，他看了几分钟他们跑跳的样子，揣测着他们的年龄。或许十三四岁。换句话说，柏林墙倒塌、体育馆竣工时，他们还在上幼儿园。这就是新一代的德国人了。他观察他们欢笑、跃起的样子，男男女女，以绝对自由的姿势，在球场上穿梭，照例又想起了托马斯。他转身面向公园。再也没有什么景象比这更悲凉的了。与人相比，树的长势要凄惨得多。细瘦的枝干蒿草一般挤在一起，树与树之间没有留下充足的空间让树生长，未种树的地方却又留了太多无用的空地——一片破产的乌有之乡。或许他是唯一记得那次植树活动的人，不仅记得，而且拍过，于是也就无法不将过去的影像叠加到眼前来。而眼前的景象是多么可悲啊——一个水池，正中立着几尊立方体，一个草坡，看起来清白无辜，好像在说过去的事与自己毫不相干，而一切都坐落在原来的“死亡地带”上。他沿着施韦特大街向曾经停用过的格里姆隧道（Gleimtunnel）走去。隧道里光线暗淡：点着煤气灯，铺着鹅卵石，霉潮腐臭，跑着老鼠，仿佛还在1870年。他一直等到彻底穿过隧道才重新开始呼吸。现在，该去找一条最快的路回家了。

答录机里的人七嘴八舌。阿尔诺想知道他赴日前有没有机会来看自己一次；芝诺比娅要求他给她回电话；维克托叫他在高野山里潜心修炼；雨果·奥普萨默通知说，因为准备工作较多，行期需要推迟一周；NPS找他拍柬埔寨的地雷；埃尔娜发誓，如果再见不到他回阿姆斯特丹，她就要来柏林；最后，又是雨果·奥普萨默提出尽快在布鲁塞尔会合，以便商量拍摄细节，然后开车去莱顿（Leiden）的民族学博物馆，找“高罗佩[1]的儿子，因为他是研究日本的专家，可以给我们一些指点。想一想，我的朋友，八十八所啊，有几所还只能步行到达！我们还得先健身”。

但他想听到的声音却不在里面。维克托的电话先不忙答复。他打电话请埃尔娜告诉NPS，就说自己没有档期。又录了一段答录机留言，说自己要离家两个月左右，再打电话给萨宾娜，请她为自己订去布鲁塞尔的机票，然后开始收拾行李。但他自始至终都很清楚，自己动作这么利索，不过是为了掩饰内心的犹豫。不过是为了压抑倒带的冲动，为了不重走那条老鼠横行的隧道、回到残树局促的广场、回到手球场上逐球的少年、回到出版物阴湿发霉的过道、回到那个他曾跟着一个女人走上去的楼梯。而那个女人，他一从寺院回来，一定还要再去找她。他给阿尔诺打了电话，告诉他自己去机场的路上会到他家坐一坐。

---

1 高罗佩（Robert van Gulik，1910—1967），荷兰汉学家、外交官、翻译家。

“看来你已经离开我们了。”阿尔诺的声音里有关切。阿图尔走进门，在玄关放下自己世俗生活中的一切，走进阿尔诺的书房。说来也怪，朋友做久了，有时就能感应彼此的情绪。阿尔诺说得对——他已经打包好行李，和已经离开没有多大的分别。他的整个身心已经与旅途同在。从这一刻算起，时间会飞快过去。计程车，飞机场，机身下方城市的掠影，布鲁塞尔的数日，莱顿的四国信息，八十八所的图片，古代圣地巡礼路线的探讨——这一切，无论多么繁琐，从他架起摄影机开始拍摄的那一刻起，都会瞬间退散。他想向阿尔诺传达这种感觉，同时感到，阿尔诺应该已经明白了这种感觉。

“你既在这里，又不在这里，”他说，“这样说有点‘禅’，但也很合适，毕竟你正要去那种地方。根据佛教徒的看法，世间万物都是意识的构造。所以接下来的二十分钟里，我可能只是在跟我意识的构造说话。而你走之后，我还应该好好怀疑一下你是否真的来过。我羡慕你。我也想去日本。有些佛教的分支几百年来都主张可见世界是一种幻觉的说法。他们的经咒也很动听。雷鸣般的鼓擂混合低音的唱诵，充满了戏剧张力。而且，他们也没有反对过伽利略的学说。毕竟，这有什么必要呢？而与此同时，在一番无休止的探寻后，我们真的发现，原来我们曾经认定充实的一切都是有空隙的，为了看见组成我们所谓‘物质’的一切不可见、不可知的粒子，我们要造出一尊大到我们想都想不出的镜头。原来他们说得没错。我们真的是无，是空。纵使看起来如此充实。哈！既然发现了这个世界多是由表象组成，我们就能把它改造成一种宗教，但是无论怎么改，都不可能超越佛教了。根据佛教，我们连是否存在都存疑。甚至不该有一个特别的名称来称呼我们。你想过这个问题吗？如果我们都没有名字，如果世界上没有词语来专门指称我们，一切会是多么简单。我们将会是一系列稍纵即逝的物质，只有浮光掠影的意识；一群来到世上又匆匆离去的鬼影。然而，就因为有了名字，我们便误以为自己必须成就些什么。甚至还抱希望于某些名字有力量保护我们。但是想一想，在我们之前存在过的那几百万亿个名字，有谁还记得？

“坦白地说，虽然我对自己读到的东西总是显得很有兴趣，但我同时也非常小心地在避免自己被任何思想左右。毕竟究其最终来说，没有什么东西是值得我们被其左右的。我尽量保持‘所见即所见’；这样人才不会疯掉。我叫阿尔诺·蒂克，这个阿尔诺·蒂克既存在，又不存在，但话说回来，这个阿尔诺·蒂克却又真实地坐在这把椅子上。科学总是忙着破除世界的神秘，这令人疲劳，因为说到底，人类只想安安静静地待着。然而隔三差五的，我们知识的疆域就又被迫往外拓宽了一点，我们的头也就不得不更晕了一点，我们数字里的零和星际里的爆炸就更多了一点，我们光子所要走过的年限也就更长了一点。然后，我们还在另一个方向上有所建树。在另一个方向上，世界不是膨胀，而是越变越小了：超弦、反物质、原子，各种各样的名字与实际间毫无关联的新玩意。世界向内深挖，越来越深、越来越深，一直深入虚无，但虚无又怎么能被认识呢？我们拿着锉刀，一点一点把现实锉成粉，与此同时，我们继续创造新的名字，好像这样就能将一切置于我们的掌控之下。尼采有句话是对的：我们对自然界的神秘应该有更多的敬畏。但我们听劝了吗？完全没有，我们依然在宇宙最幽深的边缘刺探，同时剥除一层又一层的实质，一直到看不见的核心。总有一天我们都会被这一切的奥秘所吞没，因为我们的大脑再也无法把握它们。但是，我亲爱的朋友，当信息过于饱和，像浪潮一般向我拍打过来时，我会这样想：你还记得那个僧团吗？还记得希尔德加德·冯·宾根吗？如果宇宙是一个问题，那神秘主义就是答案。而希尔德加德的音乐，就是歌行体的神秘主义。没有哪种答案是万全的，但我选择用艺术作答。到日本后，如果你听够了寺院里庄严的男声，可以听听希尔德加德：

这是一种确定与另一种确定的对决——一个是对虚无与个体生命融于涅槃的确定，一个是对上帝与灵魂必得永生的确定。同在一片音乐圣地，一个是神圣的男低音，一个是神圣的女高音！有一点不得不称奇，无论你给人类什么——是恐惧还是深渊，是救赎还是极乐，他们都有办法搞成音乐。几千年前，世间万物都称颂着主的名字，现在我们都不再称颂了，或许因为，我们知道自己离彻底毁灭已不算太远。我们已经被放逐到了宇宙的边缘，我们的世界也已经缩小到了前所未有的程度。幸好还有音乐。和谐的音乐也好，撕裂的音乐也罢。你有没有可以在飞机上用的随身听？”

阿图尔有。

“飞机飞上三万英尺的高空时，请听一听我的中世纪合唱团，他们当时就以为他们的音乐是从那个高度的某处来的。拿去吧。”

阿图尔接过唱片。封面画来自卢卡国立图书馆藏《拉丁语抄本》（*Codex Latinus*）第1942。年轻的黑发女子，穿着中世纪的着装，手捧两块石板，好像摩西手捧十诫，虽然这两块石板是空白的。专辑名叫《血的声音》。他不喜欢这个名字。

“很典型的中世纪名字，”阿尔诺说，“这里的血，指圣女乌苏拉的血——脍炙人口的中世纪传说人物——这组音乐正是为她而作。但这又引出了那个古老的问题：你如何去想象一个不可想象的年代？那些人的大脑在硬件上虽然与我们差不太多，但装载的软件却很不同。这组音乐就是最好的诠释。因为它来自一种我们不再能共情的情怀。是什么让格里高利圣咏和希尔德加德·冯·宾根在今天如此流行？是怀古的幽思啊！音乐的来源没有了，但音乐还在。你的女朋友正在研究的也是这个问题。她的女王就来自那个时代。希尔德加德·冯·宾根之所以创作这组音乐，是因为被乌苏拉和一万一千名处女所感动。对她来说，那个传说真的发生过。现在去威尼斯学院，还可以看到卡帕齐奥如何将这个故事入画。不过当时正是文艺复兴。艺术家已经开始注重风格与视觉美感，所以那些画被处理得很美，但也正因如此有了匠气，缺乏些虔诚。那以后又过了几个世纪，第一批镜片就被磨出来了，这要多亏了你的那位荷兰同胞。我是说，如果斯宾诺莎能算荷兰人的话。无上宝座的一条腿，就这样被锯断了。所以，你跟她好好说再见了吗？”

阿图尔立即明白他是指艾力克。

“她连我要走了都不知道。”

阿尔诺什么也没说。

“要不然，你替我告诉她吧？我还没机会说。”

“如果她来找我，我就替你说一声。但我总觉得她在柏林的日子就要结束了。如果她走了，我会很难过，毕竟，我对她已经有了羁绊。她这个人很……很……”

“很什么？”

“很特别。与我在当代见到的年轻人很不同。她心里有一团火，但这团火有时会有燎原的危险。她在冷静、理智的时候，能与你进行很高效的对话，但也有时候，我不知道她何苦要来找我谈。明明她就是阻挡她自己的人。而且她还很倔，像骡一样倔。我能看得出，她对我的话有过思考，但她的第一反应永远是否定的。她否定我的一切观点。当然，没有人非得听我的话不可，而且，我自己也赞同健康的怀疑，认为它对理性思考是一种助益，但她已经将怀疑修炼成了一种防御术。一切她认定是理性思考所构造的事物，她都要怀疑。而且据她想，理性思考本身不过是一种男性的消遣。”他忍俊不禁地笑道。

“这好笑吗？”

“那天，我对她说，女性是第二个千年的男性。这句话她很不受用。‘可别这么说，’她说，‘你不会以为这是恭维吧？你还是让我专心做自己的事吧。我已经找到了自己的舒适区，请你就让我一个人待着。这件事我要掘地三尺地研究清楚，无论要花多少年。’”

“你是怎么回答的？”

“我说你如果对任何沾灵性、神性的东西都表示拒绝，那是写不了中世纪的……唉，她以后自己就会发觉这一点。但问题是……”

“问题是什么？”

“问题是，我很担心她。我觉得她在厚重的铠甲下，其实有一个极为脆弱的内核。有时，她让我想起芝诺比娅……不是现在的这个芝诺比娅，而是四十年前的那个芝诺比娅。你可能不相信，但那时的芝诺比娅好像被魔鬼附了身，被向四面八方撕扯着。现在的她……现在的她已经找到了一种……一种内心的平衡。”

阿图尔站起来。

“我要给她打电话。”

“你可以在这里打。”

“我去滕珀尔霍夫打。”

“滕珀尔霍夫？那个机场还开着？它总让我想起空投物资。”

“嗯。萨宾娜经常从那里飞。乘那种我很喜欢的小飞机。”

“真羡慕你。什么时候回来？”

“六到八周以后。”

“好吧，我们都已经习惯你走这么久了。一路顺风。别忘了给我带些禅乐 CD 回来。以及，嗯……别跟芝诺比娅说。”

“别跟她说什么？”

“嗯……就是我刚才跟你说的她以前的事。那时候的她比现在这位还难对付些。”

说着，阿尔诺的脸竟然红了起来。

“所以我选择了薇拉。就像伊塔洛·斯韦沃（Italo Svevo）那本书里的季诺（Zeno）。”

阿图尔不知道那本书。

“他先爱上了姐妹中的一个，又爱上了另一个，最后娶了第三个。婚姻很幸福。但我想说的不是这个；我想说的是，其实真正在担心的人是芝诺比娅。”

“她担心艾力克？可她根本不认识艾力克。”

“不，她担心你。因为她在艾力克身上看见了自己。无论如何，昨天晚上她全都看见了。你被摄魂时，我们都在场。总之，我这都是平心而论。路上小心，注意安全。”

“我会。”

“这次你会拍自己的东西吗？”

“我哪次不拍？”

他看得出，阿尔诺还有话要说，于是在门口停下来。

“最近我一直在回顾你给我看过的一些片段。它们……反正我已经不可能忘记它们了。你还准备把它们做成作品吗？”

“嗯。”

“好。那我就没必要说下去了。本来我还想叫你别放弃。我随便一说，你不必在意，但在我看来——原谅我的措辞，这可能跟我的职业有关——你的作品，很像是某种历史与非历史的经纬编织。你先不用自我……这跟我刚才说的话多少也有关系。历史世界，是一件一件事组成的世界，是你整个职业生涯拍到的一切：比如波斯尼亚、非洲，当然，还有柏林。那里面有名字，有事件，有时间，有戏剧冲突。但还有另一个世界，那个人们视而不见的、无名的——或者随便你用什么词去形容的——微不足道的、毫无意义的、就因为一直在那里反而没有人注意的世界……昨晚我读加缪时，想起了那个世界。加缪说，他曾经潜心练习为世间万物分类，研学它们如何各安其位，分辨知识与事实的区别，然而最后，他不知道自己为何要学这些……我记不清他具体怎么说的了，但最后他写道：‘只从起伏的群山中，我仿佛获得了更多。’我只记得群山一句，后面还写了夜晚与无眠，但群山这句让我想起你。你一定会从日本为我带回一些起伏的群山，对吗？”

就这样，阿尔诺轻轻地、但是坚定地关上了门。有一瞬间，阿图尔感到自己被抛弃在了门外。他从滕珀尔霍夫给芝诺比娅打电话，但没有人接。一小时后，飞机从一朵厚厚的云上跳羊般跃过，两天中，他第二次看见了下方城市的铺展。他的前额抵着玻璃窗，寻找着雄鹰广场，施韦特大街，格里姆隧道；可他的视线被云挡住了。于是，他将阿尔诺给的 CD 塞进随身听，听到了仿佛比飞机攀得更高的女高音。

先与后。古希腊人不喜欢表现出时间对情感、心理的作用。是的，但我们知道时间对情感、心理的作用，因为那是我们需要知道的事。如你所见，我们还没走。一走了之有悖于我们的天性。此时正在发生的事，可以说数不过来，也可以说都不重要。欧里庇得斯让自己的合唱团在《美狄亚》里评论还未发生的剧情。索福克勒斯的合唱团可以提出问题，甚至诉求，但是不能剧透。我们不能如此擅权，但我们善于静观。我们善于从一个时区穿越到另一个时区，如液体般在地球表面流淌的日夜不能桎梏我们。我们从不睡觉。我们只做“静观”这一件事。维克托在他夜行动物的工作室里弹一首音与音间漫长到连时间自己都难以忍受的钢琴曲。弹奏的同时，他想起走了六周的阿图尔。这是否算是思念？除非维克托本人使用了“思念”这一表述，否则我们无法判断。当然，他并没有使用这一表述。他只是**想起**。他想起这位不在身边的朋友，知道他还存在于世界上的某处。而这位朋友则没有想起维克托。他是想起了阿尔诺。因为此时，他正看着面前的一排十六个僧人。僧人在冥想，而不是念经。这就是所谓的“打坐”。十六人结跏趺坐、手心向上，与他过去几周见过的几百尊造像一模一样，唯一的区别是，面前的这些造像是血和肉制作的。光线昏暗，黑色僧袍上端的每一张脸都彻底与外界隔绝，专注冥想，不泄露任何信息。是的，如果你们非要问的话，我们也知道他们在想什么，但这并不重要。他们希望进入虚空，而空不易得，即使对他们来说。阿图尔将他们纹丝不动的样子，他们低矮的坐台，庙堂油亮的乌木，透过窗棱薄纸的微光，整齐并置在地板上的草履，悉数看在眼里，此时不能拍摄，所以他能看到的反而更多。很快，他们就会开始念经，虽然与其说是念经，不如说更像千蜂齐鸣，更像一个隐藏了密文的低频音场，这个音场用不可捉摸的、仿佛阿尔诺所说的“既透明又不透明”的“很神秘的东西”笼罩着他。经咒声伴随着他的每一个镜头的每一帧画面：四国遍路，灵山顶，虔诚信徒，乡野粗人，青苔石，法器，释放几乎肉眼可见的音波的响锣，仿佛苦行僧般被铁丝绑住的雪松，让他想起柏林积雪的栗树的繁盛樱花。他的镜头在巡礼的径路上越背越重，好像一只蹲在他肩头的石猴，但更多时候，他觉得连带自己都很轻很虚，好像不完全是真实的存在。他真希望自己几周前就已经告诉了阿尔诺，可他照例需要时间思考、需要对新鲜事物进行咀嚼，所以他直到现在才明确意识到，阿尔诺所说的那种透明的东西，其实是可以用身体感觉的。两个死去的灵魂依然伴随着他这个未死的灵魂，就像他所有的朋友，虽然远隔重洋，也都一路伴随着他。虽然他在这里，但他们会等着他，等他不忙着缺席的时候，等世界对他发完最后一声充满渴求的悲号。到时候，僧人还会继续在这里念经，但是他会离去，仅仅因为他还不知道一个人要经历过什么才会决定留下来出家。又一声铃锣，又一段经咒——发出这种蜂鸣般声音的人，体内一定有很大的洞穴。雨果·奥普萨默给过他经文的文本，但经文落在纸上却远不如听在耳朵里真实。而且他也难于把握文本，无法顺利捕捉自我表达的词句。埃尔娜说他“是一个用眼思考的人”。我们看到他从缩成一团的位置起身，从地上捡起摄影机。其后，他将回看这段他用眼睛进行的思考。这不是我们的判断，而是他自己的计划。当然，这计划他没有说给任何人听，只是在心里想了想。你们人类总说自己想起了谁谁谁，比如，“昨天我突然觉得你在想我，你想了吗？”回答这个问题时，有时你们诚实反馈说“想过”，有时，你们言不由衷。

在前往昂代伊（Hendaye）的夜班列车上，艾力克确实想着阿图尔·达内。她睡不着。当时睡不着，现在也睡不着。现在睡不着，是因为她的卧铺太窄，因为下铺的男人正在打鼾，因为火车正将她颠来簸去，将她从她不要、也要不起的人那里，带向她人生的下一站。她把所有的书都寄到了马德里的一个公共仓库，一找到住处，就可以去那里取回。她自由了。火车在奥尔良与波尔多间穿梭，她心里反复念叨的话配合着车轮与铁轨碰出的节奏——自由了，自由了。但她为什么不能不想他？你离开了一张床，因为它容不下两个人，因为你醒来时发现自己被拥在一个半梦半醒的怀抱里，这个怀抱随着每一声心跳将你桎梏得越来越紧。你看到一张陌生的脸，这张脸离得太近了，你讨厌这样的亲近，永远也不要跟谁这样亲近，无论有时你多么渴望这样的亲近。你已经破了戒，这条戒律由烈火烫就，早在你还无权做出自己的决定时，你就已经拥有了它。如果这是一则史书上的故事，她读完必然失笑，可惜，这是她自己的故事，她必须自己来决定它如何结尾。整件事本不该发生。她狠狠地把拳头攥紧，攥得指甲嵌进了肉里。她想到了枕头下的书。她在所有书里只随身带了这一本。米灰色的封面，萨莫拉的城郭，日期，女王的名字，恰好也是一种鸟的名字，在她的母语里，这个名字只占用两个音节，听起来好像卵石碰撞发出的闷响。她又是一个人了，重新获得了自由。一件她不要的东西被丢在了身后。而我们看见什么？一个琴手在深夜弹奏一首前奏曲；一位哲人读着艾力克·奥兰涅留下的言不由衷的字条；一片旅途尾声时漫漶在妙心寺边的微曦；一串昏暗的灯光，驰骋在法国多尔多涅省的旷野——即使是一个小小的片刻，我们也无法抛下，即使是一个女人身处客厅、透过照片、凝视七十年前飘浮在赫尔戈兰岛上空的云絮这样平凡的事，我们也要悉数记起。那张言不由衷的字条上写的，难道是满纸胡话？然而如果是胡话，读的人为什么一读再读？我们不做评判；我们不愿认为那是胡话。那么，或许……或许那是忧伤吧，或许那是因为情愫对一个人来说太多，而对另一个人来说还不够，所以才有了的忧伤吧。我们日后会知道。我们总是什么都知道，幸好这不代表我们必须什么都说出。感谢上帝。传说与悲剧曾经只为女王和英雄而作。写惩罚的有《俄狄浦斯王》，写复仇的有《美狄亚》，写反抗的有《安提戈涅》。而你们不是国王，你们也不是国王的女儿。你们的故事除了对你们自己以外，对任何其他人都无足轻重。你们是没完没了的电视剧，是新闻的素材，是故事片。你们的哀悼不会被铸成文本，供他人在有限的一生中拜读。这令你们的生命更显得肤浅，更显得短暂，从而——在我们看来——更具有悲剧性。你们的声音留不下反响。你们的声音甚至没有人听。另外，这也将是你们最后一次听见我们。除了我们最后的叹息。

“上次你人还没走，心已经飞了，”阿尔诺说，“现在你人回来了，心却没有回来。跟我说说吧。”

“还不到时候，”阿图尔说，“我的头还有点晕。喏，”他把在日本买的CD递给阿尔诺，“应你的要求：男声换女声。”

不，他还无法说明这次旅途。他像两个月前那样，乘一架小飞机，飞越柏林上空，也像两个月前那样，寻找雄鹰广场。然而每一次，当他以为自己看见了体育馆的穹顶时，总有一片流云迅速将他与下面的世界隔开。

“我什么时候能看你拍的东西？”

“你看不了了。给电视台的片子留在了布鲁塞尔，为我自己拍的东西已经寄回了阿姆斯特丹。我要离开柏林一阵子。”

“哦，”阿尔诺的声音有些失望，“那你拍了什么？”

“我拍了无声。拍了静止。拍了寺庙台阶、台阶上的脚。我就拍了那些我经常拍的东西。”

阿尔诺点点头，等他继续。

“跟我给电视台拍的是一样的东西，只是节奏更慢，空镜更长。”

他说的好像自己运镜时有快慢之别，其实，他完全没有动。有几个寺院他去了好几次，每次都只是一动不动地坐着，通常是在一个池塘或一片苔石与枯山水旁边。他就坐在木栈道上，将摄影机对准一样东西，从尽可能低的角度拍摄。他的秘诀是对同一样东西作长久的观看，直看到眼里的它变得饱满、有重量，直看到虽然处在无声之中，却已经意识不到无声。可他说不清这样的感觉，即使对方是阿尔诺。还是让他日后自己去看吧。禅院的一切都有深意。只要看见，就会明白，不需要智识。认知的活动可以交给乐于言说的人。他只要观看就满足了。

他想向阿尔诺打听艾力克，但不知如何开口。飞机降落后，他直接回到家，放下行李，迎面看到栗树已经长出了第一批新的叶子。他感到安慰。因为这是一尘不变中唯一的一点改变。但真正使他在玄关伫立了好久的，还是他自己房间的样子。两种时间——一种流转变迁，一种静止不动——显然是可以并存的。他是个注重秩序的人。每次离家，他都会把一些重要的东西留在书桌上——日程本，联系人名单，留给房东朋友的字条，一些乱七八糟的小东西——一块石头、一枚贝壳、一尊白瓷猴（猴爪端着一个大盘子），洛劳弗耶和托马斯的相片——一些他到一个地方久住时喜欢带在身边的东西。一切都在老地方。在他飞去世界的另一边，在各种巴士、火车、寺院里坐过，见过了至少一百万个日本人之后，石头与贝壳还在原地，瓷猴依然端着盘子，他的妻子与儿子脸上依然凝固着相同的微笑，面对他的房间。以前，十年以前，他们曾对着镜头欢笑出声，而今永存的将会只是这组微笑。他将猴子与照片推到桌边，打开窗户，桌上的纸被气流掀动，发出窸窣声。他打开答录机，第一条是来自埃尔娜的留言。

“我知道这样很傻，因为你根本不在家里，但是今天晚上我很想找你说话。现在运河里正有一艘船开过。船上有只舵，就是那种上面有很多把手的老式舵，还有一个马达在‘突突突’。有一个男人在很认真地掌舵，好像他开的是一艘真正的海船。唔……其实那也不算是‘突突突’，而是一种更闷的声音，像是‘噗噗噗’。你能明白我的意思吗？能听见吗？有趣的是，**现在**你在日本，等你听到这条留言时，会是一个新的**现在**。那么，请在**现在**的这个现在打电话给我吧。”

她的声音后面还有别的声音，一个男性的声音：可能会有新工作，有关老节目的重播。在一系列男性的声音中，有一段无人说话的录音，对方似乎听了一会儿就挂断了。有人想联系他，但事情还没有重要到必须留言的地步。他的下一步计划是要去雄鹰广场。手球场，风中摇晃的旗杆，畸形树干上的新叶。他回忆着她的门，究竟是哪一扇？他不知道门牌，只知道肯定在施韦特大街上。或者，也许是格里姆大街？不管怎么说，是在一个路口上。他推开一扇门，接着又推开一扇门。他闻到了霉潮的报纸的气味。这是同一叠报纸吗？不可能吧。一定是另一叠报纸，虽然在本质上，两叠报纸没有什么区别。如果在门厅里种蕈菇，应该可以发大财了。穿过庭院后，第二扇门边有一个对讲机，那是她上次带他上楼的地方。小牛皮靴。她肯定已经不在了，必然已经离开了好久。可能已经回到了荷兰，可能已经去了西班牙。但具体是西班牙的哪里？是马德里、圣地亚哥，还是萨莫拉？他把对讲机上的按钮逐个按了一遍。一开始，没有人回答。接着，在“咔哒”声过后，响起一个老人的声音。他问有没有一个叫“艾力克·奥兰涅”的住在这里。她的名字在空落落的庭院里响起，显得陌生。院子里有辆生锈的三轮车，垃圾箱散发着臭气。

“登记簿上没有这个名字。”

这句话好像在说，“世界上没有这个人”。原来如此；原来世界上没有这个人。

他又按响另一个按钮。这一次，对面响起一个男人的声音，声音充满睡意与敌意。

“她走了。不回来了。”咔哒。

“你在走神。”阿尔诺说。他起身去书桌前拿来一封信，或者，更确切地说，是拿来一只空信封。

“喏。”

阿图尔读取回邮的地址：艾力克·奥兰涅，c/o 阿芙·奥兰涅，村西头，德赖普。阿姆斯特丹北部小村。熟悉的、锉刀般的笔迹。

“信呢？”

“是给我的。没写什么，就是‘谢谢，讨论很愉快，有机会再见’一类的话。”

“她没说去哪儿？”

“没有。但我猜是西班牙。信里说她要去做田野调查，所以大概是去西班牙了。但也可能是任何地方。”

“她没提我？”他不想这样问，但还是问了。

阿尔诺摇摇头。

“信很短。其实我挺惊讶的，她居然给我写信。但我想，地址是留给你的。”

阿图尔站起来。

“我得出发了。”

原来他必须做的事这么简单。他必须去荷兰，找埃尔娜，去德赖普，再去西班牙。去日本不过是延宕这些行程，不过是暂时麻痹神经。因为到了最后，他横竖还是要去找她。她藏了起来，但留下了线索。经过推定，这线索被认为是留给他的。那是一粒——或者说两粒——面包屑：一粒面包屑是阿芙·奥兰涅（好像来福枪的名字），一粒是德赖普。他到底是不是名副其实的汉塞尔，现在就看他的了。

“等一等，”阿尔诺说，“芝诺比娅和我约了在舒尔茨那儿喝酒。我把维克托也找来好不好？我们已经很久没见了，虽然这也不是什么新鲜事——他最近在忙一个新东西。如果他知道你会去，那他一定也会来的。”

这次的晚餐是以往所有晚餐的重复。香肠，猪胃，培根，手工奶酪。他忆起自己上一次来的晚上如何灵魂出窍般离开了这里。用阿尔诺的话说，他是被“掳”走的。只是后来他被释放了，而且对方没有索要赎金。他环视他的朋友。两次晚餐的间歇好像缩成了一小段，修道院、寺院、四国遍路——一切都被压缩在了身后。他曾离去，现在又回来了。日本依然留存于他体内的某处，但此时，他已经不知道它具体在哪里。

维克托检视着猪胃。

“看起来好像大理石。由自然神奇的力量缔造。一头随机选出的猪，被肢解，它甜美的小脸被切开，它的嘴唇扭曲、失形，它的脸颊、四肢、胃袋等部位被重组，直至最后来到餐盘中，放置在一些马铃薯的旁边。而它过去与这些马铃薯素不相识。”

“别忘了还有这个盐滩，”舒尔茨先生说，“这株胡椒，这棵桂皮，这根葡萄藤……世界万物都汇聚在了这个盘子里，以它们最简单的形式。”

“妙极了，”维克托说，“从秩序到无序，最后又归于秩序。”

“无序……”阿尔诺正要若有所思地开口，被芝诺比娅打断。

“阿尔诺，别再往下说了！”她对阿图尔说，“他肯定跟你说过，其实你即是空吧？这是他最近新添的毛病——将科学与神秘主义混在一起。当然，这没什么不可以的。我们对此不能禁止。说到底，再好的人家也可能教出个把突然对上帝的意志产生好奇心的孩子。至少，他们说的话别人还能听得明白。只要这号人看待世界不要过于浪漫，一点小毛病我还可以忍受。可我这位妹夫，一读到‘无序’‘粒子’‘测不准原理’，就跟打了强心针似的。对他来说，这就是诗，是最不像诗的诗。你最近说什么来着，阿尔诺？哦，我想起来了：‘宇宙被创世记毁啦！被神圣圆满与无上平衡扫地出门啦。’阿尔诺呀！事情让你一说，变成童话故事了。”

“这要多亏你，”阿尔诺说，“再说童话故事有什么问题？童话故事跟世界上其他的创世故事不是一样的吗？最初，一切都圆满、完美，接着，我们毁了圆满、完美，然后，我们被放逐，现在，我们又想回去。不止我这样蹩脚的抒情诗人想回去，你们科学家阵营里所有的科学家也想回去。可是太晚啦！”

“不是所有科学家都想回去。”

维克托插进来。“这块面包很值得一说。它就要绝迹了。快来看看它。”

他将面包举到灯下。

“俄罗斯还有数百万人吃这种面包，”芝诺比娅说，“尤其在乡下。”

“它的颜色像土。”

“对，这是当然的，它在面包厂里走的是最短路径：土与麦粒，直接一起研磨。我们俄罗斯人就是这么做面包的。”

舒尔茨先生已经小跑了过来。

“面包有什么问题吗？”

“没有，没有。”

“面包是从萨克森邦远道而来的，由一个小作坊按中世纪古法制作。老配方了。配手工奶酪吃尤其好。不过，这里多数客人不敢点这种气味刺鼻的奶酪。”

“中世纪的人气味都很刺鼻，”维克托说，“所以，可能他们自己不觉得。”

“我要一杯 Hefe。”芝诺比娅对舒尔茨说。

“但是**博士女士**[1]！你葡萄酒还没喝完呢！”

“没办法。我突然想起了加林斯基先生。都怪我的妹夫提什么虚无。”

“不是我提的。”

她指着老人过去常坐的角落。

“你觉得还有别人想起他吗？”

“我就想过。”舒尔茨先生说。

各种话头突然打开了。人事消亡的不可逆，加林斯基先生的小提琴现在如何，《每日镜报》（*Der Tagesspiegel*）上有一篇写他的文章……老人究竟如何历经战乱活了下来。

---

1 此处为德语 Frau Docktor。

阿图尔想着那把曾在克兰茨勒与阿德隆等各大酒店中如泣如诉过的提琴。如果要统计这个世界上有什么东西最善于消失，其中必有音乐。

“我不是也经历战乱活下来了吗？”芝诺比娅说，“战争就像一场等待。我们等啊等，然后它就结束了。”

“一种同情共苦。”

这是阿尔诺的话。但阿尔诺用的是英语的 compassion，还是德语的 Mitleid？ Mitleid 与 compassion 在词义上又是否相同？

阿图尔拿这个问题去问维克托。

“Mitleid 与荷兰语 mededogen 同义，意为‘感受他人的苦难’。是悲悯与爱的体现。是图尔的圣马丁割袍赠乞的动因。”

“这正是我想表达的意思。”阿尔诺说。然后他试着说了一遍 mededogen 的发音。

“可是，为了什么同情共苦？”芝诺比娅问。

“为了过去。为了这块面包。为了加林斯基先生。为了死去的与逝去的一切。上次我跟那个谁来着聊天的时候……”他突然看着阿图尔。

“艾力克。你把名字说出来好了，我没事。”

“好。上次我跟艾力克聊天的时候，聊到同情共苦，她告诉我她要读的书目，要研究什么人物、事件，要参考现存的全部文献……然后她说，她认为她的研究就是一种‘共苦’行为。说自己并不多愁善感；但受不了往事被埋葬在故纸堆里。她希望自己有力量将它们复活……但同时，她也知道，往事是无法复活的……往事只能被用——或被误用——来达到某种目的。于是困境来了：一个致力于还原真实的研究，最终发现自己不偏不倚陷入了谎言的正中。往事已成瓦砾，任何重建的努力……”

“一言以蔽之——都在劫难逃，”维克托说，“原谅我说‘劫’这么不吉利的东西。”

“我这种奶酪大概确实快绝迹了，”舒尔茨先生说，“这种面包和这道猪胃应该也在劫难逃。我们谁也没听过加林斯基先生拉小提琴，虽然他从前拉过一辈子小提琴。但要开解在劫难逃的哀愁，最好的东西莫过于舒尔茨先生的苹果卷（Apfelstrudel），去年的《美食月刊》称它为‘神吃的东西’。而神是没有劫难需要逃的，这方面你们都比我懂。”

可芝诺比娅还没说完。

“你当然可以跟已经不在的事物同情共苦啦。因为不管过去多么无形，多么无人知晓，多么被人遗忘，我们的此刻都还是由我们的过去造就的，这不以我们是否意识到它为转移。所以，有什么好讨论的？面对往事，我们都在劫难逃，这是早就注定了的。”

“多令人宽慰，”维克托说，“那么，我们只要耐心等待自己也成为往事就行了，对吗？”

“除此之外，我们也做不了别的。”

芝诺比娅晃了几下手中的Hefe，一饮而尽。

“实际上，现在与过去是不相容的。虽然我们走到哪里都随身携带着过去，我们是往事的造物，所以不可能抛却它，哪怕一分一秒。然而，试图背负它前进也是无用的，谁也不能后脑勺朝前地生活下去。”

“除非你研究历史。”

舒尔茨先生端来了苹果卷。

“谁也不能后脑勺朝前地生活下去”，这句话像一只愤怒的马蜂，狠狠地刺痛了阿图尔。难道这就是他过去十年的生活方式？可是，如果一个人身边总是围绕着死亡，他还能选择什么别的生活方式？

“你还记得我们一起去看的卡斯帕·大卫·弗雷德里希吗？”维克托问。

他记得。

“你问这个干吗？”

“因为当你看那些画时，你看到的是过去。而弗雷德里希画那些画时，他看到的是未来。”

“那他在未来看到了什么？”

“蒙克的《呐喊》。如果仔细听，是有声音的。”

阿图尔突然站起来。“**大家再见**。”[1]他说。他把自己吓了一跳。大家也都抬头看他。

“你要离开我们了？”芝诺比娅问。

“我还会回来的，”他说，“我总会回来的。”

“你要去哪里？”

“荷兰。”

“啊，真可怜，”维克托说，“我听说那里很挤。”

“然后去西班牙。”

“天哪，天哪。”

我又回到了出发的地方，阿图尔想。初夏，杜鹃。十年，还是九年前？他想俯身吻别芝诺比娅，却被她一把拽回到座位上。

“坐下！”

这是一条命令。她好像在呵斥自己的儿子。

“这不公平。你才刚回来，关于旅途还一个字都没说，现在又要走了，”她又抓住他的另一侧手腕，“至少跟我们

---

1 此处为意大利语“Arrivederci a tutti.”。

说一处美景也好啊！就说最美的地方，最打动你的地方。告诉我们，你是否想念过我们；如果想过，你是否惋惜我们不在，遗憾我们无法目睹。”

“不是目睹——是聆听。”

他用双手拢住嘴，想模仿一个在这封闭的空间里绝对无法体现它本来面目的声音。一声炸裂的悲伤，一阵急欲震响世界、在远山中荡起回声、感染其所及之处每一事每一物的哀号。人类很难模仿出这样的声音。

“你恐怕要脑补出十倍的效果才能有所体会，”他无助地说，“而且，要想象这里是山里。”

“我在这里就能体会！”芝诺比娅拍着胸脯说。

“那是个法螺吗？”维克托问。

阿图尔点点头。当时，在日本，他花了很长时间才明白过来。他在山林中一条委蛇的路上痛苦跋涉。无论拐过多少弯，前方的小径都似乎没有尽头。接着，突然间，他听到一个声音。声音神秘、辽远，与他的疲惫、与细雨、与缓慢攀升的地势、与遮蔽寺院（他知道它就在山上某处）的密林融合在一起。它在他攀爬的山与另一座与之相对、但他看不见的山之间回荡，像两头史前巨兽在对话，一来一往地哀诉着世界的故事，用没有文字的声音，道出不可言说的一切。直到后来，他离那声音很近了，才发现原来那是一个还很年轻的僧人，他结跏趺坐在俯瞰山谷的亭中，此侧的山势渐低后，又在彼侧缓缓抬头，形成另一座山，也缭绕着雾气。对哀号回应以哀号的，就是它。每一次，当声音减轻，直至消失，僧人就再拿起他的法螺，稍作等待，然后在突然变得让人难以忍受的寂静中，重新吹响它。一口人类的气，涌进曾经生活着一头大型软体动物的涡旋中，直到整个山谷再次震响。阿图尔感到了恐惧。或许正因如此，他立即想起了面前这三位他正要道别的朋友。他吻别芝诺比娅，拥别阿尔诺，向维克托深鞠一躬，因为维克托是一个不喜欢肢体接触的人，接着，几乎像芭蕾舞者一样，他后转身匆匆离开了红酒吧，没有再回头看一眼，一直到完全走出去后，才想起自己没有同舒尔茨先生告别。

那以后，一切必须迅速。而一切也确实发生得很迅速。第二天下午，他已经来到了德赖普。

“荷兰？真可怜。”维克托当时说。荷兰确实是个可怜的地方。

“德赖普？”这是埃尔娜的声音，“看在上帝的分上，你上那儿去干吗？肯定与女人有关系吧。我想不出一个人去德赖普还能有什么别的原因。她住在那里吗？”

“我不知道。”

“听起来你很神秘。像追星族。”

“‘追星族’这种词居然还有人在用吗？”

“我跟你一起去好吗？”

“不需要。”

“你看，我说吧！”

于是，他一个人来了。一条长街，两列房子。从房前可以直接看到屋后的花园。维克托说的“真可怜”并不是一句随便一说的惋惜，它有着更为复杂的意涵。德赖普村是典型的荷兰旧村，而那个旧时代的荷兰已不复存在。这些村庄静静地匍匐在整齐的围垦绿地中，像未被吞噬前的洛杉矶，对埋伏在四周、正贪婪地舔舐着每一寸土地的城市毫无察觉。事实上，这些村庄与布置在原生态环境中的露天博物馆没有太大区别。

他走过朴素的砖房，看到布置在窗台上的绿植，挂在窗户上的耀眼的白窗帘，室内有沙发，有闪闪发亮的铜罐，有球形桌脚的餐桌，桌面如镜，铺着波斯毯——典型的荷兰大师画作中的室内装潢。一尘不染的窗玻璃后，人们在各自小小的地盘上神态自若地生息着。他觉得这真是不值一提，却又真是动人。他想一窥究竟，却也有些犹豫。看吧，那毕竟是过于私密的景观；不看吧，敞开的窗帘又似乎在说：你看吧，我们没有什么好掩藏的。

阿芙·奥兰涅的房子与这些房子没有不同。涂清漆的橡木门边是珐琅质的名牌，上面写着“阿芙·奥兰涅”。信箱上贴着“请勿投放广告”的贴纸。红砖木构的房子。他拉动铜铃绳，静静等待屋里响起脚步声，但没有人来。他透过窗户往里看。橡皮树、剑草、仙人掌，吊灯，餐桌，波斯毯，一盆橙子，边几上的一排书，照片上的小姑娘，脸上有疤，另一张照片上穿礼服的男人，礼服式样还是三十年前的。所以，这就是她离开西班牙后生活的地方。多么巨大的反差。他等了一会儿，然后踩着鹅卵石步道向教堂走去。透过一幢幢房子，可以看到另一边草场上吃草的牛。他沿着莱西特街，经过市政厅与它的山墙，来到村东头。他在教堂的墓地里读碑上的人名：Nibbering、Tamm、Commandeur、Oudejans、Zaal。一位老人站在白桥中央喂天鹅。他在坟与坟之间转悠，看逝者的生卒年月，读碑上的铭文：

无声回应我们每一个人，
向晚是休息的时分。

他在长凳上坐下来，又站起来。休息的时分。埃尔娜说过："你走路的样子有点怪。你一疲劳，我就能看出来。总有一天，你这把骨头会被摄影机压垮。"

但压垮他的不是摄影机；压垮他的是日本、是柏林、是二者的结合，是那个出现在他生活中、又在他措手不及时突然消失的人。为了靠近她，他来到这里；然而现在，他觉得自己离她更远了。也许那回邮地址根本不是留给他的。说到底，信是寄给阿尔诺的，而不是寄给他阿图尔的。

"你为什么不在阿姆斯特丹待一段时间再走？你在这里不是也有家吗？"

然而，阿姆斯特丹没有"这里"。"这里"是她所在的地方；她在哪里，哪里就是"这里"。而且，他的家令他发疯。他的房子在九楼朝北，一开窗就能看见城郊的围垦。每看一眼那些整齐的绿洲，他就更清楚地知道自己回到荷兰究竟是为了什么，最后，他只好来到德赖普。他又按下门铃，他知道，街对面就有人看着他。外面的人可以看到里面，里面的人自然也可以看到外面。一阵脚步声后，门开了。一位老人，白发紧紧绑成一个髻，双眼澄澈、碧蓝。啊，他心想，柏柏尔人的眼睛赢了。

蓝眼睛丝毫没有惊讶，显然对他的到来是有准备的。他想不透这说明了什么，只知道信封上的回邮地址大概确实是故意写上的。或者，难道这是某种游戏？

一小时后，他又回到了街上，感觉自己刚刚与一位老牌政客周旋了一个回合。阿芙·奥兰涅坐在他的对面，对不想透露的信息——艾力克现在何处，艾力克说过什么——她滴水不漏。对方就他进行了审视与评估，并且他感到，对方没太看得上他。虽然她完全掌握他与艾力克之间所发生过的事，但谈起自己的这位外孙女时，她表现得心照不宣。会面期间，对方没有表现出任何惋惜。整个过程像是一个圆满完成的任务。这位老人似乎早已认识到，自己那不幸的女儿的女儿，是一个我行我素的人。而且即使自己反对，又有谁会去听自己外婆的话？她似乎在暗示：苦难是有余波的，即使这意味着更多的苦难，她作为外婆，或者说同为女人，也必须支持外孙女。所以，在这位老人与这位已不太年轻的男人之间，即使她希望促成某种合谋，也不会有任何结果。艾力克从柏林回来了，出了一些事，但她作为外婆无权谈论。现在，艾力克在西班牙，那是毁了她母亲的地方。许多年前，这位此时坐在他对面的老人曾去那里接回了几乎没有人照管的外孙女，她的父亲早已人间蒸发，她的母亲则被认为没有监护能力。整件事情是她一个人扛下来的，因为她的丈夫——她指了指边几上的照片——年纪轻轻就死了，就像艾力克的母亲一样。不，她没有留下西班牙的地址，就算她留过，没有她的允许，她作为外婆也不能说。多么强大的意志力，他心想。原来她的意志力是隔代遗传——在那对柏柏尔人的眼睛里，可以看到许多荷兰人的精神。

壶嘴吹响了口哨，外婆去了厨房，无声陡然降临无人的客厅。他想起身去银相框中摸一摸那张脸，想在沙发上舒展一下身子，好像这里是自己的家，即使只能休息几个小时也好。荷兰咖啡的香气，饼干听里熟悉的传统饼干，情不自禁的思乡之情，引动着一位旅者内心最真实的秘密。他想问却又不能问的是：她说起他了吗？说了什么？在这样高级的斡旋中，类似的问题是不合时宜的。于是，他只剩下最后一个问题；当发觉对方已终于结束了陈述，既没有表示要从中调停，也没有给出任何承诺后，他提出了这个问题："您怎么知道我会来？"

"她给我打了预防针。"

没有透露细节，但他不能要求更多了。这是游戏的规则。对方的眼神正流露出这层意思。在这对眼睛里，你可以看到对方准备坦陈的一切，但这并不代表你能得到自己问题的答案。

"虽然她在西班牙，"对方话锋突然一转，补充道，"但是我不知道告诉你这件事究竟是帮你还是害你。"

他咽了一口唾沫，不知如何回答。突然间，他意识到这个女人一定也知道洛劳弗耶与托马斯。或许不知道他们的名字，但知道有他们的存在。而她自己也有两个亡人要应付。

他在门口又获知一丝模棱两可的线索。她顶住门，站在从街上看不到的暗处，匆匆摸了摸他的胳膊。

“你要仔细些。这段时间她不容易。”

不容易？——可是门已合上。那么，这就是全部的信息了。他听着自己踏在鹅卵石步道上的脚步声，这一程的终点是西班牙，路途将会很长，但他对长途已经习惯了。即使日夜兼程，这依然是一次长途旅行。

“你疯了。”埃尔娜说。

她正站在眺望运河的窗前。

“你不是刚去过柏林、日本和——俄罗斯吗？”

“爱沙尼亚。这些我们早已谈过。”

“简直像是有鬼在追你。”

“或者说是我在追鬼。”

“阿图尔，你为什么不肯告诉我究竟发生了什么事？我们交往年头最长。我对此可不只是好奇。”

于是他说了。他说完，她一言不发。他注意到运河夹岸的树已经成荫。六月中旬了——时间过得真快。路灯亮了起来，洒下琥珀色的柔光。他们听见船声。一艘小船，船舷上亮着一盏小灯，正穿过运河上的桥洞。一个高个子男人站在舵前。

“他又来了，”埃尔娜说，“真希望他能开口唱歌。”

“他的船已经在唱了。噗、噗、噗——你在电话里学得很像。不过，你为什么希望他开口唱歌？”

“因为听了你的故事，我感到很难过。”

他们静静地站着，少顷，他望向她：她依然是维米尔的画中人。

“你在看我。你在看我老了没有。”

“你没有老。”

“没有才怪呢。”

沉默。船声渐远。

“阿图尔。”

他没有回答。

“如果把所有的时间加在一起，你和这个女人，你们在一起待了多久？”见他仍不回答，她又“嗯？”地催促了一声。

“我在计算。一天吧。漫长的一天。”

而这不对劲。应该是几年——应该是好几年才对。时间真是错得离谱。达利画下融化的钟时，一定也发现了这件事。离谱的时间，大段地溜出你的掌心，虽然你每一寸生命都在感受它，却无法将它算清。

“你为什么不再等等？”

“我已经过了那个阶段了。”

她必然会说，以我的年龄，已不适合这样的恋情，阿图尔想。可她说的话出乎他的意料。

“阿图尔，认识她不是什么好事。”

“你怎么可以这样说！？”

埃尔娜倒退一步。

“这是你第一次对我发火。有一刹那，我还以为你要动手了。你气得脸都白了。”

“我永远不会对你动手。可你不该对一个你根本不认识的人下这种判断。”

“这不是判断，只是本能反应。”

“哦，那我应该怎么描述它？预感？女性直觉？”

“随你怎么描述。我只是担心你，没有别的意思。”

“你难道看不出这很滑稽？就算这是一个错误好了，我这么大的人了，难道没有权利犯错？别担心，为这一点小事我还不至于死了。”

她耸耸肩。

“要不，我们出去喝一杯吧？”她顿了顿，又说，“你什么时候走？有脏衣服吗？你可以用我的洗衣机。你知道，我很擅长熨衣服。”

他深深吸气，缓缓吐出。

“我不是故意要生你的气。但你为什么那样说？”他一字不落地重复她的话，还原了语气：“你为什么说**认识她不是什么好事**？”

她看着他。越过她，他看见洛劳弗耶。不管是伤情还是矫情，反正她真的出现在了她的身后。有人也曾这样提醒过他。是谁呢？

“你的描述太细致了，”埃尔娜说，“听了你的话，我觉得自己已经认识她了。我是说……”她把话说到这里便不再说下去，而是泄气似的加了一句：“唉，那你就碰碰运气吧。你怎么去？”

“开车。”

“就你那辆老爷车？”他有一辆古早沃尔沃亚马逊。

“对。”

“那你什么时候走？”

“现在。”

“现实一点行吗？你难道不用事先安排一下吗？”

他掏出手机。

“要不，就住马德里那间公寓吧？你给朋友打过电话了吗？”

每次打电话给丹尼尔·加西亚，你都得让铃声响一会儿，因为据丹尼尔自己说，他有一部分的自己至今还留在安哥拉没回来。

“而且你知道吗？最诡异的是，厄运居然来自地下。当然，概率再小总还是有概率，可谁能想到它居然真的发生了？地雷——地雷才是真正的恶之花。厄运有两种发生渠道——横向的，纵向的。子弹是横向的厄运，炸弹是纵向的厄运。然而再怎么说，厄运好歹应该从上面来吧？不是常说**撞上**厄运或者厄运**降临**吗？怎么居然是从与坟墓同一个方位的地下冒出来的呢？难道不该由我去入土？土壤怎么居然自己从下面上来，主动包围我呢？这种做法很不地道。”圈子里，大家都叫他哲学家丹尼尔，阿图尔举双手赞成。任何事情被丹尼尔一说，都能令人耳目一新。在丹尼尔眼里，地雷是一种生长在地里的植物，会在厄运来临时突然绽放，露出丑恶的嘴脸——一种带着死亡与毁灭气息的肉食性植物，将他的左手与一部分左腿带去了（据他说是）“我无法一起去的地方。天知道它们现在勾留在了哪里”。这一阔别，给他的生活造成了巨大的影响。

“CNN为我失散的肢体支付了高昂的赔偿款。对他们善后的效果与诚意，我必须予以承认。”

几个月的复健后，他搬到了马德里（“我的残障在这里并不显得突兀”[1]），买了一台大画幅的摄影机，虽然身体残障，但他是最受追捧的特种摄影师之一。他的第一个作品是关于柬埔寨、伊拉克与（当然）安哥拉的地雷后遗症的。（“人不该放弃自己最了解的领域。”）

丹尼尔没接电话，这让阿图尔意识到自己十分想念这位朋友那种阴郁的声音，和他那口尼加拉瓜英语。

丹尼尔·加西亚的体格极为健壮，躯干几乎呈现正方形（“练成这样是因为我爱数学”），清灰的浓发，细细密密地打着许许多多的小卷。（“在苏里南，你们荷兰人叫这种头发 kroesoewierie。你不知道吧？你们连苏里南最平常的小事都不知道，为什么要到那里去殖民？”）

“苏里南已经不是荷属殖民地了。”

“哈，我可不会因此就放过你们。殖民者永远是殖民者。”

两人第一次碰面是在一个纪录片电影节上，当时，两人都获得了欧洲某评委会大奖，奖品是一小圈金月桂花环，装在宝克力底座上，搁在紫色丝绒大盒里。（“我可不想抱着这么漂亮的盒子走来走去。它会引来方圆几英

1 彼时西班牙经常发生汽车爆炸事件，故有此一言。

里内所有的屁精[1]。给我一把锤子，咱们很快就能把金子敲下来。”）

“现在怎么办？”埃尔娜问。

“我今晚再打。”

“我们出去喝一杯吧，然后去你家。”

“去我家干吗？”

“洗、熨、打包啊。我喜欢送男人上路。”

“可我没有熨衣板。”

“我可以用餐桌。你就别闹别扭了。”

她忙着送他上路时，他在书桌上摊开西班牙地图。他知道自己此时的躁动与艾力克·奥兰涅已经无关。应该走哪条路呢？他一边用指尖追踪路线，一边默念着沿途的地名：奥里特（Olite），圣·多明各·德·拉·卡尔萨达（Santo Domingo de la Calzada），温卡斯蒂略（Uncastillo），圣米兰的苏索修道院（Monasterio de Suso），耶蒂洛斯卡巴勒（Ejea de los Caballeros）……几乎每座小镇都能勾起一个回忆。

“你竟然在哼歌。”

1 此处指同性恋。

“快来看。你看到这些空地了吗？西班牙是欧洲空置面积最大的国家。”

“你喜欢它这样？”

“喜欢”这个词不准确。但他确实更喜欢荒漠化的风景——喜欢被岁月蹂躏过、漂洗过的高原，顶部被时间磨得像桌面一样平，铺满粉笔一样细腻的沙石，寸草不生。这种偏爱几乎是生理性的，而且似乎与他对西班牙语的喜爱一脉相承。

“意大利语才好听呢，”埃尔娜说，“西班牙语太阳刚了。”

“所以让女人来说才更好听啊。你看”——他指着地图——“我准备这样走。先从奥洛龙圣玛丽（Oloron-Sainte-Marie）向南，然后向北穿过比利牛斯山，南下哈卡（Jaca），经过王后桥（Puente la Reina）、索斯（Sos）、萨达巴（Sádaba）、陶斯特（Tauste）……只走小路——也就是这些黄的和白的细线——然后上昆卡（Cuenca）山城，最后到马德里。”

“这条路上风景很多。看来你并不着急见她。还是说，你害怕见到她？”

“可能吧。我还没想过。”

“那你为什么还要去见她？”

“我去送一份报纸。”

“你真是没救了。”

是的，他是没救了。丹尼尔还是没接电话。沃尔沃亚马逊刚到朗德省就抛了锚。他等一个零件一直等到月底，度日如年。酒店窗外只能看见一片种得整整齐齐的缺乏生气的树林，它不会有恣意长成密林的那一天。他看着那片瘦瘠的松树组成的凌波地狱（Limbo），几乎要发疯。他打电话给埃尔娜；对方似乎觉得很好笑。

“这么说，你终于有机会思考一下整件事了。不过，当然啦，你大概还是不会思考。毕竟你没有这个耐性。而且男人都不善于反思。所以，你这几天在干吗？”

“我在拍松果。”

两天后，车终于修好了。沃尔沃亚马逊好像知道自己需要弥补浪费的时间，飞也似的冲上了比利牛斯山。山脊的另一边，风景变了——眼前一马平川，空气中晃动着热浪，这使他不得不减速。最后一声法语，让位给了心急火燎的卡斯蒂利亚语。这里的土壤更古老，更无情，见识过更漫长的历史。他的精神为之一振，心情却相反低落下去，因为，虽然眼前的风景像裹在肩头的盖毯一样保护着他，但广播里的每日新闻却将残酷的现实推到他的面前。无论是否愿意，你都无法摆脱那现实。当其他国家都在稳定享受着两党制时，西班牙境内却仍然肆虐着毒杀、谎言、伪证、含沙射影与飞短流长。报纸动辄互相谩骂，司法要看关系亲疏，钱可以买到一切；它是一出大戏，一出喜歌剧（Opera buffa），低能政府绑架人民，部长个个都判了刑，但没有一个入狱。遍地傀儡：这是一个亘古不变的问题，一个虽然举国早已厌倦，却仍无法纠正的问题。

但真正的麻烦还在别处。真正的麻烦是一伙每天都在用炸弹、用处决、用勒索、用狂热追随者滋扰西班牙的暴徒，什么也无法打消他们屠杀的决心，这群带来死亡的人会一直用恐惧扼住西班牙的咽喉，直到毁灭的种子撒遍全国，或许，即便到那时，他们也不会放手。他一边在几乎被废弃的小路上驱车，一边收听近日受难者的姓名与主持人和时评人激愤的声音，他不知道自己是不是因此而忍无可忍，于是才减慢了车速。有时，他在路边停车，走进以万物为刍狗的旷野，录下那里的声音。那里的干燥、荒芜，那里吹动蓟花的风，远方的拖拉机，仓鸮的孤嚎。入夜，他住进小旅馆，与其他住客一起在休闲吧里看电视。一场示威游行，为了声援一个被歹徒秘密关押在地下聚点长达五百多天的男人，然后是一场反示威游行，反示威者头戴面具，向示威者扔石头和“莫洛托夫鸡尾酒”[1]。没有哪个国家值得人们倾注这么多鲜血与仇恨。一天晚上，新闻播出了近期伤亡的数字——画面显示一系列血腥的尸体与汽车的残骸。他发现，比起受害者扭曲、无助、被肢解的尸体，被烧毁的汽车竟然更能表现埃塔组织毁灭一切的集体狂热。

那场在吕巴斯的谈话，距今多久了？是三个月吗？还是一辈子呢？当时，艾力克说什么来着？“请把它看成一出喜剧。”他当时不懂，如何才能把它看成喜剧。现在他也不明白，不仅他不明白，没有人能搞明白。宾馆的休闲吧灰扑扑的，电视里的血是鲜红的、肉是粉嫩的，而那声音，那声音才是最恐怖的——因为室内的石墙、砖地都未铺设壁纸和地毯，没有任何东西来吸收机械发出的冷硬的声音，没有任何东西来弱化电视里的尖叫和观众们的叹息。他坐在休闲吧里，仿佛坐在一个看不见的合唱团中间，思考着当时艾力克给出的答案。

“如果我说这是悲剧，你会感觉好一点吗？那我随时可以改口。”“两百年后当人们忘了当时的痛，所能记得的就只有当时的疯狂——疯狂的主张、对疯狂主张的疯狂反

1 即燃烧瓶。

驳、对疯狂反驳的疯狂辩解。”

这些话本身都没有错，他想对她说，但是，知道这些对我们有什么帮助呢？知道这些，反而增加了我们的挫败感吧？现在的苦难就已经够受的了，谁还愿意去想它有一天将会变得毫无意义？生命不是用她的“二百年”、而是用那已经与入土无异了的男人的“五百天”去衡量的。用历史抽象的眼光看待一个脑浆喷溅在餐馆墙上的人，这样的轻描淡写，难道不可耻吗？当然，抽象的“将来的人”，他们将不会像眼下休闲吧里具象的住客一样，在电视机上切实地看到餐馆墙上喷溅的脑浆。他们的史料将会以数据、以神秘字符、以文章注脚的形式，将信息喂给他们。到那时，血债早已偿清。然而，就连“清偿血债”这一点，她都已经计算在内了：总有那么一天，没有人对那段历史还有哪怕是一丝一毫的了解，那正是她所说的“喜剧开始的时候”。他不知此时的她是否也在电视上看着相同的画面，只知道要解开这个疑问，他必须先找到她。她又消失了，就像她在吕巴斯时把他像傻子一样撇在咖啡馆里的那天一样。在他身边攥了一晚上手绢的老妇突然站起身，给自己倒了一杯饮料，也给他带回来一杯满到会遭天谴的白兰地。

“这个世界上没有解药[1],”她说,“我们就活在凶手与恶魔中间[2]。”

恶魔。在西语中，这个词突然有了一种不同的含义，好像恶魔是人类的一种，与人类共同居住在同一个地球，模样也没有多大区别，或许就坐在飞机上、酒吧里的你的身边，趾高气扬地将死亡撒向你、撒向我，也撒向他们自己。

第二天早上，他给丹尼尔打了电话，对方终于接了。

“你在哪里？你可真会挑时候。看电视了吗？整个国家都在暴动。”

“我离得很近——就在锡古恩萨（Sigüenza）镇边。”

“你慢慢来。我家现在有一屋子人，还送不走，因为他们没有身份证明。你不如先去看看小侍童吧？问问他这次能不能把书借给你？你知道我说的是谁吧？”

“嗯。”

“小侍童”是锡古恩萨大教堂里的一尊雕塑——一个年轻人，斜卧在一座墓穴上（墓里埋的就是他自己），一直在读书。

---

1 此处为西语“En este mundo no hay remedio.”。

2 此处为西语“Vivimos siempre entre asesinos y demonios.”。

“给我三天时间。然后你就可以搬进来。钱够用吗？”

“这个不用你担心。”

“你可以先去住正午酒店。看起来很贵，其实一点也不贵。不会超过五万比塞塔。就冲‘Mediodía’的名号，这钱也花得值。我要找你就往那里打电话。你也可以打给我。你是干吗来的？有什么事情要办吗？”

“没有，没有，只是随便来一下。”

这是假话，他在自己的声音里听出了谎言的声音。丹尼尔也一定听到了，因为他追问道：“还有什么需要我帮忙的吗？”

阿图尔犹豫再三。

“如果有一个人在这里研究一个历史课题，你觉得这个人会去哪里？”

“那要看具体是什么历史课题了。你也知道，这个国家到处是历史。国立历史档案馆（Archivo Histórico Nacional）就在马德里的塞拉诺大街上。西曼卡斯综合档案馆（Archivo General de Simancas）东西也很多，不过，去那里要开一百二十英里。西班牙大部分历史都存在那里，但是好像没有中世纪的。此外，还有各市级、省级档案馆和教堂收藏的文献。有关内战的历史专门存在一个地方，劳工运动一类的事件就更别提了，根本可以说是层出不穷。山一般巍峨的故纸堆，任君查阅。不过，也还是要看你查什么。我们则存放于塞维利亚（Seville）的印度群岛综合档案馆（Archivo General de Indias）。但是你要找的好像不是这些？”

虽然句末是一个问题，但丹尼尔似乎已经知道了答案。所谓“我们”，指的是“尼加拉瓜”。阿图尔不说的事，丹尼尔绝不会问。但他一定感到了异样，于是才突然用宽慰的语气说道：“好了，好了，cabrón，我先挂了。还得回屋看孩子呢。你就从塞拉诺大街上那个国立历史档案馆开始找吧，因为它现在离你最近。说不定能让你撞个大运呢。不管怎么说，再大的六合彩也总有人会赢到，虽然，没赢到的人可能只差着一个数——这是玄学，**祝你好运**，我们再联系。”

他所谓的“孩子”，指的是正寄居在他家里的非法移民。丹尼尔仿佛一个现代社会的圣徒（“我在努力匹配我的中间名 Jesús[1]”），如果他的手是真手而非义肢，此时可能会给上他一拳。cabrón 是“杂种”的意思，但让丹尼尔这么称呼，他并不介意。

车一进锡古恩萨镇，他就看见了教堂的圆顶。何妨真

1 此处为西语的“耶稣”。

去拜访小侍童一番？

“你在拖延时间！”埃尔娜嘲笑他。她说得没错。他的痴念即将成为现实，因为找到艾力克是理所当然的。虽然西班牙人口多达数百万，但他知道，自己总有办法找到她。他对此深信不疑。问题是，找到以后呢？

教堂里很黑。教堂好像自体过重的庞然巨物，陷进了地下，因此必需走下几级台阶才能抵达正门。里面在做弥撒一类的法事。祷席上占据着身着红黑修士服的牧师，如歌的吟诵在空阔的室内回响。他看着牧师们的脸，看着他们的嘴吐露着不再需要被眼睛读取就能形成的词句。这一画面教人熟悉，古老得好像沿内墙修建的古墓。他走到一方古墓前。侍童依然如故，上次见他什么样，此时的他还是什么样。阿图尔记得这位年轻人的一切面部特征。这位日后位列“天主教双王”圣地亚哥骑士团骑士的小侍童，正静静地斜卧在自己的石棺上，倚着自己的一条胳膊肘，五百年来，他一页书也没翻过。他在1486年格拉纳达战役中被杀。放在今天，他会被计入“伤亡总数”，虽然他的尸体一定与某些死后只能以粗颗粒照片见报的人有所不同。没有人会在五百年间反复去看那些照片。那些人也决不可能修炼出像这位侍童这样如梦、如醉、如痴的安详表情。这个年轻人的死亡早在几个世纪以前就连他自己都记不得了，而他的塑像却还睡在教堂里，一如那片旷野还横陈在吕巴斯郊外——只是为了不遗忘，虽然，连侍童自己都已经忘了不能遗忘的是什么。

阿图尔回到户外，感到阳光很刺眼。假设痴念当真成为现实，它能经得起西班牙烈日的考验吗？他又故意在马德里外转了好大一圈（“你又在拖延时间！”），一直转过阿尔卡拉·德·埃纳雷斯和阿兰胡埃斯，才在一天中最热的时辰走托莱多门进了马德里市。酒店就在阿托查站前，他双停[1]后将行李和摄影器材拖进大堂，后面的车已经在鸣笛抗议。于是他不得不在应付如皮鞭抽打在身上的热浪之外，还得再忍受喇叭粗暴短促的“哔哔”，外加一部已经在哭号着的救护车的长鸣。

他扔下行李和摄影器材去泊车，又赶回大堂拿行李，看到温度计上的气温已经超过了一百华氏度[2]。客房面向车站，没有空调，他打开阳台窗户，声浪立即扑面而来。他在床边坐下，研究马德里地图。几条铁轨从南至此，在阿托查站彻底终止，再往前有一个当中画着蓝点的绿色长方形，标出了丽池公园（Parque del Buen Retiro）的位置。

1 暂时把车停在已经停靠在人行道边的车辆外侧。

2 相当于三十八摄氏度左右。

虽然，从他的窗户看不到园中的湖，他却已经知道，湖面上一定停满了泛舟用的出租船。丽池公园左上角是独立广场，广场直通塞拉诺大街。那是他最终的目的地，虽然现在他还不准备去。

他用余下的时间在古城里瞎逛，在一个电话亭里给芝诺比娅和埃尔娜打电话，但两人都不在。他没有在答录机里留言。有什么好说的呢？我已来到了路的终点，这条路始于柏林一个下雪的冬日，即将止于——无论结果如何——马德里夏日的一条街，这条街上的太阳亮如白雪，几乎要刺瞎我的眼睛。每一个贩售亭、每一张咖啡馆的桌上，都可以看见《国家报》，头版又是爆炸案，令他原本紧绷的神经更为紧绷起来。情况不妙；他必须冷静，但他无法冷静。他不断提醒自己来这里的目的。倘若还未做好准备，他应该马上去车库开车，一走了之。但他能去哪里？去阿姆斯特丹吗？还是去柏林？都不行。有两件事他必须先搞清楚。第一，去哪里可以找到她？第二，在她无言的离去与一再的回避之下，究竟隐藏了什么含义？难道他已经被归入往事的残渣？难道那几个神秘的夜晚都不算数了？或者，难道整件事其实没有发生过，只是一段混沌、一段空无，因为其中许多片段都被抹去了，对它的记忆只能是依稀的，那记忆中有一个因为手慢而错过了一份报纸的女人，她是告别大赛的世界冠军，她不知道——或者即便知道也不会在意——他正像村里的傻子一样盯着一尊蒂尔索·德·莫利纳（Tirso de Molina）雕像，被醉醺醺的流浪汉们围绕着，而他们每个人泥秽的手中都拿着一升装的常温啤酒。他们是他的伙伴，是大都会中眼神空洞、灰头土脸、嘟囔着、咒骂着、乞讨着香烟的新蛮夷。一个红发女人突然跌跌撞撞地站起来，提起裙裾，面对一个男人，露出下面穿的肮脏的内裤，他忍不住觉得，这似乎在无意中对他这次草率开场的追随形成了讽刺。他不该在这里。他的出现是一种背叛。对什么的背叛？某人——此人的名字他甚至不敢去想——打断了他漫长的追悼，将他从休眠状态中摇醒，将令人不齿的坐立不安强加于他。如果在文学或电影里，这件事会怎样收场？她为何将自己外祖母的地址寄给阿尔诺？她外祖母对自己的拜访又为什么毫不意外？只有弄清这些事，他才能在心里把它们画掉、擦除，才能载着摄影机与重获的自由，驱车进入那片灼热的旷野。

计程车，塞拉诺大街，时尚的潮流，橱窗里衣着光鲜的男女人偶，手臂悬在空中，无望地、一动不动地存在着。他的世界本该如此——本该持守距离，本该只有新潮服饰不断涌现，没有对话，没有伤痕，没有恸哭，也没有情欲。

国立历史档案馆已经闭馆；明天，它还会再开（除非明天是世界末日）。他结清计程车钱，沿大街走去，看路人的鞋，看午睡后的人们如何健步如飞，看宛如再次新生的一双双脚，对各自的方向如何胸有成竹。几年前，他曾读过一句至今难忘的话："为了知道小虫对人行道的观感，莉塞特·莫德尔（Lisette Model）几乎把镜头贴到了地上。"在来自地面的、最原始的视角中，庞然巨物统治着城市，他们在其中充满自信地行走，因为这是他们的疆土。明天，他要去寻找这些庞然巨物中的一个女人。他知道自己一定会找到她。

他回到到处是儿童尖叫、乱窜的酒店，通过这些聒噪的侏儒的对比，他自己的身体显得格外高大。然而，儿童似乎没有注意到他，仍然继续追跑，直到早就过了睡觉的钟点。他睡得并不踏实，午夜时分，他大汗淋漓地醒来，但是想不起自己梦到了什么。似乎是妻子将车开得太快，而他无力阻止。

简陋的房中压抑着沉沉的热气。他打开门，门外没有像样的阳台，只有一个供人倚靠的雕花护栏。户外依旧车水马龙，而这会持续到天明。

他打开安装在房间一角的小电视，电视中映出一个模糊的黑白画面，一对男女正在亲热。从他们身上的戏服看，两人大概二十年前就已经死了。他让电视保持静音，再次醒来时，画面已经是早新闻。被囚五百三十二天的俘虏终于获释，重见天日的一刻仿佛第一次看到这个世界，苍白凹陷的脸颊上架着厚厚的眼镜，进一步放大了他已经放大的瞳孔。他关掉电视，时间还早，还不是看恐怖片的时段。从高原来的清晨的空气，使房间里凉快了一些。他凭栏望向农业部大楼楼顶的飞马和对面车站上的飞狮——这些动物来自一段不存在的过去，那时，马和狮子都长着翅膀。那是一段梦一样的时光，一段别人想象中的时光。换言之，那就是当下的时光。

而我们呢？我们没有看法，也不做评判。我们没有做这些事的权限。尽管我们早该习惯了，但在面对你们各种各样匪夷所思的行为时，我们仍然不免偶尔地感到惊讶。你们的行为居然如此微不足道，你们将事件与情感关联在一起的执念居然如此地深，你们构造神话、故事与理论的热情，你们对所谓“真知”的追求，你们走过的数不清的弯路，你们提出的各种圆不上的假说，你们第一次在镜中见到自己时惊讶的神色……都不免触动我们惊讶的神经。64 路公交车从阿托查火车站出发，沿着普拉多大道，经过西贝莱斯广场，拐上雷科莱托斯大道，经过哥伦布广场，来到卡斯蒂利亚大道，来到我们曾在德国柏林施潘道大街一辆扫雪车后面见到过的男人下车的地方。他向塞拉诺大街上的一幢大楼走去，进入了正门，穿过楼梯正面的花岗岩入口，进入了大堂，来到一位身穿制服、面对一排监控器的保安面前。我们对这个地方很熟悉，因为我们刚刚跟随携带介绍信的艾力克·奥兰涅一起来过，与她一起学习了查阅档案的规则，并看着她获准在坐满其他同道中人的长桌前坐下。这些人来这里研习、挖掘，好像鼹鼠，在笼罩一切的静谧中，很少有人哪怕只是抬头看上一眼，所有人都埋头在经书、备案、合约、契据当中，检索这些上古的卷宗里浩如烟海的字母与数字，深究由楔形文字与卢恩文字讲述的、久远的过去。自然，我们知道她有多么兴奋，又是多么迅速地将导师的忠告抛撇在了风里。平生第一次，她得以亲手触摸到由“喜鹊女王”亲自写下的文字。这是历史性的一刻。是她与她的女王最为接近的一刻。此刻以前，一切都是抽象的，此刻以后，抽象即将凝聚为现实。这是她一直以来的愿望，此刻不容任何人打搅。她身上发生了一些事；她为此受到了伤害，而且，根据你们有时不免显得错乱的逻辑，她因此就有了报仇的权利。不，我们没有要抨击这种逻辑的意思。再说，复仇已经完成了，而且不管她嘴上是否承认，我们都知道她付出了多少代价。但是此刻，我们不想深入探讨这件事，因为我们正在跟踪的是两个人，而非一个人。

今天已经不是她第一次来这家档案馆，但她的兴奋没有变。那些名字——情人的、顾问的、敌人的，她已经稔熟。她正身处两个不同的世纪。有时，她感到难以承受的压抑，好像她正在乘坐潜水钟，潜入浑浊的往事，寻找隐藏的秘密。摄像头检查到她面前有一个空位。一开始，她还有些不愉快，现在她已经习惯了。楼上的保安随时都在看她，但又并不是真的在看她。摄像头扫视室内所有的人——他们都是埋头于宗教诏书、外交文书、名单、地图、卷轴、索引的学者。她听到自己的名字，接着，摄像头开始对她进行跟踪——与她一个月前第一次来时一样，当时，她将尺寸几乎与她一般大小的档案袋掼在长桌上，使得别人只好给她让出了一点位置。她抚摸着散发温润光泽、年龄还不足八百年的小牛皮，亲眼见到了天花乱坠的线条组成的乌卡拉的标志性签名——那曾被不厌其烦、不厌其详地潜心绘制在各种合约书、许可证与遗嘱卜侧的花团锦簇的签名。牛皮卷宗彻底展开后，几乎横跨了一整张书桌，她用手指划过一行行文字：Ego adefondus dei gra rex unu cum coniuge meu uracha regina fecimus...

室内是彻底的无声，似乎哪怕是一点点声响——一次轻咳、刮擦或翻页——都可能搅扰此处积水成渊的巨量往事，或者使它在一瞬间蒸发……寂静成了她心灵的堡垒，令她每日充满热情地回到这里，甘心忍受种种的不便——鸡吵鹅斗的宾馆，味同嚼蜡的电视，人喊车嘶的街道，加之以地铁，加之以暑热，加之以对她恰恰产生了反效果的报纸头条：她是那么投入地埋头在乏人问津的事物中，反而对所有人都热切关注的事物没有了兴趣；虽然她也读时事新闻，也听街谈巷议，但她不留心读，也不注意听；那些事都太粗粝、太累赘，还未经打磨，还不够凝练，还在敞口瓶中沸沸扬扬，没有历经时间的蒸馏——某些报纸的文字体量甚至大过她即将写成但几乎没有人会去读的论文。

这是一次爱的行动。她要从令人窒息的模糊不清中、从文件与概要的坟墓中，将一个女人挖掘、解救出来。一想到这里，她的脸上便洋溢出光泽，而正是这张脸，映现在楼上保安的监视屏中，被一个正要与保安说话的男人看见。她坐的角度造成她大半张脸都对着他——这令他情难自禁——且摄像头几乎是给了她一个特写，这又令他想将镜头推得更近一些。他看到她彻底投入的样子，本能地要走开，但却留了下来。他看到她的手在卷帙之间移动、抚平某个卷角、记下某段文字，他看得出了神，几乎没有听见保安一而再地向他重复提出的问题。不，他不能到下面去，因为他没有官方许可，而他，这位保安，他没有给他许可的权限，但向下面传话是可以安排的。**你要传什么话，先生？**几分钟后，他们一起看见一个女人对她耳语了几句话，也一起看见了她诧异而勉强的表情、她被打搅后皱起的眉、她从座椅中起身的迟缓，于是，他知道自己不该来。**你！**她站在他面前说出的这个“你”，从她被生拉硬拽出那个古早的年代时起，就开始打磨，一直磨到了现在，已经锋利无比。那个古早世界与这个来自柏林某地、在她心中激起过深不可测的涟漪、因为触及过她的软肋而终于成为她的威胁的男人毫无关系。她走下楼梯的背影与监视屏上被放大的影像都将她存心制造的张力和她要将一切变成文艺作品的故意暴露无遗。她愤懑地合上档案袋，几乎是轻柔地爱抚着，一页页地整理好了一桌的字纸，对空桌恋恋不舍地回望了一眼，这才从监控画面上消失，从他的视线中消失，进入了监控画面之外的现实，少顷，才又重新出现在了他的面前。

我们过于迫近。这影响到了我们的呼吸。事情本不该如此，我们本不该有所牵连，虽然，这样说很容易，但这样做起来却很难。我们说好三言两语就会把话说完，结果我们的话却越说越长。我们曾经保证不再叨扰，结果却未能信守诺言。然而，这一次，我们真的要走了——全景视角的我们，必须与具体的事物保持距离。暂时，我们还不能放他们离开，至少眼下还为时尚早。我们会远远地看着他们。不，不是以看戏的方式，虽然以此作比，或许你们更能理解。给你们人类一个主题，你们竟能翻出这么多花来，不过是一再重复的这一对与那一对男女，不过是换汤不换药的这一次与那一次激情，不过是只有当局者才会殚精竭虑而旁观者则毫不在意的这一种与那一种可能。这“永恒的主题”，究竟是什么？留待你们自己去命名吧。我们还会再回来一次。对我们最后的发言，请不要抱有过多的期待。权当那是一句言不由衷的废话吧，权当它是我们对自己无能为力的叹息吧。我们无法介入。我们无权介入。

“我们要去哪里？”

他还来不及回答，她又说：“我希望你没有来。”

“你对我有敌意。”

她停下脚步。

“不是这个意思。只是……现在的时间、地点都不对。这我们最好先说清楚。”

他没有回答。

“你要去哪里？”

“不如，我们去丽池公园喝咖啡？”

“好吧。”两人肩并肩，一言不发地走了几分钟，“你去德赖普看过我外婆了？”

这么说，她已经听说了。

“你把地址寄给阿尔诺·蒂克了嘛。”

“当时是当时。”

原来如此。原来这是有今昔之别的。“昔日”已成云烟，回不去了，再说他的护照也已经过期了。一个小时之内，他第二次产生了离开的冲动。但是，不，这杯咖啡非得喝到最后一粒渣不可。毕竟，这个女人曾经轻轻用指甲刮擦过他的门，曾经裹着蓝色华达呢大衣在他门前等过他，也曾经为了见他，在他这一半的柏林夜行。为了去丽池公园，两人要穿过一段横亘于阿尔卡拉门下的隧道。一个黑人穿着肮脏的吉拉巴（djellaba），击打着满地的邦戈鼓（bongos），似乎恨不得将它们捶进地里。隧道的另一端——突然的静谧，突然的树荫，突然的斑驳的悬铃木树皮，突然的在沙地上组成精妙网状图案的叶影。他看着身边人的侧脸。除了雪花石，他想不出更好的喻体。这是一张可以在最深浓的昏暗中拍摄的脸，因为它自己会发光。

“当时是当时”，说完这句话后，她就像贝类动物一样，合上了自己的壳。他了解她，知道除非撬开她的嘴，不然她是不会再说话的。他自己也不说话，这有什么了不起呢，这个游戏他也会玩。园内的步道都是以西语世界的共和国命名的——古巴、乌拉圭、玻利维亚、洪都拉斯。他们就这样走过了一整片大陆。经过园中一片幽深的湖水，遇见一排用塔罗牌算命的人，摊了一地姻缘际遇、生老病死。其中一位正在忽悠一个女人，女人生怕错过一个字似的，双眼紧盯对方的双唇听着。看起来，他并非唯一想知道答案的人。

“柏林的那个晚上以后，我以为我们会再见面。”

“你去了日本以后，我发现自己怀孕了。”

地下还有一个女人在看手相。他看见她用枯槁焦黄的手，接过对面颟顸顾客的一只又白又细的手，张大了嘴，好像第一次看见手，第一次看见这种仿佛一群酒驾的人在并道与岔道之间形成的车辙似的掌纹。他的眼睛看着别处，问她：“所以，现在没有了吗？”

这不是一个问题。他不需要手相与纸牌来解答。一颗碧绿的弹球，弹跳着滚到他面前，又弹跳着滚开了。他们在长方形的湖边继续走着，继续一句话也不说。湖中有人在摇船，湖畔有情侣、轮椅、歌声、掌声。他们在一条石凳上坐下，石凳坐落在雄狮像的旁边，他们是庞然巨像下的两个无足轻重的游客。有人在拍一张快照，从拍摄角度看，他知道他们一定也被包含在了镜头里，成了快照的背景；而他们的沉默将不为人知。

于是，他想，现在又有一个亡灵要加入原先那两个了，但这样想或许是对先前那两个亡灵的不尊重，因为一团尚无机会成形的血肉，或许算不得活过。不算活过，如何在天有灵？不过是个看不见的可能性罢了，如今只能遐想，而且，即使不想也罢。不曾存在的存在，世界上有这样的东西吗？

她静若处子地坐着，目不斜视，久久看着前方。他刚要把手放在她的手臂上，她就躲开了。

“没什么大不了的，”她说，“这是我自己的决定，也不完全只是为了我自己。我在你柏林的家里看到过那些照片。那不是我要的生活。我不想给你一个替代品。”

托马斯。他感到怒气呼啸而来，抽打着他。

“我没有要你给我一个替代品。这根本也是不能替代的。”

“你看，我说吧。”她说。

“虽然我并不认为堕胎一定等同于杀人，”他说，“但你的身边似乎充满了死亡。”

“一直都是这样。”

她突然转向他，她的疤痕迫近过来。它像一张微启的紫色的嘴，比那张真正的嘴更激烈地怒骂他、责备他。而真正的嘴却截然不同，它发出低沉、冷漠、喑哑的声音，平静地说着他一定是看过了美国人拍的反对堕胎的纪录片，看见过里面压碎了的头骨和装在桶里的胎儿，而那些都是丑恶的政治宣传。他突然想起那天晚上她狂舞时的脸——迈纳斯的脸。他无法专心听她说话，听她说自己不需要任何人，现在不需要，以后也不需要，说她如何不该与他纠缠，如何不该让她自己……有些话她没有说完，所有话都以“你走”“你滚”“伪君子”“侵略者”结束。一番狂轰滥炸之后，她突然快步走开了，又突然转回来，在他脸上扇了一记耳光，接着是更多的咒骂、呻吟与哭号，直至最终她自己戛然而止了。于是，在他记忆里留下的最后一个画面，便是一个女人大张着嘴，仿佛在尖叫的无声的样子。他永远也不会知道这声尖叫持续了多久，因为，一直到她走后过了很久，他都还僵坐在石凳上，仿佛整个人已经冻结，在他周围，是石柱、飞狮与石头胸脯的长翅膀的女人。

他发现两个孩子目不转睛地看着他，这才起身离开，他知道自己此时离开的样子不像是走，而像是逃窜，也知道自己今天接下来的时间无疑将会在飞机上度过。但他还是无法关掉脑中的那台摄影机。

他不该提“死”的；这样说不可原谅，但她也有错，为什么不事先告诉他呢？说到底，这也是——或者说曾是——他的孩子呀。就算她不想与其有任何瓜葛，难道他不能独自抚养吗？但是，不，他应该忘了这件事，因为，根本就还没有孩子，因为，这件事根本就没有发生。她过往的经历，决定了这件事不可能发生、不可以发生，那段经历过去很久了，但代价必须清偿，这里面没有喜剧成分，就算同样的事再发生两遍、三遍，也不会有喜剧成分。同一份账单的反复呈现，同一件事情的反复发生，某个未能出生的人……但是，等一等，又是这个词——**某个人**！但是并没有这个人啊。并没有这个人；有的只是过去，有的只是过去和被过去污染的未来。而在这件事上，国家与人唯一的不同是：国家可以承载千年的过去，和千年的被污染的未来。

他经过植物园，走向火车站，立即来到二楼装有玻璃顶棚的候车室，那是许多老人喜欢坐着看报的地方。他捡起一张掉在地上的报纸头版。又有一个人成了绑架案的受害者。他们刚放走一个，又抓去一个，只是这次，他们为的不是赎金。他将报纸团成一团，离开候车室。这件事靠别人是没有希望的了，西班牙人必须自己来解决。别人帮着救出这个，他们自己还会抓去下一个、再下一个。车站步道的玻璃墙后面，有一片人造雨林，旅客穿过这片人造的风景，去塞维利亚、去阿利坎特、去瓦伦西亚。他不想去阿利坎特，他想回家。埃尔娜说过，认识她不是什么好事。女人似乎总能很快看透这种事情。但是说起回家，他却并没有家。别人都有，他却没有。此行的初衷不就是为了争取一个家吗？可现在的当务之急是离开这里，离开这座城市。他再也受不了西班牙了。不知北上是否能找到项目做。说不定，某个地方现在正在发生一场恰好可以报道的战争。眼下肯定不是拍他自己那个无名世界的时候。他在车站的酒吧点了一杯白兰地——至少这里的酒很足实，烈到足以放倒一头耕牛。她现在有什么打算？不，不要再去想她了，她已经是过去式了。他再也不会去见她了。拿走女人报纸的后果竟然这么严重。她外祖母说得对。**你要仔细些**。**这段时间她不容易**。她就没有容易过。埃尔娜绝不会赞成他做的事。但说白了，这件事又不是他做的。在这个世界上，某些影响你一生的决定，其实是别人帮你做的，甚至可能未必是在影响你的当天做的，而是在十年、二十年，甚或在你问世很久很久以前的史前时刻就已经做了。它们按兵不动，如同细菌，等待通过人际传播将各种形式的恶撒向世界，而它们永难根除——病原体总会俟机而发，形成看不见的伤口。这种恶与个体的罪过无关。在连锁反应的伊始，一切或许还能追本溯源，对责任进行分配，但渐渐的，你就再也无法厘清了。没有谁是无辜的，每个人都分到一杯罪过的羹。“我不想给你一个替代品。”“你看，我说吧。”别再沉溺于自怨自艾的泥水浴了，站起来，回城里去跟朋友告别吧。被拒绝的有心人，喝干第二杯酒，服下他一惯用来疗伤的药。

这像一幅霍普的画——酒吧里的男人。但是帽子呢？霍普画里的男人总是戴着帽子的。而且也总是在抽烟。他从自己坐的位置能看见酒店。回去睡觉吧——睡一觉就好了。昨晚就一宿没睡。房里热得出奇。电视，最近一位人质的画面，青年男性。如果政府像往常那样在四十八小时之内无法与绑架者达成共识，他就会被枪决，换言之，他已经被判处死刑了。电视上出现了他的姐姐或妹妹，然后是他的未婚妻——金发，阔脸，好像希腊悲剧脸谱，戏剧在那张脸谱上刻下了不可磨灭的线条：一张被命运与哀痛蹂躏的脸，呈现出非人的野蛮的表情。但电视中的这位，她的表情却不是戏剧，而是生活造成的，因此也无处逃遁。他告诉自己不要再看了，却坐在床沿怔怔地看了许久。他看着她额前支出的浓密的金发，他看着她的嘴。人类怎么会长出那样一张嘴，为什么它可以张得那么圆，为什么可以露出这么多牙齿。他们当然会杀了她的未婚夫，他们总是杀掉他们的人质的，所有会发生的事，最后总会无一例外地发生的。可以说，这个人还没有出生，就已经死去了。这笔死债，迟早也是会有人追讨的。

他一定是睡着了，醒来时，电视还开着，换上了汽车广告、裸体女孩，和车窗里扔出的内裤。悲剧脸谱下台了，花钱雇来的演员脸粉墨登场。你看起来好像刚刚拍完广告。是埃尔娜说过的话吗？不仅是她，他自己也这样说过自己——我看起来好像刚刚拍完广告。一袋洗衣液对他微笑着，一排半透明大虾在急冻机制造的薄霜下发着抖。天色已经黑透了，广场上升起一千个霓虹灯的太阳。他给丹尼尔打电话，丹尼尔没有接。没有办法。丹尼尔常去的酒吧叫什么来着？那是一间尼加拉瓜人开的酒吧。一间只能挤三个人的酒吧。地段不很安全，尤其到了晚上，但也还说得过去。天哪，白兰地的酒劲还没有过。要带摄影机吗？没准用得上。马德里的夜……一定很美。那就带上吧。蒂尔索雕像边，酒醉的人们这时已经增加了一倍还多。那个石雕的修士兼作家[1]，好像黑塔高高耸立在那里，俨然他自己笔下可怕的古罗马执政官，压迫着下面的人。红发女人还在，她毫无顾忌地怼住镜头，用两根手指一左一右地拉开嘴角，做了个鬼脸。他匆匆转向人声更热闹的地方，又拐上一条支路。第二次了，这是今天他第二次逃跑。该死，酒吧应该就在附近，不该带这么重的摄影机，天这么黑，连他这种喜欢昏暗的人都嫌太黑了，这几条街的路灯好像烧的还是汽油，点了等于没有点。他感觉自己又回到了十九世纪，就像那天早上离开她家，穿过堆满报纸的门

1 即蒂尔索。

厅，走进那条隧道时一样。应该留在日本的。那些僧人看起来心无挂碍，成天坐着念佛，不去歧途上瞎晃。突然间，周围的每个人都好像要拉他进自己的店里，但还是免了，前方的广场终于开始眼熟，一座凯旋门在一众霓虹灯的簇拥中显出石膏粗陋的质感，然而还是不对，还要再走，还要再过马路，还要再左转，这才终于到了。不过一件起居室那么大的酒吧，比他记忆中的好像又小了一点，根本都容不下他和他的摄影机。三张吧凳上都已经有人了。但都不是丹尼尔。“我只有想念我的断腿时，才会去那里。”

他一进店，里面的对话立即停了下来。一个疯疯癫癫的外国人，他来干吗？吧凳上坐着的三个男人，说话的口音都跟丹尼尔一模一样，都是流亡在外的老年人。他给自己点了一杯白兰地，又请众人喝了一轮酒，说自己是丹尼尔的朋友，以前也来过这间酒吧，有年头了。啊，丹尼尔啊，他们说，丹尼尔，然后为他的健康干杯，他们坚忍、严峻的脸上，都有着战争刻画的痕迹。这个酒吧，这几平方英尺的空间，是属于他们的。而他只是个暂时被接纳的不速之客。丹尼尔啊，其中一个说，当然认识啦，他就是那个因为弄丢过东西、所以更感恩生活的人嘛。他们的话里闪着真理的光晕，对话绕开他进行下去，充满了他没听过的名字和不知道的事情，他们的世界在别处展开。

他盯着墙上的一张尼加拉瓜地图。“国际团结”喊了十年，那个女人依然穿着泳衣站在齐膝深的蓝海中，向救援船挥手，那尾鲨鱼或是海豚，依然用吸管啜饮着冒泡的饮料，旁边河岸上依然埋伏着身背弹药、穿着迷彩服的反政府武装人员。丛林、沼泽、村落，棕榈、桑迪诺永垂不朽！这是他八年前见过、五年前又再次见到的同一张地图。无意中，他记住了地图上所有的细节——其间虽然从不曾忆起，但却一直没有忘记。一场发生过却被遗忘的战争。长久以来，这张地图被他随手塞在意识的深处，等待再见到它时，记忆被轻轻触动。有多少事件、面容、话语也是这样？也是他其实知道，却忘了自己其实知道？人生还没有结束，人生的一半却已经消失了，好像它们已经预先进入了死后长久的虚无。天哪，他应该是醉了，他应该醒醒酒，明天一早要开车离开的。这是一条人生的歧途，他绕了个大圈，却发现此路不通。说到底，一切不过是个笑话罢了。

他起身往门口迤逦歪斜地走去。**小心**[1]，三位酒客突然开始对他说话，使用了最简单的西语，好像他是个小朋友。他们指着摄影机，做出“不妥，小心，危险”的样子。事

1 此处为西语 Cuidado。

情在后来的发展，表明他们的话不仅是警告，更是预言，所预言的事就发生在十分钟后，他即将进入拉美地铁的地下世界，进入安全地带时。他被一个好像从自己的梦里出来的尖叫的人，和一头雄踞在石碑上面、脚踩着岩球的石狮吸引住了，他惯常的好奇心与探索欲被引动了，这个画面他本可留待明天离去以前再拍，但雄狮将他诱入了预言的陷阱，诱向了两个光头的男人。他们将他撞倒在地，动手抢劫他的摄影机，他不松手，光头便用脚踢他的脖子，用铁棒敲他的手和背。他拼死不松手。铁棒抽到了他的手指，指骨好像断了，他佝偻着脖子，挣扎着站起来，因为没有办法用手，就用脚胡乱踢蹬，为自己争取时间，同时大声向人呼救。然而，就像在噩梦中一样，他喊不出声音，呼喊只迸出了一个前音，便立即被扼住喉头的一只铁手掐灭了。这只铁手将他向石碑锋利的边缘砸去，后来，他忆起当时在石碑上看到了文字，整个过程好像一个悄无声息的慢镜头，接着，是颅骨粉碎的咔嚓声，是脑浆迸裂的爆炸声，是仿佛有千万枚指甲在刮、千万只鞋跟在踩的碾磨与撕扯声，直到世界上降临了从不曾有过的寂静，在这从不曾有过的寂静中，他被托到半空，鸟瞰着下面的全景。他看到自己倒在石狮脚下，石狮缺了一角，他的鲜血汇成一个湖泊，摄影机还紧紧攥在自己胸前。远处，塞壬的警笛呜咽着前来接引，塞壬将他裹好、固定，置他于声场的正中，直到他自己也变成了笛音的一部分，噫——呜——噫——呜地，随着波涛离开了现场，再也没有什么可以将他挽回。

抗拒是他的第一反应。有光线。有女人的声音从远方传来。不，让一切重新暗下来吧。然而却有什么东西在牵扯他，在轻唤他。不要听。快躲起来。不需要光。我用不着它。一时的安静。能听见我说话吗？又一阵窸窣。一个声音说着西语。我不想听见你的声音。我只想蜷缩起来。“他能听见。”这个声音很耳熟，似乎是丹尼尔？“要不，还是您来吧，先生。”“他懂西语吗？”

我绝不说话。我只待在原地。我的鼻中有异物，身体被束缚。没有地方不疼。重新沉睡吧。我要回去的那个地方你们谁也不能跟着。无休止的人，拥挤的街，其实我都听得见，但我什么也不说。我不说话。又一阵窸窣。有一阵纱一样的朦胧。我飞了一会儿。天应该黑了。然后是同一个女人的声音，不对，似乎是另一个。一张脸凑近过来。我感到了她的呼吸。一只手抚上了我的手腕。一个声音轻轻地：他一动不动。他累坏了。

“他还不想动。”

“这很正常。”

他已彻底恢复听觉。没错，他想回到先前的状态，回到包围一切的光中，他想留在那里。他不要这样痛。

“Arturo[1]？”

是丹尼尔。

“Arturo？”

突然，世界迎面扑来。

“您不必在这里等。还不知道要等多久。”

“不，不。”

开门的动静。更多的人的动静。明亮……昏暗……明亮。仿佛黑夜逐渐过渡到清晨。后来他们说，他整整昏迷了两周。“你不肯醒过来。”

“我的摄影机呢？”

“它几乎要了你的命。”

“你终于醒了？”

此时，他才又第一次看到了丹尼尔的脸，那么近，正

---

1 Arturo是Arthur（阿图尔）在西班牙语与意大利语中的变体。这个名字本意为“熊”。

面对着他，眼睛很大，毛孔也很大。

“你回来了。”

“先别急着动。”一个女人的声音。

他感到双眼盈满了泪水，泪水流下了双颊。他的手上绑着绷带。他将它们举起来，伸向丹尼尔；丹尼尔用双手接住。

“我的摄影机呢？”

他感觉丹尼尔放下了自己的手，听见视野外响起了脚步声，看见这位朋友用一只好手和另一只戴着黑皮手套的假手举着摄影机回来；他感觉那台机器突然显得很大。

“他需要休息。”

“会疼吗？”

这是同一天吗？抑或已经过了很久？其间的时间消失了——唯有沉睡与寂灭，穿插着片刻的熹微与苏醒，直到最后他们终于能再次对话。

“我还要在这里待多久？”

“至少两个礼拜。然后你可以到我家来。已经安排好了。”

“你怎么知道？我是说，你怎么知道我在这里？”

“你都上报了。荷兰电影摄影师夜游不慎惨遭抢劫。我以前还不知道呢，你拍过那么多纪录片。”

“都是以前的事了。”

“别让他太累了。”

然后，记忆重启。他重温了颅骨的崩裂与颅内的爆炸。然而记忆不愿重启。丹尼尔说，他收到了许多来自柏林的书信与电话，埃尔娜和他的母亲都给他打过电话，在此之前，他的母亲甚至不知道他在马德里，奥托·海兰给他寄了一幅画，NPS 和 ARTE 都给他送了花。

“没想到吧？柏林方面还给你寄了根香肠呢，是肝肠。你反正不能吃，我就替你吃了。好吃极了。我跟所有人都说你还不能见客。”

略一迟疑，他还是问了。

“领事馆来了一个人。只来了一次。但你还在冬眠，所以他留下了名片。”

冬眠。“Sueño invernal.”。西语直译为“在冬季睡觉”。冬季，冰雪，柏林，归于无声的尖叫。由他去吧。熊都会冬眠。冬眠之后是什么感觉呢？是从刺骨的死亡中重回生命的感觉吗？乌龟也冬眠。但它们活着就已经是半块化石了。难怪乌龟如此长寿——龟生有一半都不在生活。他再次堕入睡眠。

“你还是不肯醒来，对吗？”

还是同一天吗？一个女人来访了。这是丹尼尔告诉他的，是刚才说的，还是以前就说过？丹尼尔说，他看见她坐在床头，但什么也没说就走了。经过他身边时，她只是尽量不易察觉地点了点头。

“有些人就是这样。走路不出声，走后好像没来过。”

阿图尔指指自己的面颊。丹尼尔点点头。朋友就是有这点好处——他们能迅速地明白你的意思，无须多做什么解释。

医院不让他阅读，也不让他看电视。

“你是说那个被绑架的人怎么了？”

“米格尔·安赫尔·布兰科？他死了，让他们给杀了。喏。他们不让你阅读，可没说不能看照片吧。”

丹尼尔举起正在看的报纸。阿图尔看见一个睡着了的黑发青年。长长的睫毛，佛祖一样丰满、翘曲的嘴唇。虽然历经了非人的折磨，此时却无比安宁祥和……仿佛天方夜谭。

“在你昏迷不醒时，整个西班牙都上街了。因为他的死，城市爆发了超大型反埃塔示威游行。各大城市，好几万人。这种事西班牙过去还从未发生过。我都录下来了。改天放给你看。”

“我听见了。”

“谁告诉你的？”

“不，我是说，我在这里听见了游行的声音。”

“这不可能。”

他没有争辩，争辩没有意义。但他真的听见了。他听见了几千人，不，是几万人的脚步声，听见了窃窃私语、嘶喊、突然的人潮涌动、反复被喊出的有节奏的口号。从他的位置当然不可能听见，但他确实又听见了，对此，他深信不疑。不过，还是不要再谈这件事了吧。他又将视线投向照片。

“怎么死的？”

“颈后一枪。埃塔的标志。”

“但他明明在睡觉。”

是什么让他看起来如此安详？杀害他的人看到这张照片难道不会吓得失魂落魄吗？死人会复仇吗？但这个青年的样子不只仿佛还活着，而是好像根本还没死。他像动物一样被处决，可脸上却没有一丝恐惧，只有深不见底的哀伤，与刀枪不入的安详。赴死的一刹那，他似乎已经飞去了某个遥远的地方，而他阿图尔，他对那个地方也有过一面之缘。那里是明亮的，能闻生者所不能闻。要解释这个道理是不可能的，所以也就没有了解释的必要。他甚至觉得，这可能根本就是不被允许解释的事。你不该回来的。现在好了，现在留给你的只剩下莫可名状的渴望。你变得既不属于那里，也不属于这里。唉，语言难以描述这种感受。他唯一能做的，只有不禁流下两行可笑的泪水，泪水不停淌下双颊。护士走过来替他擦掉了。

“先别哭，”她说，“还有人等着要见你呢。”接着，护士又对丹尼尔说：“您能跟我出来一下吗？”

“四个人一起进去实在太多了。我不会说英语，您能告诉他们，只能待十五分钟吗？而且，千万别像您刚才给他看照片时那样，让病人激动。您也看到后果了吧？”

阿图尔听到门外的这番交代，又听到了大家沉默的应允。接着，他的柏林朋友——东方三圣（the Magi）走了进来。

是阿尔诺、芝诺比娅和维克托。

大家什么也没说，看了看各种插管，又看了看他头上、手上的绷带。芝诺比娅轻轻地碰了碰他的肩膀，阿尔诺张嘴要说什么，但什么也没有说，只从口袋里拿出一个包裹，放在了病床上。

“正宗的德国香肠，来自普法尔茨。舒尔茨先生的馈赠。他说已经给你寄过一根了，但他不太信任西班牙的邮政服务。”

阿尔图感到自己又要哭了，然而接下来发生的事令他更加地情不自禁。本来站在大家身后的维克托，此时走到了病房一角，阿图尔看得见的地方，正了正波点丝巾和短上衣，浅鞠一躬，心中好像默默地打了几个拍子，便开始跳起踢踏舞来。整个过程中，他一直注视着阿图尔。护士急忙跑来制止，但阿图尔知道，自己此生都不会忘记这一幕的：他看不见的那双脚，在瓷砖地上叩响了踢踏的步点，那双手臂轻轻地、克制地做着动作，整个表演笼罩在沉默中。这是一支庆祝的舞蹈，是一场驱魔的仪式，是一声不由分说的招魂——在这踢踏声中，他本该立即起身、下床、离开这里，捐弃一切发生在自己身上的可怕的事。这支舞里没有只言片语，却比任何一句话都更清晰地传达了它所要传达的信息。一个叫维克托的人，用一段舞蹈为他叫魂，而他听懂了。启程还需要过很长时间——他必须先恢复行走的能力，他头上的绷带也要再更换许多次——然而他已经上路了。护士再次擦掉他的眼泪。维克托的漆皮鞋在踢踏作响。他从前不知道维克托居然会跳踢踏舞。

阿图尔努力为自己的眼泪向护士表示歉意。

“这是恢复过程的一部分，”她说，“**完全正常**。[1]”

大家边哭边讨论了一番眼泪的事。遗憾的是没有葡萄酒，没有 Saumagen，也没有舒尔茨先生。

---

1 此处为西语“Es completamente natural.”。

“还没有伏特加。”芝诺比娅说。

阿尔诺最近在写文学中的眼泪。这是一个巧合。尼采对眼泪有过评价吗？应该是有的。

“不曾哭泣的人不配称天才，”维克托说，“名人名言我还是知道的。”

“好的，好的，那么，‘我不知道音乐与泪水的区别’又是谁说的呢？”

“先生，女士，探视时间已经过了。”

“依在下之浅见，”阿尔诺说，“人类最后一次真正的哭泣，是在司汤达的作品里。《帕尔马修道院》里每个人都在哭：公爵夫人在哭，侯爵夫人在哭，伯爵夫人在哭，主教大人在哭——一片泪水的泽国。幸亏福楼拜好歹还知道节制一点。[1]”

“二十世纪的荷兰人不屑于饮泣，只有德国人还喜欢这种扭捏的哭法，”维克托说，“我们荷兰人要么不哭，要哭就是大恸。一九二〇年代以降，我们一直在用一种你们德国人称为 heulen 的方式哭泣，比较接近于哭号。”

“俄罗斯人一直在哭号。”芝诺比娅说，并且把“号”（wailing）的浊音又发成了清音（wail-ink）。

1 此处为口误，《帕尔马修道院》是司汤达的作品。

他感到人声正在离他远去。他刚才——在维克托跳起踢踏舞后——是怎样哭的呢？那是饮泣，还是哭号呢？“俄罗斯人一直在哭号”吗？

他感到自己疲倦极了。人声在盘旋，试图向他传达什么，却又无法向他传达分毫。他等待着，等待人声变得缥缈，逐渐消融，直到最后只剩下一声轻轻的叹息，那是他自己的呼吸……那是他睡眠的声音。

他出院那天，埃尔娜来了。

“你终于不像刚拍完广告了。”原来她没有忘记他说过的这句话。两个人一起照了镜子。镜中有一个光头的男人，看起来颇为面熟。

“你现在去修道院正合适。”

她和丹尼尔一起扶他走上公寓楼梯。丹尼尔家重新布置过，比以前亮堂了一些。在给他用的房间里，丹尼尔挂了两幅油画大小的照片。画的是女人手捧花束在墓地的迷雾中穿行。画上的一切都被雾色浸染着，连花的颜色都被冲淡了。墓园一望无际。冬日银白的日光在迷雾间穿插，女人行走在或者说飘移在坟墓间、冷杉间、相思树间——如同梦境的画面一直铺向世界的尽头。有好几百个女人。有的弯着腰，好像在倾诉，有的在往瓶罐中插花，还有的在相互拥抱。一场盛宴似乎即将被举行。好像下一分钟大家就要随着画外某段听不见的音乐起舞。许多人指着远方，要孩子去看画上没有画出的东西。或许这墓地本身就在漂浮，就像欢乐的游船，扬帆穿行于空中，随时要将妇女、儿童与花束带走，进入太空。

“这是哪里？”阿图尔问。

“波尔图。那天很冷，雾一直不肯散。但我觉得你可能会喜欢。是去年秋天印的。”

“是什么活动吗？”埃尔娜问，“看起来好像过节，她们在干吗？”

“在过众灵日。”

“噢，是不是天主教那个众灵日？我以前听说过，但不知道具体为什么过？”

“这是祭奠亡灵的节日。设在每年的十一月二日。所有的亡灵，遛遛地等一年，都是为了这一天。”

“对。晚上，等大家回家以后，亡灵会出来跳舞。”

丹尼尔看着她。

“你怎么知道？我还拍了些照片呢，结果冲出来以后都是空镜头。”

丹尼尔与埃尔娜走后，阿图尔躺在床上，对着画看了好一会儿。众灵。他不知道众灵日那天具体要做什么事。但那一天后与众生的关系，恐怕反而比它与众灵的关系要更大一些。

当然，众灵也是在场的。他们必然还在某个地方——你不可能彻底摆脱他们，毕竟你还要为他们送花。或许，当他接近死亡时，他们已经与他有过一面之缘了。但对此最好还是保持沉默。说到底，亡灵、地府这些东西已经过时了。可能只有那些波尔图的女人还不知道这件事。或许，当他睡着时（“你需要休息”），迷雾会慢慢占据整个房间。他听见了远方曼努埃尔·贝塞拉广场上车水马龙的声音，那是一座城市的声音：汽车喇叭、警笛、打广告的扩音器，虽然他永远也不会知道它是在替什么打广告了。

大约六周以后，如果你从地球上空一个不存在的观景台往下看，就会看到一辆老旧的沃尔沃亚马逊，并入了阿托查站前的车流，然后向北驶去。开车的人有一头很短的发茬，副驾驶座上放着一台摄影机，一本阿斯图里亚斯地区史，一册圣地亚哥旅游指南，一张西班牙地图，地图上，在杜埃罗河畔的阿兰达（Aranda de Duero）上，有一个大大的叉——那是他计划中的第一站。（“一开始别开得太远。”）阿兰达的旁边就有一家滨河旅馆，他计划在那里过夜。离开前，他问朋友能否肯定那个去医院看他的女人一句话也没有说。朋友别过脸去惋惜道：“我真希望你没问。这下只好告诉你了，她说她要去圣地亚哥做什么研究。”

“她没有给你她的地址吗？”

“没有。她就只说了这句话。”

残阳晚照。天还没有全黑。男人走出旅馆，来到河边。他开始拍摄，但很难看清他拍的是什么，可能是水上舞动的返照，可能是即将消融在愈加深浓的暮色中的粼粼波光。天黑后他回到旅馆内。夜里，他被一阵绝望的干嚎惊醒，这自问自答的哀鸣听起来如此别具一格，我们甚至发明了专门的动词来形容它，而男人也认出了它的来源，很想搂住那头哀嚎的驴，给它以安慰。

早餐后，他又在同一个地点拍摄，然后开车启程，沿着 N122 公路向西，汇入 N1 公路向北。只有那天上看不见的眼睛察觉到了他在十字路口的迟疑。他背西而去，直到巴斯克语的路标越来越多，直到即使在比利牛斯山脚下，也能看见北方空阔的天。

那我们呢？唉，我们……

近几十年，史学史研究——因其对微末细节倾注巨大精力，因其对海量史料的吸收力，产生了大量即使负责誊清的工作人员都不曾阅读的研究成果——继续因循不改其研究方法，甚至不惜偏离学科的初衷。无数学者在浩如烟海的故纸中跋涉，认为自己正在接近一个明确的事实；或者相信自己根据数据与图表做出的研究，多少也能称其为科学。然而，他们掌握的原始数据越多，就越清晰地发现，每一条通往历史的路径，都是一个缄默不语的谜。每一个名字、每一张公证文书、每一份司法案卷的背后，都是一段失语的生命，它自我封闭，自我隔离，与过去、与未来，在所有意义上，都缺乏联系。

——罗贝托·卡拉索（Roberto Calasso），《卡什残迹》（*The Ruin of Kasch*）

图书在版编目（CIP）数据

众灵日 /（荷）塞斯·诺特博姆著 ； 何静芝译.
南京 ： 译林出版社, 2025. 3. --（诺特博姆作品）.
ISBN 978-7-5753-0489-4

Ⅰ. I563.45

中国国家版本馆 CIP 数据核字第 2024RL6569 号

著作权合同登记号 图字: 10-2018-324 号

众灵日 ［荷兰］塞斯·诺特博姆 / 著 何静芝 / 译

责任编辑 张 睿
装帧设计 陆智昌
校 对 王 敏
责任印制 闻媛媛

出版发行 译林出版社
地 址 南京市湖南路 1 号 A 楼
邮 箱 yilin@yilin.com
网 址 www.yilin.com
市场热线 025-86633278
排 版 南京新华丰制版有限公司
印 刷 南京爱德印刷有限公司
开 本 850 毫米 ×1168 毫米 1/32
印 张 15
插 页 4
版 次 2025 年 3 月第 1 版
印 次 2025 年 3 月第 1 次印刷
书 号 ISBN 978-7-5753-0489-4
定 价 78.00 元